유령

국립중앙도서관 출판시도서목록(CIP)

유령 : 한동림 소설 / 한동림 지음. — 파주 : 문학동네, 2004
p. ; cm
ISBN 89-8281-791-3 03810 : ₩8500
813.6-KDC4
895.735-DDC21 CIP2004000129

유령

한동림 소설

문학동네

차례

유령

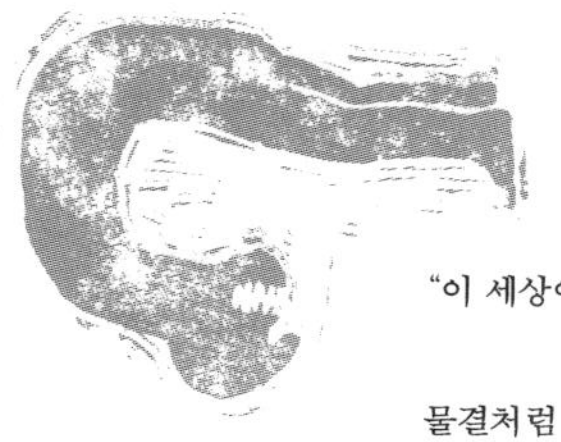

“이 세상에 정말 유령이란 게 있을까?”

물결처럼 밀려오는 졸음에 한쪽 발을 담그고 있는 진형에게

인숙은 달뜬 목소리로 그렇게 물었다.

진형은 나른해지는 의식에 몸을 내맡긴 채로 알아들을 수 없을 만큼

뭉그러진 발음으로 두어 마디 웅얼거림으로써

대답을 대신했다.

1

격정적인 순간이 지나간 뒤에 인숙은 모로 누운 자세로 진형의 겨드랑이에 얼굴을 파묻고 가쁜 숨을 쉬고 있었다. 인숙이 숨을 내쉴 때마다 따뜻하고 부드러운 숨결이 진형의 옆가슴께를 간질이곤 했다.

"이 세상에 정말 유령이란 게 있을까?"

물결처럼 밀려오는 졸음에 한쪽 발을 담그고 있는 진형에게 인숙은 달뜬 목소리로 그렇게 물었다. 진형은 나른해지는 의식에 몸을 내맡긴 채로 알아들을 수 없을 만큼 뭉그러진 발음으로 두어 마디 웅얼거림으로써 대답을 대신했다. 잠시 침묵이 흘렀고, 인숙이 몸을 일으켜 앉더니 머리맡에 있는 갓등을 켰다.

정육점 진열대를 연상케 하는 진홍색 불빛이 방 안에 들어찼고 인숙의 벌거벗은 상체가 어둠 속에서 모습을 드러냈다. 인숙은 가슴께를 왼손으로 가린 채로 진형의 눈동자를 빤히 들여다보며 "유령이란 게 정말로 있을까?" 하고 거듭해서 똑같은 질문을 건넸다. 진형이 여전히 불분명한 발음으로 "글쎄?" 하고 건성으로 대답을 하자 인숙은 눈살을 찌푸리며 "유령이 있을까? 응?" 하고 대답을 재촉했다.

"그깐 게 뭐 그리 대수라구."

인숙의 성화에 마지못해 몸을 일으켜 앉으며 진형은 투덜거렸다. 바로 그때였다. 인숙이 몸을 웅크리더니 무릎에 얼굴을 파묻고 흐느끼기 시작했다. 처음에는 인숙이 장난삼아 우는 시늉을 하는 것으로만 알고 진형은 "그래 그래. 내가 잘못했으니까 울지 마라 응?" 하고 웃음을 섞어가며 장난스레 어깨를 다독거렸다. 진형의 손길은 인숙의 작은 어깨에서 머물다가 어루만지듯 목덜미를 거쳐 삼단 같은 머리카락에 이르렀다. 인숙의 얼굴 위로 드리워진 머리칼을 다정스레 쓸어올리던 진형은 흠칫 놀라 굳어버렸다. 인숙의 뺨에 번져 있는 눈물을 발견하는 순간, 진형은 눈꺼풀에 남아 있던 졸음이 달아나버리는 것을 느꼈다.

퇴근시각에 맞춰 직장으로 진형을 찾아왔을 때부터 인숙은 어딘지 모르게 평소와는 달라 보였다. 쫓기는 사람처럼 한곳에 시선이 오래 머무르지 못하고 산만하게 주변을 두리번거렸다.

"지금부터 내가 하자는 대로 무조건 따르겠다고 약속해줘. 왜냐고 물어서도 안 돼."

수차례나 다짐을 받고 나서 인숙은 진형의 팔을 잡아끌고 앞장서서 걷기 시작했다. 땅거미가 내리기 시작하는 거리에 네온 간판이 하나둘 켜지고 있었고 인숙은 닻을 잃어버린 배처럼 이곳저곳으로 흘러다녔다.

얼마나 그렇게 걸었을까.

구두 속에서 혹사당하던 발바닥이 화끈거리기 시작했을 무렵, 인숙이

긴 한숨을 한차례 내쉬더니 갑자기 걸음을 멈췄다. 한번 걸음을 멈추자 이번에는 못이라도 박힌 듯 멈춰 선 자리에서 한 발짝도 움직이려고 하지 않았다. 진형이 당혹스러워하며 이런저런 말을 건네봐도 인숙은 미간을 찌푸린 채로 고집스럽게 침묵을 이어나갈 따름이었다.

진형은 인숙의 얼굴과 주위 풍경을 번갈아 살펴보며 자신에게 주어진 수수께끼를 풀기 위해 단서를 구했다. 인숙은 양손으로 진형의 왼손을 힘주어 쥔 채로 고개를 푹 숙이고 서 있었고 십 미터쯤 앞에서 네온사인이 휘황한 불빛을 내쏘고 있었다. 진형은 '모텔' 이라고 씌어진 간판 글씨를 바라보며 눈만 깜박거릴 뿐이었다.

진형은 자신이 찾아낸 수수께끼의 정답이 옳은 것인지 확신이 서지 않았다. 보수적인 집안 분위기의 영향인 듯, 인숙은 평소에 혼전 성교에 대해 부정적인 입장을 견지해온 터였다. 망설이던 진형은 슬그머니 모텔 쪽으로 인숙의 팔을 끌어보았다. 뜻밖에도 인숙은 진형이 이끄는 대로 순순히 발걸음을 옮겨놓기 시작했다. 검정색으로 코팅이 된 두꺼운 유리문을 밀어젖히는 순간, 인숙은 진형의 허리께에 팔을 두르며 '사랑해' 라고 귀엣말로 속삭이기까지 했다.

진형이 불안해지기 시작한 것은 그때부터였다. 무엇이 인숙의 심경에 급격한 변화를 가져온 것일까. 진형의 머릿속에서 온갖 추측이 꿈틀거리며 사방으로 촉수를 뻗어나가고 있었다.

"유령은 있어."

흐느낄 때마다 어깨가 들썩거리고 있는 인숙을 바라보며 진형은 한마디 한마디에 힘을 주어 말했다. 선언이라도 하는 양 엄숙하고 진지한 목소리였다.

"이 두 눈으로 똑똑히 봤거든."

인숙이 울음을 그치고 고개를 들어올렸다. 눈이 빨갛게 충혈되어 있었다. 그 젖은 눈을 들여다보던 진형은 며칠 전에 인숙이 했던 말을 문득 떠올렸다.

"어머니 때문에 일찍 집에 들어가봐야 해. 우울증이 도지셨는지 통 식사를 안 하시려고 해서 내가 꼭 챙겨드려야 하거든."

진형이 듣기로, 인숙의 어머니는 일 년 전에 중기 유방암이라는 진단을 받고 수술대에 올랐다. 현재는 재발을 막기 위해 통원 치료를 받는 중인데 그 치료라는 것이 항암제를 투여하는 것이어서 그 부작용 때문에 고생이 심하다고 했다. 음식은 물론이고 물 한 모금도 소화를 못 시키고 토해내는 까닭에 대꼬챙이처럼 여윈데다가 머리카락마저 뭉텅뭉텅 빠져서 몰골이 말이 아니라고도 했다.

불길한 예감이 뱀처럼 혀를 날름거리며 의식의 수면 위로 고개를 내밀고 있었다. 진형은 인숙의 안색을 살피며 '어쩌면' 이라는 말을 되새김질했다. 어쩌면, 인숙의 어머니가 갑자기 세상을 등지기라도 한 것은 아닐까. 거기까지 생각이 미친 진형은 어금니를 힘주어 깨물었다.

뱃속 깊은 곳으로부터 역한 기운이 명치께로 서서히 치밀어올라오고 있었다. 죽음, 그 참혹한 절망 앞에서 인간이 할 수 있는 일이라고는 아무것도 없다는 사실을 진형은 체득하고 있었다. 아무리 가까운 사람의 죽음이라 할지라도 그 죽음은 철저하게 당사자의 몫일 뿐이고 단 한 조각도 나눠가질 수는 없는 것이기에, 얼음처럼 차가운 손이 자신의 은밀한 가슴 속살을 듬쑥 도려내어가는 것을 남의 일처럼 수수방관할 수밖에 없었다.

그 죽음이라는 놈이 인숙의 일상에 찾아든 것은 아닐까. 그녀의 여린 가슴에 그 차가운 손으로 난도질을 하고 있는 것은 아닐까.

눈물에 젖어 번들거리는 인숙의 뺨을 바라보다가 진형은 가슴 한복판이 구멍이라도 뚫린 것처럼 시려오는 것을 느끼고 입술을 깨물었다. 호흡을 가다듬기 위해 숨을 한차례 몰아쉬고 나서 인숙의 머리를 쓰다듬으며 속삭였다.

"하얗고 투명했어. 신비로웠지. 그런 물체는 어디서고 본 적이 없었거든. 모르긴 해도 그건 할머니의 혼백이었을 거야."

해묵은 기억 저편에서, 진형은 며칠째 시달리고 있는 독감 때문에 기침을 쿨럭거리며 현관에 들어서고 있었다. 집은 쥐 죽은 듯이 고요했고 거실에는 아버지가 현관을 등진 채로 홀로 의자에 앉아 있었다.

"네 할머니께서 돌아가셨다."

자기 방으로 향하던 진형은 말소리가 들린 쪽으로 고개를 돌렸다. 아버지는 거실 소파에 앉아서 탁자 위에 줄지어 놓여 있는 난분에 분무기로 물을 뿌리고 있었다. 진형은 자신의 귀를 의심하며 "방금 뭐라고 하셨어요?" 하고 되물었다. 아버지가 분무기를 움직일 때마다 아버지의 어깨선이 미세하게 움직거리고 있었다.

"네 숙모가 저녁상을 차려들고 방으로 들어가서 보니, 이미 숨을 거두신 뒤였다는구나."

난분을 향해 앉아 있는 까닭에 뒷모습밖에 볼 수 없는 아버지는 지나치다 싶게 담담한 어조로 말을 이어가고 있었다. 어머니는 소식을 듣자마자 옷가지만 몇 벌 챙겨 고속터미널로 달려갔다는 말을 덧붙인 후에 아버지는 한참 동안 말이 없었다.

"세탁소 김씨한테 부탁해서 너한테 맞을 만한 검정 양복을 한 벌 빌려다 놨다. 그리고, 검정색 넥타이는 나한테 하나 있는 걸 쓰도록 해라. 난 내일 백화점에서 새로 장만하면 된다."

아버지는 회사에 중요한 일이 남아 있어서 다음날 점심나절에나 출발할 생각이라고 했다. 진형은 정물처럼 앉아 있는 아버지의 등을 쏘아보며, 아버지가 들려준 부음을 현실로 받아들이지 못하고 우두커니 서 있을 뿐이었다.

"슬펐어?"

진형의 이야기에 귀를 기울이고 있던 인숙이 젖은 목소리로 말참견을 했다. 붉은 조명을 받아 잘 익은 자둣빛으로 물들어 있는 인숙의 상체를 바라보며 진형은 고개를 가로저었다.

"슬프다거나 하는 정돈된 감정이 아니었어. 뭔가 절박하면서도 복잡했어. 하기야 정돈된 감정을 느끼기에는 아직 어렸는지도 모르지."

인숙을 바라보며 대답을 하는 도중에 진형은 별안간 성욕이 되살아나는 것을 느꼈다. 온종일 격무에 시달리고 나서 저녁도 거른 채 조금 전까지 긴장감 속에서 인숙과 살을 섞었으니 자신의 몸뚱이가 물 젖은 솜처럼 가라앉는 것은 이상할 게 없었다. 그런데, 그 지친 몸뚱이 어디에서 이런 에너지가 숨어 있다가 보란 듯이 솟구쳐오르는 것일까.

"양복은 대충 맞았는데, 넥타이를 맬 수가 없었어. 평소 같았으면 아버지한테 부탁했을 텐데 그땐 왠지 그러고 싶지가 않더라구. 그래서 백과사전을 뒤져 넥타이 매는 방법을 알아냈지. 그러느라고 넥타이를 매는 데 무려 한 시간이나 걸렸어."

인숙의 붉은 상체가 그려내는 육감적인 곡선에 시선을 빼앗긴 진형은 금방이라도 그녀의 작은 어깨를 덮쳐누를 것만 같은 충동에서 벗어나려고 어금니를 악물었다. 상처 입은 여린 영혼에게 위로가 되어주지는 못할망정 짐승처럼 충동에 휩쓸려 자신의 육욕만을 채울 수는 없는 노릇이었다.

"백과사전에 그런 것도 나와?"

인숙은 몸을 뉘어 진형에게 몸을 기대오며 속삭였다. 진형의 뺨에 자신의 이마를 두어 차례 비비고 나서 인숙은 한결 차분해진 숨결을 이어갔다. 진형은 시간이 흐를수록 강렬해지는 육욕을 억누르기 위하여 시선을 천장의 어느 한 지점에 못 박아둔 채로 시간을 넘나들며 과거에 묻혀 있던 기억들을 분주하게 건져올리기 시작했다.

2

속옷 몇 장과 양말 몇 켤레가 든 진회색 가방을 들고 검정색 양복 차림으로 기침을 쿨럭거리며 고속버스에서 내려섰을 때, 나를 맞아준 것은 안개였다. 자정을 넘긴 시각인데다가 십여 미터 앞조차 분간하기 어려운 안개 때문에 차도는 텅 비다시피 하여 자동차를 구경하기 힘들었고, 터미널 입구의 택시 승강장은 좀처럼 오지 않는 택시를 기다리는 사람들로 시장통처럼 북적거렸다.

나는 택시를 타려던 계획을 포기하고 걸어서 가기로 생각을 바꾸었다. 전에 택시를 이용했을 때의 경험에 비춰보면, 복잡하고 좁은 도로와 불합리한 신호체계 때문에 항상 거북이걸음으로 기어가다시피 했는데도 십여 분 만에 도착하곤 했을 만큼 가까운 거리였다. 짐작건대 샛길을 이용하여 질러간다면 목적지까지 이십여 분 만에 다다를 수 있을 터였다.

그러나, 그 샛길에 접어든 순간부터 내 계산은 어긋나기 시작했다. 구획을 대각선으로 가로지르고 있는 그 샛길에서 나는 도회지 한복판에 떨어진 촌놈의 표정을 하고서 두리번거리고 있었다. 해마다 한두 번은 연

례행사처럼 이 도시를 방문해온 터라 사람들의 말씨나 거리의 풍경에 익숙했지만, 새벽 한시라는 생경한 시간대는 그 모든 것을 낯선 모습으로 바꾸어놓고 있었다.

"안녕하세요?"

남도의 억센 억양 대신에 간드러지는 서울 말씨로 말을 걸어오며 앞을 가로막는 사람들 때문에 나는 좀처럼 앞으로 나아가지 못하고 제자리걸음을 하고 있었다. 눈웃음을 쳐대며 내 옷깃을 잡아끄는 십대 후반의 사내들은 그래도 점잖은 축에 속했다. 나를 가장 당혹스럽게 한 것은 쌀쌀한 날씨에도 불구하고 속옷이 비칠 정도로 짧은 치마를 입은 젊은 여자들이었다. 그들은 아무런 양해도 없이 내 팔을 자신의 가슴께에 끌어안았고 내 목덜미에 팔을 두르고 매달렸다.

"멋쟁이 총각, 우리 데이트 한번 하자, 응?"

당황한 나머지 나는 목에 두르고 있는 검정색 넥타이를 깃발처럼 흔들어 보이면서 "할머니께서 돌아가셨어요" 하고 궁색한 변명을 주절거렸다. 지름길을 이용하려다 이 거리를 지나게 되었지만 자식된 도리로 한시바삐 장례에 참석하고픈 생각뿐이라고 두서없이 떠들어댔다.

"그쪽이 서둘러 간다고 해서 죽은 사람이 살아나는 건 아니잖아요?"

"맞아요. 기분도 찜찜할 텐데 우리가 시원하게 풀어드릴게요."

"손주가 기분 한번 내겠다는데, 할머니도 저승에서 기뻐하실걸요?"

안개 때문에 마수걸이도 아직 못 했다면서 아귀처럼 달려드는 여자들은 검정색 넥타이 따위에 아랑곳하지 않았다. 나를 둘러싸고 "오빠"를 연발하면서 어디론가 끌고 가려고만 했다.

여자들의 손아귀에서 벗어나기 위해서는 몸싸움을 벌여가며 포위망을 뚫는 수밖에 없었다. 하지만, 그렇게 빠져나오기가 무섭게 안도의 한숨을 내쉴 여유조차 주지 않고 또다른 무리의 여자들이 우르르 달려들었다. 나는 손사래를 쳐대며 곡예라도 하듯이 여자들을 피해 지그재그로 꼴사나운 달음질을 몇 차례나 해야만 했다. 그때마다 등뒤에서 높다란 톤의 비웃음과 넌덜머리나는 욕설, 그리고 낯뜨거운 추파와 농지거리가 소나기처럼 쏟아졌다.

그 기나긴 길을 빠져나와 대로변에 접어든 뒤에도 나는 두 번씩이나 등뒤를 돌아봤다. 뒤쫓아오는 사람이 없다는 사실을 확인하고 나서야 뻣뻣해진 몸에서 긴장감이 풀려나가는 것을 느낄 수 있었다. 나는 넥타이가 중앙에 제대로 자리잡고 있는지를 확인하고 나서 주변을 둘러보았다.

번화가가 눈앞에 펼쳐져 있었다. 원색으로 번쩍거리는 네온사인과 빠른 템포의 음악 소리가 뒤덮고 있는 거리는 자정을 넘긴 시각인데도 성장을 한 사람들로 부산했다. 나이트클럽, 24시간 체인점, 카바레, 룸살롱 앞을 차례로 지나쳐서 볼링장 앞에 이르자 횡단보도가 보였다. 나는 술에 취해 비틀거리는 몇 명의 사내들과 뒤섞여 신호가 바뀌기를 기다렸다.

그 여자가 내 눈에 띈 것은 횡단보도를 삼분의 일쯤 건넜을 때였다. 횡단보도 건너편에서 한 여자가 파란 불이 켜졌는데도 건너오려고 하지 않고 허리를 꼿꼿하게 세운 채로 이쪽을 건너다보며 서 있었다. 모두가 걷고 있는 가운데 홀로 정지해 있었으므로 그녀의 존재는 도드라져 보였다. 게다가 스카프에서 원피스와 구두에 이르기까지 검은색으로 통일된 차림새여서 거리의 화려한 조명과 흥청거리는 분위기와는 대조적이었다.

건너편 인도에 다다른 나는 별다른 생각 없이 그 여자의 서너 걸음 앞을 지나쳐서 걸어갔다. 다음 순간, 등뒤에서 여자의 발소리가 따라붙었다. 몇 걸음 만에 여자는 나를 따라잡았고 여자와 나는 일 미터가량의 간격을 두고 나란히 걷게 되었다.

여자는 반들거리는 검정색 가죽 핸드백을 양손으로 가슴께에 끌어안은 채로 곁눈질로 내 보폭을 살펴가며 보조를 맞춰 걷는 중이었다. 내가 걸음을 빨리 하면 여자도 바쁘게 다리를 놀렸고 내가 걷는 속도를 늦추면 여자 역시 보폭을 좁혔다.

그렇게 걷는 동안에 여자와 나 사이의 간격은 조금씩 좁혀지고 있었다. 마침내 휘황한 네온사인들이 등뒤로 사라지고 호젓하고 어두운 거리에 접어들자 여자가 기다렸다는 듯이 몸을 바싹 붙여왔다. 팔짱을 끼거나 매달리거나 하지는 않고 여전히 핸드백을 가슴에 끌어안은 채로 몸을 밀착해올 뿐이었다.

나는 여자를 뿌리치기 위해 보폭을 최대한 넓혔다. 여자도 덩달아 걸음이 빨라졌다. 곁눈질로 힐끔 훔쳐보니 여자는 이를 악물고 사력을 다해서 걷고 있었다. 또각또각, 여자의 뾰족구두가 만들어내는 다급한 발소리가 숨차게 이어지고 있었다.

"뭡니까?"

나는 걸음을 멈추면서 소리쳤다. 내가 갑자기 걸음을 멈춘 탓에 두어 발짝 지나쳐버린 여자가 나를 향해 뒤돌아섰다. 나는 성난 목소리로 빠르게 내뱉었다.

"난 조모상을 당해 빈소로 가는 중입니다."

미련스럽게도 나는 별로 효과를 보지 못했던 변명조의 말을 되풀이하고 있었다. 자신의 미련스러움을 뒤늦게 깨달은 나는 과장되게 고개를 흔들어대며 생각나는 대로 욕지거리 몇 마디를 씹어뱉었다.

"경고하는데, 더이상 따라오지 마세요."

욕설 끝자락에 덧붙여, 나는 손가락으로 여자의 얼굴을 가리키면서 단호하게 쏘아붙였다. 그 서슬에 놀랐는지 여자는 대답을 못 하고 머뭇거리며 눈만 깜박거렸다.

"할머니께서요?"

한참 만에야 여자는 차오르는 숨을 고르며 풀 죽은 목소리로 그렇게 되물었다. 그뿐이었다. 여자는 더이상 아무 말도 하지 않았다. 깊어질 대로 깊어져버린 밤이었다. 남녘의 도시는 농밀한 안개에 잠겨 있었고 나는 불 꺼진 거리에서 낯선 여자와 오랜 연인처럼 마주 보고 서 있었다.

3

"무슨 생각을 그렇게 해?"

인숙이 진형의 귓전에 대고 따뜻한 숨결로 속삭이고 있었다. 과거의 기억 속에 함몰되어 있던 진형은 속마음을 들킨 사람처럼 당혹스러워하며 남녘의 어두운 거리를 향해 뻗어나가 있던 의식의 촉수를 다급하게 거둬들였다.

"그냥 할머니 생각을 좀 했어."

진형은 할머니가 기거하던 작고 냄새나는 방을 머릿속에 떠올리며 둘러댔다.

"다들 할머니께서 돌아가신 것을 다행스러워하는 눈치였어."

할머니가 기거하던 군내 나는 작은 방에는 온종일 텔레비전이 켜져 있었다. 공중파방송이 중단되는 시각에도 할머니는 검은색 알갱이들과 흰색 알갱이들이 바글거리는 화면을 물리지도 않고 몇 시간씩 바라보곤 했다.

"친자식도 못 알아볼 정도로 지독한 치매를 앓으셨거든."

할머니의 칠순잔치 때문에 가족이 한자리에 모였을 때에도 할머니는 얼굴 한 번 내비치지 않고 방에 틀어박혀 텔레비전만 보고 있었다. 진형이 예의를 갖추기 위해 내키지 않는 걸음으로 방문을 열고 들어가 큰절을 올리는 동안에도 할머니는 벽에 등을 기댄 채로 이불을 가슴께까지 덮고서 텔레비전을 향해 시선을 못 박아두고 있었다.

"저 진형입니다. 그간 안녕하셨어요? 부디 만수무강하십시오."

진형은 인사치레로 두어 마디 말을 건네고는 자리를 털고 일어섰다. 그때였다.

"이리 와."

좀처럼 입을 떼는 법이 없는 할머니가 다정스레 말을 걸어오고 있었다. 갑자기 정신이 돌아오기라도 한 것일까. 진형은 다시금 엉덩이를 바닥에 붙이고 앉으며 할머니의 동정을 살폈다.

"언능 오란 말이여."

할머니의 시선은 여전히 텔레비전을 향하고 있었지만 가래 끓는 목소리는 분명하고 또렷하게 진형을 부르고 있었다. 그 말에 이끌려 진형은 무릎걸음으로 할머니에게 다가갔다. 때마침 할머니가 이불 바깥으로 손을 내밀어 앞을 향해 뻗었다. 쪼글쪼글하고 거무튀튀한 손이었다. 코흘리개였던 진형에게 아껴두었던 곶감이며 사탕을 건네주곤 하던 손이었다. 장성한 손주의 모습에 오달져하면서 몇 번이고 진형의 잔등을 쓸어내리던 손이었다. 진형은 손을 내밀어 허공에 떠 있는 할머니의 앙상한 손마디를 그러쥐었다.

"할머니, 정신이 좀 드세요? 절 알아보시겠어요?"

진형은 가슴 깊은 곳에서 따스한 불꽃이 지펴지는 것을 느끼며 정겹게 말을 건넸다. 그때였다. 할머니가 손을 파르르 떠는가 싶더니 다시는 놓지 않겠다는 듯이 무서운 기세로 진형의 손을 움켜쥐었다. 늙은 노인네의 것이라고는 믿기지 않을 정도의 악력이었다.

"왜 인자사 왔냐?"

할머니는 그때까지 텔레비전을 향해 던져두고 있던 눈길을 거두어 자신의 손아귀에 쥐어져 있는 진형의 손을 내려다보았다. 눈길은 계속해서 진형의 팔을 따라 움직이더니 어깨와 목덜미를 지나 얼굴에 이르렀다.

"언능 나 잔 데려가그라."

할머니의 목소리는 생기가 돌고 있었다. 어느새 눈물에 젖어 반들거리는 눈시울을 실룩거리며 "언능 날 데려가라니깐 그러네" 하고 가래 끓는 목소리로 되뇌었다. 진형은, 밑도 끝도 없이 자신을 데려가달라는 부탁을 녹음기처럼 반복하고 있는 할머니를 향해 억지 웃음을 지어 보이며 고개만 끄덕거릴 뿐이었다. 그러던 어느 한순간이었다.

"순님아, 뭐 하냐, 언능 나 잔 데려가브란 말이여."

할머니가 말머리에 순님이라는 이름을 들먹이고 있었다. 그 이름을 듣는 순간, 진형은 온몸에서 소름이 돋는 것을 느꼈다. 그것은 할머니가 술에 취해 밑도 끝도 없는 넋두리를 늘어놓을 때마다 등장하곤 하던 이름이었다.

"어미라고 생겨먹은 것은 다 똑같은 것이여. 정신이 들자마자 젤로 먼저 순님이 이름부터 부르게 되드랑께. 시부모고 뭐고 그때는 아무 생각이 안 나드라고."

젊은 새댁이었던 할머니는 마을 사람들과 함께 그믐밤을 도와 난리를 피해 피난길을 재촉하고 있었다. 갑자기 휘파람 소리 같은 것이 머리 위에서 들려오는가 싶더니 굉음과 함께 눈앞에 섬광이 번뜩였다. 할머니는 파풍에 휩쓸려 의식을 잃어버렸다. 다시 정신을 차렸을 때는 사위가 쥐 죽은 듯이 고요했다. 할머니는 사력을 다해 순님의 이름을 외쳤다.

"엄니, 나 여기 있어라우."

순님의 가냘픈 목소리가 지척에서 들려오고 있었다. 할머니는 소리가 나는 쪽을 향해 몸을 움직여보려고 했지만 꼼짝도 할 수 없었다. 육중한 나뭇등걸이 두 다리를 짓누르고 있었다.

"오메, 누구 없소? 제발 여그서 꺼내주시오."

할머니는 고함을 쳐서 주위에 도움을 구했지만 아무 대답이 없었다. 오직 어린 순님의 가느다란 신음 소리가 단속적으로 들려올 뿐이었다.

"아가, 이리 오니라. 언능 오란 말이다."

할머니는 순님의 목소리가 들려오는 쪽의 어둠을 향해 손을 뻗으며 소리쳤다. 조금만 이쪽으로 오면 에미 손을 잡을 수 있을 거라며 순님의 이름을 애타게 불렀다.

"엄니, 나, 암만해도, 못 갈 것, 같아라우."

한참 만에야 어둠 저편에서 들려온 순님의 대답은 금방이라도 말허리가 끊어질 것처럼 위태로웠다. 할머니는 순님이 의식을 놓지 않도록 쉴 새없이 말을 걸었다. 대답이 빨리 돌아오지 않으면 고함을 쳤고 득달같이 욕설을 퍼붓기까지 했다. 그런 식으로 모녀의 대화는 기나긴 밤을 지나 새벽녘까지 이어졌다.

'에그, 불쌍한 것, 고 어린 것이 숨 넘어갈 때꺼정 올매나 엄니를 불러쌓던지, 속이 다 애러빠질라고 하드랑께.'

술에 취한 할머니는 순님이 고것이 새벽녘까지 숨이 붙어 있었다면서 주먹으로 앙가슴을 쿵쿵 소리나게 두들겼다. 주름진 눈시울에서 눈물이 넘쳐흐르고 있었다.

"전 순님이가 아닙니다."

진형은 불에 덴 듯이 할머니의 손을 뿌리쳤다. 뒤로 물러나 앉았다. 뿌리쳐진 할머니의 앙상한 손이 허공을 휘젓고 있었다.

"순님아, 어디 가냐? 나 잔 데려가랑께 혼자서 어딜 가아?"

할머니는 가쁜 숨을 몰아쉬어가며 목소리를 쥐어짰다. 간절한 눈빛으로 진형을 바라보고 있었다. 진형은 고개를 돌려 할머니의 눈길을 외면했다. 깊이를 알 수 없는 할머니의 갈색 눈망울 때문이었을까. 까닭을 모르는 두려움이 진형에게 엄습하고 있었다.

"난 순님이가 아니란 말입니다."

자리를 박차고 일어난 진형은 외마디 고함을 내뱉고 나서 도망치듯이 방을 빠져나갔다.

"난 지금도 그 눈빛을 잊을 수가 없어. 그 눈엔 대체 뭐가 비쳤던 걸까?"

할머니가 보고 있었던 것은 순님의 혼백이었을까. 그것은 어떤 모양이었을까. 왜 할머니의 눈에만 비쳤던 것일까. 삶의 끝자락에 다다르면 저승의 혼백과 이승의 사물이 혼재하는 세상을 보게 되는 것일까. 진형은 천장을 올려다보며 누구에게랄 것도 없는 질문을 늘어놓았다.

"노인네들한텐 귀신이 보인다더니 그 말이 사실인가봐."

인숙이 발끝으로 진형의 종아리를 간질이며 소곤거리고 있었다.

4

조등이 걸려 있는 대문 앞에 도착한 것은 새벽 다섯시가 가까워서였다. 대문과 현관문은 열려 있었고 쭈뼛거리며 들어선 집 안에는 코를 찌르는 향냄새가 담겨 있었다. 거실에는 처음 보는 얼굴의 노인 두 사람이 단출한 술상을 앞에 놓고 귀엣말로 담소를 나누고 있었다. 거실 벽시계의 초침이 내는 소리가 또렷하게 들릴 정도로 고요한 것으로 미루어 식구들은 모두 잠들어 있는 모양이었다. 나는 발소리를 죽여가며 거실을 가로질러 할머니의 방으로 향했다.

방문을 열자 홀로 깨어 빈소를 지키고 있는 숙부의 모습이 보였다. 숙부는 방 안으로 들어서는 나를 발견하고 얼굴에 미소를 지으며 반겼다. 내가 망자에 대한 예를 갖추기를 기다렸다가 "밤차 타고 오니라고 욕봤지야?" 하고 살갑게 말을 걸어왔다. 성품이 자상한 숙부는 내가 시장할 것을 염려하며 손수 부엌으로 가서 떡이며 과일이며 부침개를 소반에 올려 거실로 차려내기까지 했다.

"몇 번이고 다시 생각해봤다마는……"

내가 떡 몇 조각과 함께 식혜 한 그릇을 비우고 나자 숙부는 내 눈치를 살펴가며 말머리를 꺼냈다.

"염습은 내 손으로 직접 해야 쓰겄다."

숙부는 말을 한마디 내뱉을 때마다 스스로에게 다짐이라도 하듯이 연신 고개를 끄덕였다. 그때, 거실 저편에서 귀엣말을 주고받으며 소주잔을 주거니 받거니 하고 있던 노인들이 말참견을 하고 나섰다.

"아따 참말로, 염습은 아무나 하는 게 아니란 말이오. 그것도 다 기술이어라, 기술!"

"여러 말씀 마시고 우리한테 맡기시오. 잘 해드릴 텡께 염려 놓으시고. 돈이 비싸서 그러신다믄 싸게 해드리께라."

노인네들은 장의사측에서 보낸 염장이들이었다. 시신이 굳기 전에 염습을 해야 한다면서 새벽같이 찾아왔다가 숙부의 만류 때문에 일을 시작하지 못하고 술잔만 기울이던 중이었다.

"외출하실 때면 삼복 더위에도 긴소매를 입으셨던 양반이어라우. 정신이 흐려서 자식도 못 알아볼 지경이어도 당신 속옷 빨래는 손수 하셨지라."

그런 어머니의 몸을 벌거벗기고 씻어내는 일이었다. 그 일을 어찌 처음 보는 남정네들에게 맡길 수가 있겠느냐고 숙부는 반문했다. 노인네들은 대답이 궁한지 헛기침만 두어 차례 할 뿐이었다. 노인네들의 헛기침이 잦아들기를 기다렸다가 숙부는 더이상 왈가왈부하고 싶지 않다면서 "나를 낳아주신 분이니 내가 보내드릴랍니다" 하고 힘주어 말했다.

"효자시구먼."

칭찬인지 비아냥인지 분간하기 힘든 말을 남겨놓고 노인네들은 자리를 털고 일어났다. 아침부터 헛수고만 했다면서 수선스럽게 현관을 빠져나가는 노인네들의 발소리가 멀어지자 거실은 다시금 고요에 휩싸였다.

"이골이 난 염장이들도 혼자서는 힘들다더라. 암만해도 네가 도와줘야 허겄다."

숙부는 침묵을 깨뜨리고 엄숙한 어조로 내게 말했다. 순간, 나는 눈앞이 아뜩해지는 것을 느꼈다.

그렇지 않아도 수치심과 죄책감 때문에 속앓이를 하고 있던 참이었다. 생전에 끔찍이도 나를 아끼고 사랑해주었던 할머니의 죽음이 아닌가. 그 죽음을 애통해하지는 못할망정, 어쩌자고 빈소를 지척에 두고 낯선 여자와 살을 섞었단 말인가. 나는 그같은 불경을 저질렀다는 사실을 스스로에게 납득시킬 수가 없었다. 어둠과 안개가 만들어내는 고혹적인 분위기 때문에 분별력이 흐려졌던 모양이라고 변명해봤지만 헛수고였다. 여행으로 인한 해방감 때문이었는지도 모른다고 억지도 부려봤지만 부질없었다. 구차한 변명을 거듭할수록 죄책감은 풍선처럼 부풀어올랐고, 나는 자신에 대한 실망감과 배신감에 시달리며 애꿎은 입술만 부르트도록 짓씹어댔다.

“뼈가 굳기 전에 염습을 서둘러야 쓰겄는디 네 아버지는 이따가 저녁나절에나 오실란다고 안 허냐.”

숙부가 말을 마치고 나서 내 대답을 기다리고 있었다. 하지만, 나는 한마디도 입 밖에 꺼낼 수가 없었다. 조금 전에 빈소에 들렀을 때도 죄책감 때문에 영정조차 똑바로 올려다보지 못했는데 감히 할머니의 시신을 만질 수나 있을까. 불경스런 몸으로 할머니의 마지막 가는 길을 욕되게 어지럽혀도 괜찮은 것일까. 번민이 거듭될수록 나는 이를 악문 채로 고개만 깊이 떨굴 뿐이었다.

“제삿밥 챙겨줄 맏손주라고 얼매나 널 귀해하셨는지 모른다. 네가 나서준다면 할머니께서도 틀림없이 편안해하실 게다.”

내가 망설이는 기미를 보이며 대답을 하지 않자, 숙부의 목소리가 사정조로 바뀌고 있었다. 나는 더이상 대답을 미루지 못하고 마지못해 고개를 끄덕이고 말았다.

대답이 시원치 않았기 때문이었을까. 숙부는 내게서 확답을 한번 더 받아낸 연후에야 비로소 몸을 일으켰다. 불 꺼진 안방에서 수의가 든 함지를 찾아들고 나온 숙부는, 기왕에 결심이 섰으니 꾸물거릴 필요가 뭐 있느냐면서 나를 재촉하여 빈소로 데려갔다.

숙부가 병풍을 걷자 이불이 머리 위까지 덮인 채로 바닥에 뉘어 있는 할머니의 주검이 보였다. 한 번도 죽은 사람을 본 적이 없는 나는 겁부터 났다. 역한 냄새가 나지는 않을까. 그 바람에 토악질이라도 한다면 무슨 낭패란 말인가. 나는 긴장감 때문에 막대기처럼 딱딱하게 굳은 채로 숙부가 할머니를 덮은 이불을 걷어내는 것을 멀찌감치 떨어져서 구경만 할 뿐이었다.

"네 할아버지가 돌아가셨을 때, 염장이가 혼자서 달랑 왔드란 말이다. 함께 일하던 사람이 갑자기 탈이 나서 병원 신세를 지게 됐담스로 어째야 쓰겄냐고 묻드라. 그 덕에 내가 팔자에 없는 조수 노릇을 함스로 염습을 배웠지야."

숙부는 수의를 모두 꺼내어 펼쳐놓고 저고리 소매를 겹겹이 끼워넣으면서 담담하게 말을 이어나갔다. 그제서야 나는 용기를 내서 할머니의 시신이 누워 있는 쪽으로 걸음을 떼어놓았다. 잠이 들어 있는 듯한 할머니의 표정을 가까이서 들여다보았다. 냄새 같은 것은 나지 않았고 생기가 없어서인지 할머니의 얼굴은 밀랍 인형을 연상케 했다.

바로 그때였다. 별안간 내 머릿속에서 떠오르는 얼굴이 있었다. 어둡고 한적한 거리까지 나를 뒤쫓아왔던 검정색 옷차림의 여자였다. 발작적인 충동에 휩쓸려 그 여자를 부둥켜안았던 순간의 기억이 눈앞에서 선연하게 되살아나고 있었다.

'미친놈.'

나는 마음속으로 나 자신을 향해 욕설을 퍼부었다. 정신이 온전한 사람이라면 어떻게 할머니의 시신을 앞에 두고 망측한 생각을 할 수 있단 말인가. 머릿속에서 검질기게 피어오르는 연분홍빛 기억들을 우격다짐으로 밀어내며 나는 머리를 내저었다.

"소매는 미리 한데 꿰어놔야 쓴다. 한 벌 입히고 나서 그 위에 다시 한 벌 입히는 식으로 일하면 번거롭기도 하거니와 시신이 흔들려서 못 쓰는 법이다."

소매가 한데 꿰어진 채로 반듯하게 펼쳐놓은 수의 위에 할머니의 시신을 올려놓는 일은 생각보다 쉬웠다. 작고 마른 체구는 속이 텅 빈 상자처럼 가뿐하게 들렸다.

"흔들리지 않게 머리를 단단히 잡아라."

수의 위에 할머니의 시신을 올려놓은 뒤에 옷을 차례로 벗겨내며 숙부가 당부했다. 작고 깡마른 체구였다. 험한 일에 마디가 굵어진 손가락은 거미 같았고, 갈비뼈는 금방이라도 살갗을 뚫고 비어져나올 듯이 도드라져 있었다. 숙부는 그 마르고 왜소한 주검을 한쪽으로 기울여 등을 닦기 시작했다. 이어서 얼굴, 팔, 몸통, 다리를 차례로 닦아내려갔고 나는 시신이 흔들리지 않도록 등을 받치거나 어깨를 누르거나 머리를 붙들어야 했다.

그러는 동안에 내 의식은 어느 틈엔가 어두운 거리를 향해 달려가고 있었다. 내 단호한 의지와는 상관없이 사타구니로부터 욕정이 솟구쳤고 억누르려고 안간힘을 쓸수록 강렬하게 타올랐다.

"어머나, 세상에."

여자가 교성을 터뜨리고 있었다. 몸을 뒤틀고 있었다. 숨을 헐떡거렸다. 침대의 스프링이 삐걱거리는 소리가 빠른 박자로 이어지고 있었다.

"아이고 엄니, 참말로 가시는갑소."

숙부는 우윳빛의 한지로 할머니의 몸을 감싸다가 말고 소리 죽여 흐느꼈다. 백지에 싸인 몸에 수의를 입히는 도중에도 몇 번이나 일손을 놓고 눈물을 훔쳤다. 이가 하나도 남아 있지 않은 할머니의 입을 솜으로 채우고 귀와 코에도 솜을 넣었다. 한 움큼밖에 남지 않은 은회색 머리카락을 정성스레 빗고 나서 숙부는 고개를 뒤로 젖히고 천장을 올려다보며 통곡을 했다.

그 와중에도 내 의식은 여자의 매끄러운 음부를 탐닉하고 있었다. 뱀처럼 혀를 날름거리며 여자의 몸 위를 기어다녔고 소름 끼치는 쾌감에 몸을 떨며 신음했다. 신음이 묻어나온 숨결은 뜨거웠다. 불처럼 뜨거웠다.

그때였다. 혈관을 타고 몸 속 구석구석까지 제멋대로 몰려다니는 육욕에 맞서 힘겨운 싸움을 벌이고 있던 나는 뜨거운 불덩이가 뒷목을 타고 솟구쳐올라오는 것을 느꼈다. 얼굴이 후끈하게 달아올랐고 머리가 금방이라도 벌어질 것처럼 지끈거렸으며 입 안이 타들어갔다. 급기야는 현기증까지 피어올랐다.

"그만 됐다."

숙부가 어깨를 들썩거리며 축축한 목소리로 내게 말을 건네고 있었다.

"얼굴을 덮고 멧베로 묶는 건 이따가 저녁에 하자. 네 아버지랑 다른 식구들도 마지막 가시는 모습을 봐야 항께로."

눈물에 젖은 숙부의 뺨이 형광등 불빛을 받아 반들거렸다. 숙부는 심호흡을 한차례 하고 나서 나를 향해 손을 내저었다.

"먼저 나가봐라. 나는 쪼까 더 있어야 쓰겄다."

나는 빈소를 나서자마자 곧장 화장실로 뛰어들어가 문을 안에서 걸어잠갔다. 그곳에서 갈증을 참아가며 수음을 했다. 목이 타들어가고 있었다. 이가 시릴 정도로 차가운 물 한 사발을 들이켜고 싶은 생각이 간절했다. 하지만 슬프다거나 외롭다는 생각은 들지 않았다. 살아 있다는 사실이 고마울 뿐이었다.

그러고 나서, 나는 앓기 시작했다. 죄책감 때문이었을까. 감기에 걸린 몸으로 짙은 안개 속을 쏘다닌 끝에 격렬한 정사를 벌였기 때문일까. 열이 끓어올랐고 나는 방구석에 몸져눕고 말았다. 옅은 잠에 빠져들었다가 기침을 쿨럭거리며 깨어나는 과정을 되풀이할 때마다 거실에서 들려오는 조문객들의 왁자한 말소리와 식기들이 부딪치는 소리가 밀려들었다가 사라지곤 했다.

5

"그날 밤에 유령을 본 거야?"

인숙이 고개를 들어올리고 눈을 반짝이며 진형의 입을 응시하고 있었다. 진형은 서두르지 않고 기억을 한 조각씩 건져올려 정밀하게 조립해 나가는 중이었다.

"그때가 아마 저녁 여덟시쯤 되었을 거야."

그날, 열에 들떠 신음하던 진형은 요의를 느끼고 옅은 잠에서 깨어났다. 눈을 뜨자마자 들려온 것은 빈소에서 합창처럼 들려오는 울음소리였다. 그 속에는 생전 처음으로 들어보는 아버지의 오열도 섞여 있었다.

"엄니이, 인자 참말로 마지막이요오. 참말로 마지막이란 말이요오."

아버지와 숙부가 서로 주거니 받거니 하며 통곡을 이어가고 있었다. 그 사이사이로 어머니와 숙모의 흐느낌도 들려왔다. 아마도 뒤늦은 입관을 하고 있는 모양이었다. 진형은 현기증에 비틀거리며 향냄새와 울음소리가 질펀하게 흘러넘쳐 있는 거실을 가로질러 화장실로 들어갔다.

용변기 앞에 서서 소변을 보는 도중에 진형은 문득 고개를 들고 창문을 올려다봤다. 용변기 바로 위에 나 있는 공책만한 크기의 네모난 창이었다. 그 창문 안쪽에 흰빛의 물체가 너울거리고 있는 것이 진형의 눈에 빨려들어왔다.

"하얀 스카프 같았어. 왜 있잖아, 속이 훤히 비쳐 보일 만큼 얇은 천으로 만든 목도리 말이야. 그 투명하게 속이 비치는 물체가 우아하게 흔들리고 있었어. 첨엔 바람 때문인 줄 알았는데, 바람 같은 건 한 점도 불지 않았지. 게다가, 바람에 흔들리는 것하고는 달랐어. 대단히 리드미컬했거든. 마치 물너울 같았어. 일정한 간격으로 일렁거리는 물너울 말이야."

진형은 양손을 들어올려 너울거리는 물결을 흉내내며 설명에 열을 올렸다.

"장방형에 가까웠어. 투명하고 가벼운 느낌이었지. 한참 동안 창가에서 일렁이더니만 갑자기 연기처럼 스르르 풀리더니 창 밖으로 흘러나가더라구."

열이 빠져버린 진형은 바지를 추스르는 것도 잊어버리고 그 신비한 물체가 사라져버린 창문 바깥의 허공을 응시하고 있었다. 창 밖에는 어둠뿐이었다. 구름이 끼었는지 별빛조차 보이질 않았다.

곁에서 듣고 있던 인숙이 입 속에 고인 침을 한꺼번에 삼켰다.

"어머나 세상에, 정말로 유령이 있나보네."

인숙이 흥분하여 빠른 어조로 종알거렸다.

"십중팔구는 그런 셈이지."

진형은 입맛을 한번 다시고 나서 미간을 찌푸리며 조심스러운 말투로 어깃장을 놓았다.

"거미줄이었는지도 몰라."

이튿날 열이 내리고 나서 다시 화장실에 가봤을 때, 진형은 창문 귀퉁이에 손바닥만한 거미줄이 쳐져 있는 것을 발견했다. 진형은 전날 밤에 자신이 봤던 것이 어쩌면 저 거미줄이었는지도 모른다는 생각을 했다. 열이 너무 높았던 탓에 거미줄이 바람에 흔들리는 모양이 헛것으로 비쳤을 수도 있었다.

"말도 안 돼. 그건 유령이야. 조모님 혼백이 틀림없어."

인숙은 정색을 하고 소리쳤다.

그건 반드시 유령이어야 했다. 그게 헛것에 불과하다면 병석에 누워 있는 어머니가 너무 가여웠다. 어머니의 고단한 인생살이와 눈물겨운 투병이 허망하고 안쓰러웠다.

"난 하나도 안 힘들다."

암세포가 다시 번지고 있다는 검사 결과를 통보받은 어머니는 인숙의 뺨을 어루만지며 소녀처럼 웃어 보였다.

"나한테는 네가 있잖니."

어머니는 인숙을 끌어안으며 그 어느 때보다 다정한 목소리로 고맙다는 말을 건넸다. 네가 없었다면 어쩔 뻔했느냐면서 인숙의 어깨를 토닥였다. 인숙의 내면에서 파문이 일어난 것은 바로 그때였다. 가슴 한복판이 휑하니 뚫려버린 듯한 허탈감과 함께 뱃속에 아이를 담고 싶다는 욕망이 걷잡을 수 없이 밀려들었다.

"아기를 낳고 싶어."

인숙이 허기진 사람처럼 진형의 가슴팍으로 파고들며 소곤거렸다. 그녀의 몸은 스스로 달아올라 있었으며, 진형의 작은 몸짓과 손길에도 신음 섞인 숨을 몰아쉬었다.

"유령이 있어서 정말 다행이야."

진형의 몸을 받아들이면서, 인숙이 마음속 깊은 곳에서 울려나오는 목소리로 말했다.

귀가

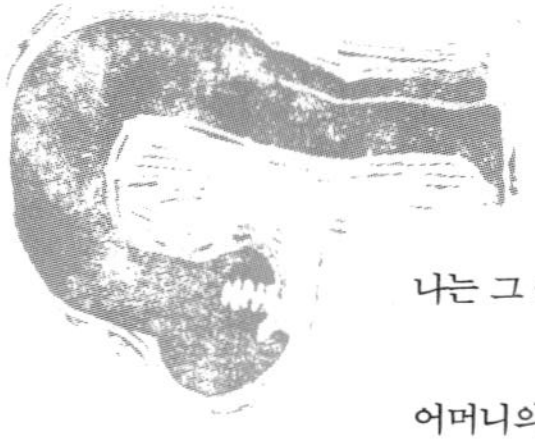

나는 그 순간 깨달았다. 오래도록 형과 나를 잇고 있던 가느다란 끈이

어머니의 죽음을 계기로 떨어져나가버렸다는 사실을,

이제 형과 나 사이에는 아무것도 남아 있지 않다는 사실을 절감했다.

나는 뺨으로 흘러내린 눈물을 닦아내고 나서 굳은 얼굴로

그 방을 빠져나왔다. 그리고 상복을 벗는 날까지 형에게 단 한마디도

말을 건네지 않았다.

밤늦은 시간의 버스는 늘 그렇듯이 눅진한 술냄새를 담고 있었다. 우산을 접고 버스에 오른 나는 흐트러진 자세로 앉아 있는 취객들을 지나쳐 빈 좌석이 남아 있는 버스 뒤쪽으로 무거운 발걸음을 옮겼다. 닷새째 계속되는 야근으로 지칠 대로 지쳐 있었던 탓에 의자에 앉기가 무섭게 졸기 시작했다.

버스의 흔들림에 몸을 내맡기고 있던 내가 정신을 추스른 것은 옷가게와 카페가 밀집해 있는 대학가에 버스가 정차했을 때였다. 버스에 올라탄 승객들은 저마다 빈 좌석을 차지하여 앉았고 뒤늦게 올라탄 치들은 손잡이에 매달린 채 밖에서 묻혀 들어온 빗물로 바닥에 지저분한 얼룩을 만들어냈다. 그때였다.

"아주머니, 이리 와 앉으세요."

내 바로 앞 좌석을 재빨리 차지하고 앉았던 한 청년이 깡마르고 작달막한 체구의 아낙에게 자리를 양보하고 일어섰다. 등에 아이를 업은, 피로한 기색이 역력한 그 아낙은 고맙다는 말을 건네며 청년에게 몇 번이고 고개를 숙였다.

내 주의를 끈 것은 그녀가 업고 있는 아이였다. 중학생쯤 됐을까. 어머니의 등에 업혀 다니기에는 몸집이 너무 크고 성숙했다. 고개조차 가누지 못하고 흐느적거리는 것으로 봐서 어딘가 몸이 불편한 듯했다.

좌석에 앉혀진 아이는 혼곤한 잠에서 잠시 깨어나는 듯하다가 이내 고개를 모로 꺾고 차창에 머리를 기댔다. 아이를 의자에 내려놓고 숨을 돌린 아낙은 아이를 내려다보며 무엇인가를 망설이고 있었다. 마침내 결심이 선 아낙은 그 아이의 몸을 차창 쪽으로 조금 밀었고, 그렇게 해서 생겨난 한 뼘쯤 되는 공간에 자신의 엉덩이 한쪽을 걸치고 앉았다.

흔들리는 버스 안에서 통로 쪽으로 몸을 틀어 불안한 자세로 앉아 있는 아낙의 모습은 흡사 벌을 서고 있는 것처럼 보였다. 그 안쓰러운 모습을 보다 못한 나는 내 자리를 그 아낙에게 내어주고 싶다는 생각을 했다. 하지만, 행동으로 옮기지는 않았다. 물 젖은 솜처럼 무겁게 가라앉아 있는 몸뚱이를 일으켜세우는 데는 적지 않은 용기가 필요했다. 나는 고민 끝에 차창 밖으로 시선을 돌려 외면하는 쪽을 택했다.

그러나 잠을 청할 수 없었다. 졸음에 겨워 눈을 감으면 아낙의 모습이 어른거렸다. 나는 게슴츠레 실눈을 뜨고서 아낙의 옆얼굴을 훔쳐보았다. 검게 그을린 피부는 탄력을 잃어 잔주름이 져 있었고 눈가에는 굵은 주름이 잡혀 있었다. 마흔은 넘겼을까. 모진 세파에 시달린 탓에 실제보다 훨씬 나이 들어 보이는 초췌한 얼굴…… 나는 문득 내 가슴속에 각인되어 있는 낯익은 얼굴을 떠올렸다.

어머니는 불 꺼진 거실에 정물처럼 앉아 있었다. 숨조차 쉬지 않고 있는 것 같았다. 여느때처럼 요의를 느끼고 새벽녘에 일어난 나는 어두운 거실에서 검은 그림자를 발견하고 흠칫 놀랐다.

"용민아, 내 새끼, 이리 온."

어둠 속에서 검은 그림자가 입을 열었다. 늙고 처진 목소리에는 평소와는 다르게 생기가 감돌고 있었다.

"너헌티 줄 게 있어서 그랑께 언능 이리 오거라."

나는 한숨을 한번 내쉬고는 아무 소리도 못 들은 양 욕실로 들어갔다. 어둠 속에 홀로 남겨진 그림자는 계속해서 형의 이름을 부르며 말을 이어가고 있었다.

"용민아, 이 에미가 너헌티 꼭 주고 싶은 것이 있당께 그러네."

욕실에서 나온 나는 어머니 앞으로 다가갔다. 오랜 세월, 일찍 홀로 되어 거친 세파와 맞서 싸워오며 두 아들을 키워낸 어머니는 이제 껍질만 남아 있었다. 옹골차게 들어차 있던 삶의 의지와 욕구는 모래알갱이들처럼 부서져 단 한 조각도 남기지 않고 어머니 몸 속에서 빠져나가버린 지 이미 오래였다.

"왜요? 또 형이 보고 싶으세요? 내일이라도 한번 올라오라고 전화할까요?"

새벽부터 고함을 질러 아내의 단잠을 깨우고 싶지 않아서 나는 나직하게 말을 건넸다. 귀가 어두운 어머니가 그렇게 작은 말소리를 알아들을 리 없었다. 보청기를 사용하면 그럭저럭 대화가 가능했지만 어머니는 귀찮다는 이유만으로 한사코 보청기를 멀리했다. 정상적인 삶을 영위하겠다는 의지가 사라져버린 어머니는 귓속의 이물감을 참아내려 하지 않았다.

나는 쭈글쭈글한 어머니의 손등을 어루만지며 날이 밝는 대로 형에게 전화를 하겠노라고 말했다. 내 말을 알아듣는지 못 알아듣는지 잠자코 앉아 있던 어머니는 갑자기 자리에서 일어나 내 손을 이끌었다. 그 힘없는 손길에 이끌려 나는 퀴퀴한 냄새가 진동하는 어머니 방으로 들어갔다. '저승 냄새'라며 진저리를 치곤 하는 아내의 얼굴이 문득 생각났다. 평소 말수도 적고 온순하기만 한 아내였다.

"무슨 놈의 명이 저리도 긴지 원. 늙으면 죽어야 하는 거야. 어머니도 이제 그만 돌아가주셨으면 좋겠다."

근 일 년여 만에 불쑥 찾아온 형은, 당신 속에서 나온 자식들 얼굴조차 못 알아보는 마당에 더 살아 무엇 하겠느냐며 그렇게 말했다. 그러자 아내가 벌컥 화를 냈다. 지금껏 거동이 불편한 어머니를 보살펴오면서도 불평다운 불평 한 번 해본 적이 없는 아내였기에 나는 놀란 눈으로 그 화내는 모습을 바라볼 뿐이었다.

"그걸 지금 말씀이라고 하시는 거예요?"

아내는 얼굴이 붉게 상기되어 있었고 알아듣기 어려울 만큼 빠른 속도로 한꺼번에 말을 쏟아냈다.

"아주버님은 그래도 맏이라고 시골에 있는 집이라도 물려받으셨잖아요. 우리한텐 뭐 십원 한푼 보태주셨는 줄 아세요?"

아내는 숨도 쉬지 않고 말을 퍼부었다. 이미 아내는 이성을 잃은 상태였다.

"일 년도 넘게 얼굴 한 번 안 비치던 분이 불쑥 찾아와서는 기껏 한다는 말이 빨리 돌아가셨으면 좋겠다구요? 그래요, 저도 제발 어머님께서 빨리 좀 돌아가셨으면 좋겠어요. 그런데, 우린 그런 말조차도 입 밖에 내보질 못하고 살아요. 왠지 아세요? 그 속을 알기나 하세요?"

언제까지고 계속될 것처럼 쏟아지던 말줄기가 돌연 그친 것은 아내의 입에서 '불구'라는 말이 튀어나왔기 때문이었다.

"저라고 왜 아주버님 형편을 모르겠어요. 그치만 이제 그만하면 살림도 틀이 잡혔고 살 만하게 되셨잖아요. 이젠 아주버님께서 어머니를 모셔야 하는 것 아닌가요? 불구라는 이유만으로……"

아내는 자신의 실수를 깨닫고 재빨리 입을 닫았지만 이미 그 말은 입을 떠난 뒤였다. 잠시 침묵을 지키던 아내는 복받치는 감정을 참지 못하고 흐느껴 울며 안방으로 뛰어들어가버렸다. 그때까지 고개를 떨군 채 앉아 있던 형은 자리에서 일어나 절름거리는 걸음으로 현관으로 가서 신발을 신었다. 온다 간다는 말 한마디 없이 현관문을 나서더니 뒤 한 번 돌아보지 않고 총총히 사라졌다.

나는 형을 붙들지도 않았고 아내를 위로하러 방으로 들어가지도 않았다. 서글펐다. 불과 몇 해 전까지만 해도 머리에 함지를 이고 전국의 장터를 휩쓸고 다니던 어머니였다.

"머리 허연 노인네를 바깥으로 내돌리며 돈벌이를 시킨다고 사람들이 손가락질하는 것도 모르세요?"

해산물을 산지에서 사다가 장에 내놓는 일로 쏠쏠하게 재미를 보던 어머니는 경비를 줄이기 위해 남녘의 항구도시 한 귀퉁이에 방 한 칸을 마련해놓고 숙식을 해결했다. 아들네 집에 들르는 것은 고작해야 한 달에 한 번꼴이었다. 나는 틈만 나면, 이제 살 만하게 되었으니 장성한 자식들 체면을 생각해서라도 행상을 그만두라며 어머니 앞을 막아섰다. 그럴 때면 어머니는 특유의 카랑카랑한 목소리로 "어떤 놈이 감히 내 금쪽 같은 자식헌티 손가락질을 해?" 하고 고함을 쳤다. 노인네의 것이라고는 믿기지 않는 그 당당한 고함 소리에 기가 죽어 슬그머니 꼬리를 내리면 어머니는 기회를 놓치지 않고 단단히 못을 박았다.

"모르는 소리 하덜 말어라. 사지 멀쩡한 사람이 집 안에 들어앉으면 죄

받는 법이다. 흙 되어 없어질 몸인디 뭣에다 쓸라고 그렇게 애지중지 아낀단 말이냐?"

머리에 함지를 이고 정정한 걸음으로 멀어져가는 어머니의 뒷모습을 보고 있노라면 세월조차도 어머니를 어쩌지 못하고 비켜가는 것만 같았다. 그런 어머니가 하루아침에 어린아이마냥 헤프게 웃고 울기 시작했고 식사 때면 밥알이며 반찬을 수북이 흘렸으며 귀까지 어두워지더니 급기야 자식들 얼굴도 분간하지 못하는 폐인이 되어버렸다. 그것은 너무도 급격한 변화였고 나는 어머니가 그렇게 퇴락하는 과정을 지켜보며 극심한 상실감에 시달려야 했다.

"아가, 이리 온. 그래 그렇게 나만 따라오거라."

어머니에게 이끌려 방으로 들어선 나는 벽을 더듬어 스위치를 올렸다. 형광등 불빛에 드러난 네모난 공간에 가구라고는 키 작은 장롱과 쌀뒤주가 전부였다. 시집올 때 친정어머니가 물려준 것들이라며 애지중지해온 그것들은 칠이 벗겨지고 자개가 떨어져나가 흉물이 다 되어 있었다.

"나 죽기 전까진 이것들 못 없앤다."

한번은 그 흉물들을 그만 내다버리고 새로 장만하는 것이 어떻겠느냐는 말을 건넨 적이 있었는데, 어머니는 온전치 못한 정신임에도 불구하고 분명하고 단호한 어조로 그렇게 대답했다. 어금니를 꽉 깨문 채로 내뱉은 그 나직한 목소리는 가래 끓는 소리까지 섞여서 흡사 으르렁거리는 것처럼 들렸다. 먹이를 빼앗기지 않으려는 짐승처럼 어머니는 장롱에 등을 기댄 채로 나를 노려보고 있었다. 나는 곧 내 뜻을 굽혔다. 하지만 어머니는 경계심을 늦추지 않았다. 절대로 그 가구들을 없애지 않겠노라고 몇 번이나 약속을 했건만 어머니는 거실에 나올 때마다 방문을 걸어잠그곤 했다.

"이걸 줄라고 널 불렀다."

어머니가 장롱에서 꺼내든 것은 누렇게 변색한 두꺼운 이불이었다. 오래도록 세탁을 하지 않은 탓에 곰팡내가 코를 찔렀고 그 냄새는 금세 좁은 방 안에 가득 차버렸다. 나는 얼굴을 돌려 가능하면 코를 멀리 한 채 그 이불을 받아들었다. 내가 이불을 받아들자 어머니는 주름진 얼굴을 잔뜩 찌푸리며 헛헛헛, 하고 바람 빠지는 것 같은 소리를 냈는데 웃는 것도 아니고 우는 것도 아닌 이상야릇한 소리였다.

지금에야 돌이켜 생각해보면, 그것은 일종의 의식이었다. 어머니는 그날 밤에 잠자듯이 숨을 거뒀던 것이다. 죽음을 앞둔 사람은 자신에게 마침내 때가 찾아왔음을 예감한다던가. 어머니가 그날 내게 보여준 납득할 수 없는 행동은 바로 그 죽음에 대한 예감에서 비롯된 것임이 분명했다.

버스가 멈춰 서거나 출발하거나 방향을 바꿀 때마다 아낙은 균형을 잃고 비틀거렸다. 버스가 거칠게 커브를 돌 때면 사력을 다해 손잡이를 틀어쥐었다. 그럴 때면 아낙의 미간에 굵은 주름이 생기고 악물고 있는 턱 아래로 목주름이 일어났다. 중심을 잃지 않으려고 양다리를 한껏 넓게 벌리자 치맛자락이 사타구니께로 능청하게 늘어져 허벅지가 허옇게 드러났다.

사람들이 그런 아낙의 모습을 곁눈질로 훔쳐보았고 몇몇은 서로 귀엣말을 나누기도 했다. 그러나 아낙은 오감이 마비된 사람처럼 무감각했다. 눈은 눈꺼풀이 풀어져 반쯤 감겨 있었고 흐릿한 눈빛은 허공 어딘가에 내던져져 있었다.

나는 아낙이 감내하고 있을 막중한 피로를 짐작할 수 있었다. 이등병 시절, 장대비를 뚫고 행군을 강행하던 때였다. 수일간 밤낮으로 계속된 행군으로 체력의 한계를 넘어선 상태였고 군화 밑창은 진흙이 두껍게 엉겨붙어 납덩이처럼 무거웠다. 나는 무릎 안쪽이 끊어지는 듯한 통증에 시달리고 있었다. 그때, 부대원 중 한 명이 자신의 총을 버리는 사건이 발생했다. 그 광경을 목격한 장교는 격분하여 우리 부대원 전체에게 혹독한 기합을 줬다. 여느때 같으면 넌덜머리를 냈을 그 기합을 받으면서 나는 조금이라도 그 기합이 오래 지속되기를 바랐다. 그 기합을 받는 동안은 내 무릎 관절이 조금이나마 편안한 자세로 휴식을 취할 수 있었기 때문이었다.

지금껏 내가 맛보았던 그 어떤 휴식보다 달콤했으며 동시에 고통스러웠던 그 순간을 아낙 역시 경험하고 있는 것이 분명했다. 그 고통스러운 휴식을 조금이라도 연장시키기 위해 아낙은 손잡이를 그러쥐고 사력을 다해 버티고 있는 중이었다. 그 격심한 피로와 고통이 내게로 전해져오는 듯했다. 마치 아낙의 신경과 내 신경이 서로 연결되어 있어서 아낙이 느끼는 고통이 고스란히 내 신경망으로 흘러드는 것만 같았다. 무릎이 꺾이는 것처럼 아팠다. 피가 아래로 몰리면서 발이 부어올랐고 신발이 꽉 조였으며 발목을 조이고 있는 양말 속의 고무밴드가 딱딱한 철사처럼 살 속으로 파고들었다.

버스가 시내 중심가를 막 벗어났을 무렵, 아낙은 더 견디지 못하고 자리에서 일어나고 말았다. 아낙은 못내 미련이 남는지 자신이 일어난 자리의 한 뼘 남짓한 빈 공간을 뚫어져라 노려보았다. 만약 그때 아낙이 무심히 고개를 돌려 나와 눈길이 마주쳤다면 나는 더이상 버티지 못하고 자리를 양보하기 위해 일어서고 말았을 것이다. 하지만 아낙은 내게 등을 보이며 버스 앞쪽으로 몸을 돌렸고 나 역시 매정하게 차창 쪽으로 고개를 돌려버리고 말았다.

고개를 차창 쪽으로 돌린 뒤에도 나는 아낙을 외면하지 못하고 차창에 흐릿하게 비친 아낙의 모습을 지켜보고 있었다. 아낙이 내가 앉아 있는 쪽으로 반 발짝쯤 움직이는 것이 보였다. 아낙은 다리의 피로를 덜기 위해 아이가 앉은 의자 등받이 옆모서리에 몸을 싣다시피 하며 기댔고 그 바람에 잠시 내 다리와 아낙의 다리가 맞닿았다. 나는 재빨리 다리를 의자 안쪽으로 오므렸다. 아낙과 나의 거리는 한 뼘도 채 안 될 만큼 좁혀져 있었다. 그때, 나는 스물스물 콧속으로 스미는 낯익은 냄새를 맡았다. 아낙의 몸에서 풍겨오는 그것은 시큼한 땀내가 뒤섞인 고리고리한 냄새였다. 그것은 진절머리나는 가난의 냄새였다. 허기와 절망의 냄새였다.

"저놈의 새끼가! 당장 관두지 못하겄냐?"

쪼그리고 앉아서 마당에 고추를 널고 있던 어머니는 버럭 역정을 냈다. 상소리까지 입에 담아가며 노여움을 감추지 않았다.

"비싼 밥 먹고 어디 할 짓거리가 없어서 방정맞게 병신 흉내질이냐?"

한쪽 다리를 절룩거리며 사립문 안으로 들어선 형은 그 서슬에 놀라 우뚝 멈춰 섰다. 잠시 머뭇거리던 형은 어머니의 눈치를 살펴가며 슬금슬금 툇마루 쪽으로 걸음을 옮겼다.

"그래도 저것이!"

어머니는 자리에서 벌떡 일어나서 사립문으로 달려가 싸릿대를 꺾어 들었다. 나는 다음에 일어날 일을 짐작하고 손톱을 깨물며 숨을 죽였다. 성격이 불같은 어머니는 한번 화가 나면 흰자위를 희번덕거려가며 무섭게 닦달을 하곤 했는데 어머니 손에 싸릿대가 들리는 날이면 무사하기가 어려웠다.

어머니는 회초리를 들고 형을 향해 성큼성큼 다가갔다. 형은 겁을 집어먹고 벌써부터 울먹거리며 손바닥을 비벼댔다. 잘못했다는 말을 연발하며 뒤로 슬금슬금 물러났다.

"오냐 그래. 잘못한 줄 알았으면 똑바로 걸어봐라!"

어머니는 회초리를 머리 위로 치켜들고 당장이라도 형을 내려칠 기세였다. 눈을 질끈 감고 양손을 머리 위로 올려 회초리를 막는 자세를 취한 채로 형은 한참 동안이나 부들부들 떨고 있었다. 그 광경을 지켜보고 있던 나 역시 바지에 오줌을 지릴 정도로 공포에 질려 있었다.

"이놈이 누굴 닮아 이다지도 고집이 세다냐? 허어, 이마에 피도 안 마른 것이 지 에미헌티 이기려구 들질 않나, 언능 시키는 대로 못하겄냐?"

형은 걷기 시작했다. 서너 걸음쯤 걸었을까. '슉' 하고 회초리가 바람을 갈랐고 형이 울음을 터뜨렸다. 하지만 서럽게 울면서도 형은 어찌 된 영문인지 절룩거리기를 멈추지 않았고, 그럴수록 어머니는 눈꼬리를 치켜세운 채 회초리를 사정없이 휘둘러댔다.

마당 가장자리를 밟아가며 한 바퀴를 돌고 난 형의 종아리에는 갈라진 살 틈으로 핏방울이 촘촘히 맺혀 있었다. 목청껏 소리를 질러대던 어머니는 핼쑥해진 얼굴로 한동안 형을 내려다보다가 나직하게 가라앉은 목소리로 입을 열었다.

"다시 걸어봐라."

그 말 한마디뿐이었다. 그 말에는 지금까지의 격한 음성에는 없었던 깊은 울림과 감히 거역할 수 없는 무게가 깃들어 있었다. 나는 간절한 마음으로 형의 걸음을 응시했다. 형이 다시 한번 마당을 한 바퀴 돌고 나서 걸음을 멈추자 우두커니 서서 지켜보고 있던 어머니는 그 자리에 풀썩 주저앉아버렸다. 반쯤 벌어진 어머니의 입에서 신음 같은 탄식이 새어나왔다.

"안 된다. 안 돼……"

어느새 어머니는 굵은 눈물을 뚝뚝 흘리고 있었다. 형은 쪼르르 어머니에게 달려가 "엄니, 내가 잘못했어라우" 하며 매달렸고 나도 덩달아 울음보를 터뜨렸다. 어머니는 형을 부둥켜안은 채로 목울음을 놓았다.

"어린것이 열이 너무 많으면 못쓰는 법인디…… 약 한 첩 못 먹인 내가 죽일 년이여, 내가……"

며칠 전이었다.

나는 사립문 근처를 배회하며 초조하게 어머니의 귀가를 기다리고 있었다. 아침부터 머리가 아프다며 이맛살을 찌푸리고 있던 형은 점심나절이 되자 방으로 들어가 누워버리더니 춥다며 이불을 내려 덮고도 부들부들 몸을 떨었다. 형이 선잠에 들자 나는 하릴없이 마당 가장자리를 밟으며 맴돌았다. 마치 빈집처럼 괴괴한 적막이 감돌아 방 안에서 형이 자고 있다는 사실이 믿기지가 않았다. 초조하고 무서워진 나는 바람 소리만 들려도 어머니인가 해서 사립문 밖으로 달려나가보곤 했다.

마른 고추 스무 근을 머리에 이고 장에 나간 어머니는 그림자가 길게 눕도록 돌아오지 않았고 참다못한 나는 홀로 신작로까지 걸어나갔다. 신작로를 끼고 우거진 잡목숲에서는 매미들이 귀가 따갑도록 울어대고 있었다. 매미들은 자동차가 신작로를 달려 지나칠 때면 일제히 숨을 죽였고 그때마다 나는 밀가루 같은 허연 먼지를 뒤집어썼다. 내 눈길은 신작로가 구부러지는 지점에 못 박혀 있었다. 금방이라도 그곳을 돌아나올 것만 같은 어머니의 모습은 땅거미가 내리도록 나타나지 않았다. 배가 쑥 들어간 상현달이 동쪽 산기슭 위로 한 뼘이나 떠오르자 나는 허기진 배를 움켜쥔 채 기어이 울음을 터뜨리고 말았다.

어른이 된 지금까지도 나는 신작로 저편에서 검은 그림자가 나타나던 그 순간을 생생하게 기억하고 있다. 나는 그 그림자를 향해 내달렸다. 어머니는 어깨를 축 늘어뜨린 채 느릿느릿 걸어오고 있었다. 품 안으로 달려든 나를 다독이며 어머니는 "느그 형은 밥도 안 먹고 벌써 잔다냐? 쯧쯧 내 새끼, 배 많이 고프지야?" 하고 힘없는 목소리로 물었다. 감정이 복받친 나는 훌쩍거리기만 할 뿐, 아무 말도 할 수가 없었다.

"올해 고추 농사가 대풍이라더니만……"

나를 달래기 위해 등에 업은 어머니는 혼잣말을 했다. 잔등에서 전해 오는 그 따뜻한 체온이 나를 진정시켰고 울음을 멈추게 했다.

"헐값이나마 팔렸기에 망정이지 하마터면 고스란히 다시 이고 올 뻔했지 뭐냐."

이것도 사야 하고 저것도 필요한데…… 어머니는 고추를 좋은 값에 팔면 장만하려고 했던 것들을 넋두리처럼 늘어놓았다.

달빛을 밟고 사립문 안으로 들어선 어머니는 곧장 작두샘 앞으로 가서 펌프질을 했다. 주둥이에 입을 대고 쏟아지는 물을 벌컥벌컥 들이켰다. 후유…… 한숨처럼 길게 숨을 뱉고 나서 어머니는 질끈 졸라맨 허리띠를 풀었다. 물로 채운 배가 불룩했다.

나는 알고 있었다. 어머니가 하루 종일 굶었다는 사실을, 어머니는 늘 식사랄 것도 없는 간소한 음식으로 끼니를 때운다는 사실을, 나는 비록 어렸지만 모두 알고 있었다. 재산을 모으기 위해서는 입으로 들어가는 것을 아끼는 길 외에는 달리 방법이 없던 그 시절에 어머니는 숫제 곡기를 입에 넣으려 들지 않았다. 숙명처럼 허기를 받아들이는 어머니는 늘 눈앞이 캄캄해지는 심한 어지럼증에 시달렸다.

"용민아, 내 새끼, 이게 뭔 일이라냐?"

어머니가 캄캄한 방에 들어가 불을 밝힌 것은 부엌일을 다 마치고 나서였다. 쌀을 씻고 화덕에 불을 지펴 밥을 지은 어머니는 상을 차려들고 나서야 내게 형을 깨우라는 말을 건넸다. 나는 그 말에 선뜻 따르지 못하고 머뭇거렸다. 형과 나누어가져야 했던 어머니의 사랑을 독차지하게 된 것이 즐거웠기 때문이었을까. 형의 존재를 까맣게 잊고 있던 나는 그제서야 형이 아프다는 사실을 떠올리고 죄책감을 느꼈다. 내 얼굴색을 살피던 어머니는 갑자기 어떤 불길한 예감이 들었는지 들고 있던 밥상을 황급히 내려놓고 방 안으로 뛰어들어갔다.

"언제부터 이랬냐? 언제부터?"

나를 향해 다그쳐 묻는 어머니의 눈꼬리가 치켜올라가 있었다. 나는 주눅이 들어 고개를 떨어뜨린 채 울먹이기 시작했다. 빨갛게 열꽃이 올라 있는 형은 열에 들떠 헛소리까지 내지르고 있었다. 어머니는 허둥지둥 형의 옷을 벗기고 찬물을 길어다가 물수건을 이마에 얹어주었다. 그러고는 지어놓은 밥을 다시 끓여서 희부연 쌀죽을 쑤었다.

"먹어야 이기는 법이다. 어서 먹어라."

서너 숟갈을 뜨는 둥 마는 둥 하고 형은 고개를 돌려버렸다. 어머니는 형의 머리맡을 떠나지 않고 쉴새없이 물수건을 갈아주었다. 이따금씩 온몸을 닦아주기도 하고 칭얼거리는 형을 업고 방 안을 서성이기도 했다. 하지만 밤이 깊어가도록 형의 열은 내릴 기미가 보이지 않았다.

"걱정 말거라. 느그 형은 금세 털고 일어날 게다."

어머니는 단정적인 어투로 한마디 한마디에 힘을 주어 말했다. 그 말에 마음이 놓인 나는 졸음에 겨워 간신히 붙들고 있던 의식을 놓고 잠에 빠져들어갔다. 눈을 감기 전에 보았던, 형을 향해 돌아앉은 어머니의 뒷모습은 새벽에 오줌이 마려워 다시 눈을 떴을 때에도 변함이 없었다.

"어린것이 열에 오래 시달리면 못쓰는 법인디……"

새벽닭이 울자 어머니가 탄식하듯 중얼거리더니 부산하게 움직이기 시작했다. 나는 어머니가 거울을 들여다보며 머리를 만지는 모습을 물끄러미 지켜보고 있었다. 옷매무새를 단정히 한 어머니는 정화수를 뜨기 위해 물동이를 이고 어둠 속으로 서둘러 길을 나섰다. 다른 사람의 손이 타지 않은 깨끗한 물 한 사발이 형의 열을 내리게 할 비방이었다. 방 안에서 형이 열에 들떠 헛소리를 해도 정화수가 담긴 흰 사발을 장독대 앞에 놓고 꿇어앉은 어머니는 고개를 조아리며 한없이 손바닥을 비벼댈 뿐이었다.

"참말이지 미련한 짓이었어야. 들쳐업고 곧장 읍내 병원으로 갔더라면 이 지경은 면했을 것인디……"

하다못해 약국에서 약이라도 한 첩 지어다가 먹였어야 했다면서 어머니는 그때의 일을 두고두고 후회했다. 어쩌다가 소주라도 한잔 걸치고 비척거리는 걸음으로 집에 들어오는 날이면 어머니의 자책은 한없이 이어지곤 했다.

"돈이 없었다면 또 모르겄다. 고추 팔아 번 돈이 이 호주머니에 들어 있었으면서도 쓸 생각을 못 했으니 시상에 나같이 멍충한 년이 또 있겄냐?"

어머니는 호주머니께를 손바닥으로 탁탁 치면서 얼굴을 일그러뜨렸다. 부모 잘못 만난 탓에 죄 없는 어린것이 욕을 보게 됐다며 앙가슴을 쳤다. 그러다가 끝내는 지 자식 병신 만든 것도 모자라서 매질까지 했으니 내가 죽일 년이라며 흐느꼈다.

버스가 아파트 입구에 정차하자 내리는 사람들로 출구 근처가 붐볐다. 다행한 일이었다. 한 무리의 승객이 한꺼번에 내리자 아낙은 운전사 바로 뒤편에 있는 좌석 하나를 온전히 차지하고 앉을 수 있었다. 가슴 한 귀퉁이에 묵직하게 걸려 있던 부채감을 덜게 된 나는 남모르게 안도의 한숨을 내쉬었다.

다시금 잠을 청했다. 아낙이 버스에 오르기 전에 맛보았던 단잠에 빠져들고 싶었다. 내일도 계속될 야근을 대비해서 조금이라도 잠을 청해야만 했다. 그런데 어찌 된 일일까. 졸음 때문에 눈이 아파올 지경인데도 불구하고 나는 여전히 잠을 이룰 수가 없었다.

시선 때문이었다.

버스 앞쪽에 앉은 아낙은 반쯤 뒤로 돌아앉은 채 내가 있는 쪽을 바라보고 있었다. 보다 정확하게 말하자면, 내 앞좌석에 비스듬히 잠들어 있는 아이를 응시하고 있었다. 단 한순간도 그 시선은 아이에게서 떠나지 않았고, 나는 그 시선의 연장선상에 위치해 있는 까닭에 정면으로 그 아낙의 시선을 마주 보아야만 했다. 나는 죄지은 사람처럼 그 시선을 피해 고개를 떨구었다. 고단한 삶에 찌들어 시커멓게 타버린 아낙의 얼굴, 광대뼈 위에 움쑥 들어간 눈자위, 자식을 향한 맹목에 가까운 애정이 담긴 시선, 그 앞에서 나는 자꾸만 작아지는 내 모습을 발견하고 당혹스러워했다.

버스는 네거리를 지나 번화한 유흥가에 접어드는 중이었다. 휘황한 네온사인에 휩싸인 거리에는 사람들이 넘쳐나고 있었다. 버스가 정차하자 승객들이 줄지어 밀려들었고, 버스 안은 이내 사람들의 훈기로 더워졌다.

승객들이 많아지면서부터 아낙은 눈에 띄게 불안해하고 있었다. 아이를 좀더 잘 보기 위해서 숫제 뒤로 돌아앉아 등받이에 양팔을 얹고 한껏 고개를 늘여 빼고 있었는데 그런 아낙의 모습을 이상스럽게 여긴 주위 승객들은 힐끔힐끔 아낙을 훔쳐보며 귀엣말을 나누었다. 집요하게 한곳만을 바라보고 있는 아낙의 시선을 뒤좇던 몇몇 승객들은 아이가 비스듬히 잠들어 있는 좌석보다는 내게 더 혐의를 두는 듯했다.

나는 얼굴이 후끈 달아올랐다. 승객들이 아낙과 나에 대해 갖가지 추축들을 하고 있을 것이라고 생각하자 마땅히 시선을 둘 만한 곳을 찾을 수가 없었다. 창 밖을 내다봐도 승객들이 시시덕거리는 모습이 차창에 흐릿하게 비쳐 보였다.

바로 그때였다. 신호에 쫓긴 버스가 네거리에서 왼쪽으로 급격히 방향을 바꿨다. 버스에 타고 있던 승객들이 일제히 오른쪽으로 쏠렸다. 거의 동시에 아낙이 놀란 얼굴로 튕겨오르듯 자리에서 벌떡 일어나는 것을 나는 목격했다.

어머니의 장례식은 우리가 생각했던 것보다 성대하게 치러졌다. 아버지 노릇까지 해야 했던 어머니인지라 생전에 교분이 있었던 사람들이 적지 않아 빈소는 문상객들로 붐볐다. 우리 형제는 교대로 빈소를 지키며 손님을 맞아야 했기 때문에 번갈아가며 눈을 붙이고 식사를 했다. 그러다보니 서로 말을 나눌 수 있는 시간이 많지 않았다. 장례에 관해 꼭 의논해야 할 일이 있어도 내가 이러저러하게 처리하는 게 어떻겠느냐고 물으면 형은 그저 고개를 끄덕여 동의하는 정도였다.

화장을 마치고 돌아오는 길에 버스에서 형과 나는 나란히 앉게 되었다. 그제서야 나는 어머니가 건네주었던 이불 한 채에 대한 이야기를 꺼냈다.

"모르긴 해도, 돌아가실 거라는 걸 미리 느끼셨던 모양이야."

내가 운을 떼자, 형은 졸린 듯 거슴츠레 감고 있던 눈을 뜨고 나를 바라다보았다. 나는 어머니가 돌아가시던 날 아침에 내게 했던 말이며 행동에 대해 이야기했다.

"그 이불을 형에게 꼭 주고 싶어하셨어."

"이불을?"

집에 돌아와서 나는 형에게 그 이불을 보여주었다. 묵은 냄새가 코를 찌르는 그 이불을 보더니 형은 눈을 둥그렇게 떴다. 형은 그 이불을 알고 있었다.

"이 이불이 아직까지 있었구나!"

어머니가 정신이 흐려진 것을 우리가 맨 처음 알게 된 것은 어머니에게 방 한 칸을 세내준 집주인의 전화를 받고서였다. 장사하러 나갈 생각도 않고 방 안에만 틀어박혀 꼼짝도 않는 게 이상해서 들러봤는데 노인네가 아무래도 정신이 오락가락하는 것 같다는 것이었다. 그 소식을 듣고 허겁지겁 달려 내려간 것은 형이었다. 출장 때문에 지방에 내려가 있었던 나는 뒤늦게 연락을 받았는데, 그때는 형이 이미 어머니를 모시고 서울로 올라오고 있는 중이었다.

"어머니가 계신 그 방엘 찾아갔더니 이 이불을 덮고 주무시고 계시더구나. 하도 낡았길래 나중에 이사를 하게 되면 버리고 가는 게 좋겠다고 생각했었는데……"

형은 혀를 끌끌 차며 그 이불을 물끄러미 내려다보았다.

"웬걸, 그 흐린 정신에도 이삿짐은 하나도 버리면 안 된다고 신신당부를 하시더라구."

내 말에 형은 고개를 두어 번 끄덕였다. "평생을 그렇게 검소하게 사셨지" 하며 한숨을 내쉬었다. 그러나 그뿐이었다. 왜 어머니가 형에게 그 이불을 주고 싶어했는지에 대해서는 형도 역시 알지 못했다.

"정신이 흐린 노인이 한 일인데 너무 마음에 두지 말자."

형은 그쯤에서 마무리를 짓고 싶어했다. 잠시 무엇인가를 생각하는 눈치더니 가라앉은 목소리로 다시 말을 이었다.

"나중에 상복을 태울 때 이것도 함께 태워버려라."

순간 나는 어금니를 깨물었다. 속에서 울컥 치밀어오르는 분노와 설움을 간신히 억누르며 평정을 유지하기 위해 한차례 심호흡을 했다.

어머니가 그 흐린 정신에도 형에게 무엇인가를 주고 싶어했다는 사실이 중요한 게 아니냐고 말하고 싶었다. 어머니가 마지막까지 그렇게 지극한 애정과 관심을 베풀어주었는데도 어떻게 그토록 냉정할 수 있느냐고 따져묻고도 싶었다.

"태워버리라구?"

돌이켜보면, 마치 자식이라고는 형 하나뿐인 것처럼 지금껏 어머니는 오직 형에게만 애정을 베풀었다. 그 지독한 편애 때문에 나는 항상 어머니의 사랑에 굶주려 있었다. 어쩌면 내가 주위 사람들에게 효자라는 칭찬을 들을 정도로 어머니를 극진하게 보살필 수 있었던 것도 어머니에게 그 동안 받아보지 못한 애정과 관심을 얻어보고자 하는 해묵은 욕망 때문이었는지도 모른다.

하지만 나는 끝내 어머니의 사랑을 한 조각도 얻어내지 못했다. 고작해야 이 낡은 이불을, 그것도 형을 대신해서 받았을 뿐이었다. 대체 어머니는 왜 나에게는 아무것도 주려고 하지 않았을까. 무엇이라도 상관없었다. 하다못해 아무짝에도 쓸모없는 천조각이라도 내게 무슨 보물인 양 건네주었다면 가슴이 벅차올라 눈물이라도 쏟았으리라.

"태우지 않으면 이걸 어디다 쓰겠냐? 장롱 깊숙이 넣어두고 가보로 대물림을 할 수도 없는 노릇 아니냐?"

형은 심드렁하게 한마디 하고는 귀찮다는 얼굴로 방을 나가버렸다. 홀로 남은 나는 이불을 내려다보며 이를 악문 채로 한참 동안이나 우두커니 서 있었다.

나는 그 순간 깨달았다. 오래도록 형과 나를 잇고 있던 가느다란 끈이 어머니의 죽음을 계기로 떨어져나가버렸다는 사실을, 이제 형과 나 사이에는 아무것도 남아 있지 않다는 사실을 절감했다. 나는 뺨으로 흘러내린 눈물을 닦아내고 나서 굳은 얼굴로 그 방을 빠져나왔다. 그리고 상복을 벗는 날까지 형에게 단 한마디도 말을 건네지 않았다.

"무슨 걱정거리라도 있는 거냐?"

삼우제를 지내고 상복을 태우기 위해 집 뒤에 있는 야산 기슭으로 향하는 길에 형이 넌지시 물어왔다. 요 며칠 냉랭했던 내 태도를 두고 하는 말이라는 것을 모르지는 않았지만, 나는 못 들은 척 딴청을 했다.

상복이 담긴 보퉁이를 풀고 나서 이불을 올려놓았다. 준비해간 기름을 뿌리고 불을 놓았다. 불이 피어오르면서 얼굴에 열기가 후끈 끼얹어졌다. 나는 서너 걸음 뒤로 물러서서 말없이 그 불길을 바라보았다. 그때였다.

"어, 저거, 저게 대체 뭐냐?"

형이 먼저 손가락으로 불 속을 가리키며 외쳤다. 나 역시 놀란 나머지 입을 다물지 못하고 잠시 얼이 빠져 있었다. 이불이 타들어가면서 바야흐로 이불 속이 보이기 시작했는데, 그 안에는 돈다발들이 누벼져 있었다. 얼핏 보아도 수백만원은 족히 될 듯했다.

학교 문턱조차 밟아보지 못한 어머니는 문맹이었다. 은행이나 관공서 출입도 혼자 힘으로는 할 수가 없었던 까닭에 어머니는 돈이 생기는 대로 작은 항아리에 모아두곤 했다. 그러나 밤에도 사립문을 잠그는 법이 없는 고향 마을이라면 모를까, 낯선 대처에서 그같은 방법을 쓰다간 언제 허망하게 도둑을 맞을지 모를 일이었다. 궁리 끝에 어머니는 이불 속에 숨겨두는 방법을 생각해냈던 모양이었다.

"불 꺼, 불 끄란 말야. 물, 물 어딨어?"

화들짝 정신이 든 나는 주위를 두리번거리며 고함을 쳤다. 그러나 형은 돌처럼 굳은 채로 움직일 줄을 몰랐다. 뚫어져라 불길을 바라보고 있을 뿐이었다. 급한 대로 나는 근처에서 나뭇가지를 꺾어들고 불길 앞으로 다가갔다. 그러나 기세가 올라 있는 불길을 그런 나뭇가지 하나로 끌 수는 없는 노릇이었다. 나는 그 나뭇가지로 이불을 들치려고 해보았다. 어떻게든 이불을 끌어내볼 심산이었다.

"그러고만 있지 말고 좀 도와줘!"

일이 여의치 않자 나는 뒤를 획 돌아보며 냅다 고함을 쳤다. 그러나 형은 꼼짝도 하지 않았다. 형은 울고 있었다. 굵은 눈물줄기가 뺨을 흘러내리고 있었다. 그 눈물을 보는 순간, 나는 온몸에서 맥이 쭉 빠져나가는 느낌이 들었다.

뭐랄까, 형의 울음은 어설펐다. 그랬다. 마치 한 번도 울어본 적이 없어서 어떻게 울어야 하는지 모르는 사람처럼, 형은 어설프게 울고 있었다. 이따금씩 숨을 크게 몰아쉬고 빨갛게 충혈된 눈으로 굵은 눈물방울만을 뚝뚝 떨어뜨릴 뿐, 낯을 일그러뜨리지도 않았고 어깨를 들썩거리지도 않았다. 슬픔을 안으로 삭이면서 사력을 다해 울음을 참아내고 있는 것처럼 보였다. 이를 악물고 참고 있건만 자신의 의지를 거스르고 자꾸만 울음이 비어져나오는 듯했다.

그러고 보니 형이 우는 모습을 나는 본 적이 없었다. 단 한 번도 없었다. 심지어 고민하거나 괴로워하는 모습조차도 본 적이 없었다. 지금껏 모르고 있던 그 사실을, 나는 형의 울음을 목격하고 나서야 깨달을 수 있었다.

"넌 모른다."

마치 지금 울고 있는 울음이 다른 사람의 것인 양 형은 우는 중간중간에 또렷한 어조로 말을 꺼냈다. 자신이 눈물을 흘리고 있다는 사실을 인정할 수 없다는 듯한 태도로 태연하게 울음과 말을 교대로 이어갔다.

"넌 모르고 말고. 이 세상 어느 누구도 모른다."

나는 형도 울 수 있다는 사실이 놀라웠다. 그 무표정하고 무덤덤하던 사람이 자신의 감정을 밖으로 드러내고 있는 광경이 신기하기까지 했다.

"그래도 난 최선을 다했다."

정말이다. 나는 최선을 다했다. 형은 스스로에게 다짐하는 투로 반복해서 말했다.

그 말을 듣는 순간, 나는 결코 순탄하지 않았을 형의 인생에 대해 생각했다. 살아오면서 겪어야 했을 수많은 좌절과 절망을 형은 무작정 뒤로 미루어온 것인지도 모른다는 생각이 들었다.

형은 자신이 정상인과 다름없이 성공적으로 삶을 살아내는 모습을 어머니에게 보여주고 싶어했다. 그렇게 함으로써 당신 스스로를 죽일 년이라고 책망하곤 하는 어머니가 그 부채감에서 자유로워지기를 희망했다. 그런 형에게 있어 자신이 불구라는 이유로 좌절을 겪을 때마다 곁에서 몇 배나 더 심한 절망감에 시달리곤 하는 어머니의 모습을 지켜보는 일은 참기 어려운 고통이었으리라. 지금까지 형이 그 어떤 좌절 앞에서도 흔들리는 모습을 보이지 않고 태연자약했던 것은 그같은 고통을 두려워했기 때문인지도 모른다.

만약 그렇다면, 어머니 때문에 절망과 좌절을 뒤로 미루어온 것이라면, 이제 어머니가 돌아가셨으니 그 단단한 빗장을 풀고 마음껏 목울음을 놓아도 좋으련만 형은 여전히 울음을 참고 있었다. 이를 악문 탓에 턱뼈가 도드라진 채로 눈물만을 뚝뚝 흘리며 이따금씩 '흐흡, 흐흡' 하고 숨을 들이켜곤 했다.

"너는 모른다. 아무도, 아무도 모른다."

형이 넋두리처럼 되풀이하는 그 말을 들으며 나는 불길을 바라보았다.

불길은 혀를 날름거리며 기세 좋게 타고 있었다. 바람이 불어오자 이리저리 불길이 춤을 췄고 불붙은 지폐 몇 장이 뜨거운 열기를 타고 하늘로 치솟아올랐다. 그중에서 한 장이 불붙은 채로 내 발치에 떨어졌다. 나는 발로 불을 비벼 껐다. 거의 다 타들어가고 한쪽 귀퉁이만 남은 변색한 지폐조각을 집어들었다. 따뜻한 열기가 손끝으로 전해져왔다.

나는 가슴이 미어지는 듯했다. 무지할뿐더러 고지식하기까지 한 어머니는 돈을 모으기 위해서는 굶주리고 헐벗은 생활을 견뎌내야 한다고 믿었다. 모르긴 해도 고단하고 초라한 행상으로 이만한 돈을 모으기까지 어머니는 노구에도 불구하고 수많은 끼니를 걸렀을 것이 분명했다.

자리에서 벌떡 일어난 아낙은 무언가 알아들을 수 없는 외마디 외침을 내질렀다. 버스에 타고 있던 모든 사람들의 시선이 아낙에게 쏠렸다. 아낙은 날카로운 비명을 지르며 사람들의 숲을 헤집고 이쪽으로 달려오고 있었다. 아낙의 시선이 머무는 곳, 나는 그제서야 아이가 앉아 있는 곳을 바라보았다. 아이의 몸이 스르르 오른쪽으로 기울어지고 있었다. 비로소 사태를 깨달은 나는 손을 앞으로 뻗었다. 하지만 아이는 손쓸 겨를도 없이 바닥으로 굴러떨어져버렸다.

아이는 굴러떨어진 자세 그대로 꼼짝도 하지 않았다. 버스가 멈춰 섰고, 아이를 품에 안은 아낙은 아이의 고른 숨결을 확인하고 나서 눈물과 콧물로 뒤범벅이 된 얼굴로 '죄송합니다' 라는 말을 연발하며 사방을 향해 고개를 조아렸다. 운전석에서 일어나 버스 뒤쪽까지 와서 아낙과 아이를 살펴보던 운전사는 알아들을 수 없는 말을 혼자 중얼거리더니 "안 다쳤죠?" 하고 한마디 묻고는 대답도 듣지 않고 자리로 돌아가 버스를 출발시켰다. 승객들의 술렁거림은 이내 가라앉았고 모두들 도회지 사람들답게 무표정한 얼굴로 재빨리 되돌아갔다.

아낙은 여전히 몸을 가누지 못하고 있는 아이를 안은 채 의자에 앉았다. 그녀는 작은 목소리로 "많이 아프지? 불쌍헌 내 새끼" 하고 아이의 귓가에 거듭해서 속삭이고 있었다. 젖은 바닥에 쓰러져 있었던 까닭에 더러워진 아이의 뺨을 소매춤으로 꼼꼼하게 닦아냈다. 자신에게 무슨 일이 일어났는지조차 모르고 아직도 의식 저편에 머물고 있는 아이의 머리를 한없이 쓰다듬었다.

나는 엉거주춤 자리에서 일어났다. 하지만 아낙은 내 자리에 앉으려고 하지 않았다. 목적지에 도착할 때까지 아이를 자신의 무릎 위에 부둥켜안고 있겠다는 결연한 의지가 얼굴에 드러나 있었다. 그러나 연체동물처럼 흐느적거리는 중학생만한 몸집의 아이를 흔들리는 버스 안에서 부둥켜안고 있기란 고통스러운 일이 아닐 수 없었다. 아낙은 팔이 저려오는지 몇 번이나 자세를 바꿨고, 이마와 콧등에 땀방울이 송글송글 맺혔지만 어금니를 악물고 버텼다.

아낙의 모습을 곁눈질로 훔쳐보던 나는 목구멍에서 울컥 치밀어오르는 뜨거운 것을 느꼈다. 때마침 버스가 멈추고 출구가 열리자 어딘지도 모르는 채 무작정 버스에서 도망치듯 내려버린 나는 정류소 표지판 곁에 우두커니 선 채로 움직일 줄을 몰랐다. 나를 내려놓은 버스가 시야에서 사라지고도 한참이 지난 뒤에야 비가 내리고 있다는 사실을 의식했다.

"아무도, 아무도 모른다."

형은 녹음기처럼 그 말만을 되풀이하고 있었다. 똑같은 어조로 반복되던 그 말이 뚝 그치자 잠시 적막이 흘렀다. 형은 눈물이 괸 눈을 멀겋게 뜨고서 불길을 하염없이 바라보고 있었다. 그러던 어느 한순간, 마침내 형은 무너져내렸다. 뱃속 깊은 곳에서 울려나오는 "어머니!" 하는 외침, 그 소리는 목울음 때문에 꽁무니가 잘린 채로 외마디에 그쳤다.

"내 다리 값이다." 형은 사지를 뒤틀었다. "이건 내 다리 값이란 말이다." 어헉, 어헉, 어헉, 형이 소리내어 울고 있었다.

나는 눈시울이 뜨거워지는 것을 느꼈다. 장례식 때에도 눈물 한 방울 흘리지 않았던 내 속에 이런 뜨거운 것이 아직 남아 있었다니. 나는 뺨을 타고 흐르는 뜨끈한 액체를 손바닥으로 문질러 닦았다. 손바닥에서 번들거리는 그 물기를 마치 생전 처음 보는 낯선 물건인 양 내려다보았다.

비로소 나는 그토록 내가 갈구해왔던 것이 다름아닌, 형을 괴롭혀온 그 몹쓸 질병이었다는 사실을 깨달았다. 밤마다 도둑처럼 홀로 깨어나서 세상 모르고 잠들어 있는 형의 다리에 몰래 내 다리를 비벼대며 제발 그 몹쓸 병이 나한테도 찾아들기를 고대했던 것을 기억해냈다. 장례식이 끝나고 내 쪽에서 형과 연락을 끊어버린 것도 어머니의 사랑과 관심을 송두리째 앗아가버린 형에 대한 증오 때문이었으며, 그 증오는 내게 관심을 줄 만한 여력이 없었던 어머니에 대한 구애였음을 알게 되었다.

나는 떨구고 있던 고개를 쳐들었다. 어머니…… 하늘을 우러른 내 촉촉한 눈길 저편에서 어른거리는 것은 내가 잊고 있던 젊고 고운 어머니였다. 어머니에게도 남들 같은 젊은 날이 있었을 것이고 찬란한 꿈도 있었을 것이다. 대체 그것들은 어떤 모습이었을까. 어머니는 생전에 단 한 순간도 어머니 자신만의 인생을 살아보지 못한 것이 아닐까.

무언지 모를 묵직한 덩어리가 식도를 타고 올라왔다. 숨이 막혔다. 가슴이 답답했다. 나는 헛구역질을 하는 사람처럼 컥컥 울음을 토해냈다. 마른 울음만 넘어올 뿐이었다. 그 묵직한 덩어리를 토해내고 축축한 목울음을 놓으면 속이 시원해질 것 같은데, 그 서러운 덩어리는 명치께에서 단단히 응어리진 채 꼼짝도 하지 않았다. 어쩌면 그 덩어리를 영원토록 토해낼 수 없을지도 모른다는 생각이 불현듯 뇌리를 스쳤다.

버스가 사라져버린 불 꺼진 거리에 나는 홀로 서 있었다. 빗물에 젖어 이마에 찰싹 달라붙은 머리칼을 쓸어올리고 나서 뒤늦게 우산을 펼쳐들었다. 비는 추적추적 내렸고 기다리는 버스는 좀처럼 오지 않았다.

빛바랜 흑백사진 속의 새벽 새

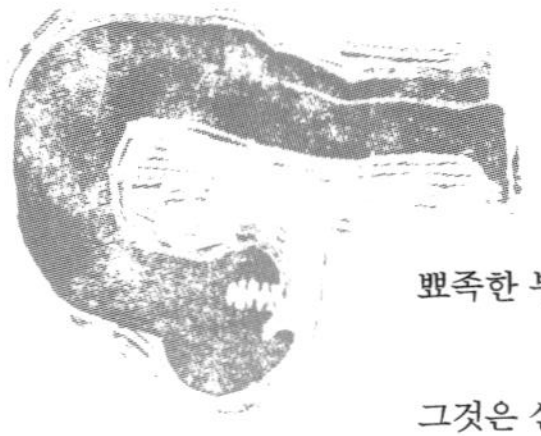

뾰족한 부리, 날개를 접은 둥근 어깻죽지, 오므린 발,

그것은 산사나무 열매의 빛깔을 닮은 검붉은 깃털이 무성하게 돋아 있는

거대한 새였다.

어둠 속에서 싸늘하게 식어가는, 죽어가는, 땅 속으로의 비상을 꿈꾸는

새벽의 새였다.

1

창백한 아침 햇살을 등지고 좁은 골목길을 빠져나가고 있던 나는 골목 어귀에 다다라서 시선을 빼앗기고 말았다. 콘크리트 담장 너머로 고개를 내밀고 있는 산사나무의 작고 하얀 꽃망울들이 주변을 환하게 밝히고 있었다. 국화잎을 닮은 진초록의 잎새들을 광배(光背)인 양 뒤에 거느리고 샹들리에처럼 둥글게 모여 피어난 꽃차례들을 바라보고 있으니 시리도록 흰 빛의 뭉게구름 속을 유영하는 듯한 황홀감에 빠져들었다.

그러던 어느 한순간이었다. 작은 꽃잎 하나가 나무에서 떨어져나오는 것이 눈에 띄었다. 그 가녀린 꽃잎은 대기의 투명한 결을 따라 미려한 선을 그리며 미끄러져내렸다. 거무튀튀한 바닥에 순결하고 해사한 미소로 몸을 뉘었다.

그 허망한 꽃자리 때문이었을까.

그날 오전, 나는 알 수 없는 충동에 사로잡혀 사장의 넙데데한 얼굴을 향해 사표를 내던지고 사무실을 뛰쳐나왔다. 다시는 이 빌어먹을 곳에 발걸음을 하지 않겠노라고 고함을 치며 엘리베이터 옆에 놓여 있는 은회색 휴지통을 구둣발로 걷어차기까지 했다. 하지만, 집에 돌아온 나는 경리부 직원의 전화를 받고 임금 정산과 몇몇 자질구레한 서류에 서명을 하기 위해 전날의 호언장담을 면구스레 되물리고 이튿날 아침에 다시 사무실에 들러야 했다.

"영훈씨, 잠깐 이야기 좀 해요."

뒷일을 매듭짓고 사무실을 나와 엘리베이터 버튼을 누르려는 순간, 어느 틈엔가 뒤쫓아나온 최대리가 나직하게 나를 불렀다. 최대리는 긴장된 표정으로 주위를 살피더니, 직장 동료들이 사장 몰래 송별회 자리를 마련했다는 사실을 은밀한 목소리로 전해주고는 황급히 사무실로 되돌아갔다. 슬리퍼 뒤축을 날름거리며 사무실 안으로 사라지는 최대리의 뒷모습을 지켜보던 나는 유령이라도 본 사람처럼 넋이 나가 있었다. 최대리가 귀엣말로 남겨놓은 송별회 장소가 유난스런 울림으로 귓바퀴를 맴돌았다.

금요일 일곱시, 창신동 환희.

나는 귀를 의심했다. 아직 그 집이 남아 있을까? 지겹도록 오르내리던 창신동 고갯길, 키 낮은 간판들이 닥지닥지 나붙은 너주레한 건물들 사이로 미로처럼 가지를 뻗어나간 샛골목들, 그 한 귀퉁이에 삐뚜름하게 걸려 있던 간판의 이름이 십여 년의 세월을 가로질러 애잔한 향수를 불러일으켰다.

술에 취해 오르던 고갯길, 잿빛 시멘트 포도 위로 눌어붙는 절망감, 가파른 경사면을 타고 헐떡거리는 쉬어빠진 노래와 허탈한 침묵, 그리고 성급한 입맞춤과 수줍은 애무까지, 나는 어두컴컴한 다락 속에서 먼지를 뒤집어쓰고 묻혀 있던 빛바랜 사진첩을 들추듯 아스라한 시간 저편에 단편적으로 존재하는 기억의 편린들을 건져올렸다.

왜일까. 왜, 모두가 잊어버린, 이제는 더이상 돌이켜 생각할 필요도, 가치도 없어 보이는 흑백사진 속의 철 지난 풍경을 들여다보고 있는 것일까.

그 지난한 반추에서 의식의 촉수를 억지로 걷어내며 나는 그렇게 자문했다. 그때였다. 전날 내 성난 발길에 걷어채어 옆구리께가 움푹 들어간 은회색 휴지통에 하릴없이 던져두고 있던 시야가 부옇게 흐려지는가 싶더니 일렁거리기 시작했다. 팔을 들어올려 손끝으로 눈가를 훔쳐냈다. 아직도 내 속에 이런 촉촉한 감성이 남아 있었다니…… 나는 손끝에 묻어난 물기를 신기한 듯 바라보며 쓴웃음을 지었다.

2

나는 약속시간보다 한 시간이나 일찍 창신동에 도착했다. 산동네로 접어드는 길목은 십여 년이라는 세월에 의해 몰라볼 만큼 변모해 있었다. 나는 갖가지 상념으로 복잡하게 뒤얽혀 있는 감정을 추스르며 그 생경한 풍경을 더듬는 듯한 시선으로 훑어나갔다.

빈대떡과 파전을 부쳐 안주로 내놓던 소줏집 자리에는 치킨 체인점이 들어서 있었고, 당구대가 흠집투성이여서 당구공이 제멋대로 굴러다니기 일쑤였던 당구장 자리에는 콜라텍 간판이 붙어 있었다. 골동품 가게에 더 어울릴 법한 오래된 텔레비전과 냉장고가 가게 앞에 사람 키 높이로 쌓여 있던 전파사는 '콘돔' '성병치료제' '잠 안 오는 약' 이라고 적힌 분홍색 도화지가 나붙어 있는 약국으로 변모해 있었다. 그 밖에 병맥주와 마른 오징어 그리고 인스턴트 초고추장을 사먹곤 하던 구멍가게 자리에는 24시간 편의점이 들어섰고, 군둥내가 코를 찌르던 열 평 남짓한 만화방은 옆 가게를 터서 전자오락실로 간판을 바꿔달고 있었다.

'환희' 는 기억 속의 그 자리, 평지에 가까운 이차선 너비의 도로가 갑자기 좁아지면서 가팔라지기 시작하는 지점에 남아 있었다. 하지만 '환희' 라는 붉은색 간판이 바람난 암캐마냥 눈을 희번덕거리고 있는 것을 발견한 순간, 나는 적지 않은 당혹감을 느꼈다. 네온사인이 번득이는 그 시뻘건 간판과 기억 저편에 존재하는 후락한 간판과의 괴리감은, 단순히 십여 년의 세월이 부여하는 단절감만으로는 납득하기 힘든 정서적 충격을 동반했다.

깊숙한 지하에 위치해 있는 까닭에 눅눅한 곰팡내가 풍기던 다방, 두껍게 화장을 한 중년의 레지가 껌을 소리내어 씹어가며 차를 나르고 무신경하게 틀어놓은 카세트테이프에서는 해묵은 가요가 흘러나오던 그곳은 휘황한 단란주점으로 탈바꿈해 있었다. 반짝거리는 형형색색의 꼬마전구들로 요란하게 치장해놓은 계단참에 서서 나는 길 잃은 사람처럼 두리번거렸다. 현실을 받아들이려 하지 않는 불가해한 저항감이 집요하게 의식의 중심축을 무너뜨리고 있었다. 좀처럼 회복되지 않는 균형감각으로 인해 기우뚱거리면서 붉은 카펫이 깔려 있는 계단을 걸어내려가는 동안, 나는 목덜미를 후끈하게 덥히는 울분을 느꼈다. 아니, 서글픔이었는지도 모른다.

문을 열고 들어서자 카운터에서 손톱에 매니큐어를 칠하고 있던 젊은 여자가 손가락을 부챗살처럼 펴든 채로 인사를 건네왔다. 이른 시각인 까닭에 손님이라고는 나 혼자뿐이었다. 나는 출입구가 잘 바라다보이는 곳에 위치한 테이블로 가서 맥주 세 병과 마른안주를 시켰다. 여자가 맥주를 가져오기를 기다리는 동안, 내 의식은 과거와 현재의 시공간을 번잡하게 넘나들고 있었다.

은주가 창신동 산마루께에 있는 내 자취방에 찾아온 것은 하루가 다르게 수은주가 떨어지던 겨울 초입이었다. 어슴새벽, 방문을 두들기는 소리를 듣고 스프링처럼 튕겨 일어난 나는 골목과 연해 있는 손바닥만한 들창부터 다급하게 열어보았다. 누군가가 고문에 못 이겨 내뱉은 이름들 속에 재수 없게 끼어드는 바람에 한밤중에 강도처럼 안방까지 쳐들어온 형사들에게 연행되어 곤욕을 치렀다는 이야기를 심심치 않게 전해듣던 시절이었다. 다행히 골목 어디에도 사람의 그림자는 보이지 않았다. 광고 전단이 덕지덕지 나붙은 전봇대가 이마에 가로등을 매단 채 짧은 그림자를 내려뜨리고 홀로 서 있을 뿐이었다.

문 밖에서 들려오는 쉬어빠진 목소리가 내 이름을 부르고 있었다. 나는 한참 동안을 서슴거리다가 형광등 스위치를 올리고 방문을 열었다. 형광등이 쉽게 불을 밝히지 못하고 깜박거렸고, 그 단속적인 불빛 저편에 한 여자가 철 지난 가을 옷차림으로 옹송그리고 서 있는 것이 보였다. 목소리의 주인공이 남자인 줄로만 짐작하고 있던 나는 당혹감과 안도감이 한꺼번에 고개를 치켜드는 바람에 그 여자가 다름아닌 은주라는 사실을 얼른 알아차리지 못했다. 형광등이 어렵사리 경련을 멈추고 희끄무레한 불빛을 방사하기 시작했을 때에야 나는 비로소 그녀를 알아보고 황급하게 방 안으로 들였다.

내 몸뚱이가 빠져나온 자국이 또렷하게 남아 있는 이부자리 위에 그녀를 앉히고 나는 불기라고는 없는 방바닥에 엉거주춤 엉덩이를 붙였다.

마땅한 말을 찾지 못하고 집게손가락으로 애꿎은 방바닥만 긁적이던 나는 끝내 그 어색한 침묵을 깨뜨리지 못하고 식사 준비를 핑계로 도망치듯 부엌으로 빠져나갔다. 수북하게 쌓여 있는 설거짓감 중에서 급한 대로 밥그릇과 국그릇 한 개씩만 씻어서 국 한 가지와 찬 두 가지로 밥상을 차려냈다. 그녀는 배고프지 않다면서도 숟가락질을 게을리하지 않았고 결국 차려준 밥을 다 비웠다.

"다이어트해야 하는데 다 먹고 말았네. 하는 일도 없이 먹어대기만 하는 바람에 몸매를 망쳐버렸거든."

숟가락을 내려놓으며 그녀는 쇳소리가 섞인 웃음을 어색하게 흘렸다. 말하는 중간에 '음음' 하고 목을 가다듬어가면서 쥐어짜듯 내놓는 그녀의 말마디들은 하나같이 음색이 탁하고 끝이 갈라져 감기에 걸린 남자의 목소리를 닮아 있었다. "원래 시원찮은 몸매였으면서" 하고 시답잖은 농담을 건네고 나서 나는 밥상을 부엌으로 내다놓았다.

찬장을 뒤져 먼지를 허옇게 뒤집어쓰고 있는 인스턴트 커피 통을 찾아낸 나는 기도하는 심정으로 뚜껑을 열어보았다. 딱딱하게 굳어 바닥에 붙어 있는 흑갈색 덩어리를 숟가락으로 긁어내니 아슬아슬하게 한 잔 분량이 나왔다. 설탕은 마침 떨어지고 없었다. 나는 밥솥에서 끓고 있는 숭늉을 플라스틱 물잔에 떠담아 커피를 풀었다.

"창신동식 커피야."

접시도 없이 불쑥 내민 플라스틱 잔을 건네받으며 그녀는 눈웃음을 지었다. 그 눈웃음에 담겨 있는 감정의 결을 읽으면서 나는 어눌하게 그녀의 건강을 물었고 너무 건강해서 탈이라는 대답을 들었다. 그 동안 어떻게 지냈느냐고 연이어 묻자 그녀는 '그럭저럭' 이라고 대답했고 어젯밤은 어디에서 보냈느냐는 질문에는 김이 무럭무럭 피어오르는 잔을 내려다보며 묵묵히 고개만 가로저었다. 나도 더 묻지 않았다. 나중에 그녀가 체포될 때를 대비해서 지난 몇 달 동안 그녀가 누구에게 신세를 졌으며 어디에서 숙식을 해결했는지를 비밀에 부쳐야 하는 현실에 무기력하게 순응할 뿐이었다.

그녀의 근황을 물을 수 없게 되자 나는 더이상 할말을 찾을 수가 없었다. 굳이 입을 열자면 내 근황에 대해 이야기하는 수밖에 없었지만, 그녀가 수배자 명단에 오른 후에 학교로 찾아온 형사들에게 붙들려 끌려갔던 이야기, 그곳에서 유다의 얼굴을 하고서 "난 그 여자 애인이 아니라는데 왜들 안 믿는 겁니까" 하고 형사들에게 애걸복걸했던 일을 입에 담을 수는 없었다.

"영화 한두 편 같이 봤다고 애인 사이라니, 그런 식으로 따지면 전 애인이 수십 명은 족히 되겠군요. 손목이라도 한번 잡아보고 애인 취급을 받는다면 억울하지나 않겠습니다."

뭐가 그리 재미있는지 시종일관 빙글빙글 웃어가며 볼펜을 까딱거리던 중년의 형사를 향해 나는 뱃속에서 창자를 꺼내 보이는 시늉까지 해보이며 '까뒤집어 보여줄 수 있는 거라면 당장이라도 보여주고 싶다'는 말까지 서슴지 않았다.

"학교엔 통 안 나온다면서?"

내가 말을 잃자 이번에는 그녀가 생각났다는 듯이 그렇게 물어왔다. 나는 대답 대신 고개만 끄덕였다. 이틀 만에 구치소에서 풀려난 뒤로, 나는 문을 안에서 걸어잠그고 두 평 남짓한 자취방에 틀어박혔다. 자신의 몰랑한 살갗을 보호해줄 딱딱한 껍질을 찾아다니는 알몸뚱이의 달팽이처럼, 나는 어두컴컴한 골방 속으로 기꺼이 몸을 숨겼다. 시간이 흐를수록 자신에 대한 혐오감이 악취 나는 종기처럼 살 속으로 깊숙이 뿌리를 뻗어들어가고 있었다. 할 수만 있다면 혈관 속에 흐르고 있는 더운 피를 남김없이 뽑아내어 수채통에 쏟아버리고 빈 혈관에 차갑고 맑은 물을 채우고 싶었다.

"날이 샜네."

나는 오래도록 계속되고 있는 침묵을 깨볼 요량으로 들창을 바라보며 혼잣말처럼 중얼거렸다. 들창을 통해 비쳐든 아침 햇살이 맞은편 벽면을 네모나게 밝히고 있었다. 그녀는 게슴츠레한 눈으로 그 네모난 빛자국을 응시하다가 반쯤 남은 커피를 맹물 마시듯이 한꺼번에 털어넣고는 이불 속으로 기어들어갔다. 눈만 빠끔하게 이불 바깥으로 내민 채로 천장을 올려다보던 그녀는 잠이 묻어나는 불분명한 발음으로 작은 탄성을 터뜨렸다.

"세상에, 방 안에서 하늘이 보이네."

콘크리트 벽돌을 홑겹으로 쌓아올린 벽 위에 슬레이트 지붕을 얹은 자취방은, 바깥에서 보면 사람이 사는 집이라기보다는 마당 한켠에 지어올린 헛간에 가까웠다. 지붕과 벽의 이음새가 정교하지 못해서 틈새로 파란 하늘이 보였는데, 비바람이 몰아치는 날에는 바람을 타고 빗방울이 방 안으로 날아들 정도였다.

"싼 값을 하는 거지."

나는 방 안에서 하늘이 보이는 것이 내 허물이라도 되는 양 겸연쩍어하며 대답했다. 하지만, 그녀는 아무런 대꾸도 하지 않았다. 놀랍게도 그녀는 불과 몇 초 만에 혼곤한 잠 속으로 빠져들어 있었다.

"뭐야 이 친구, 혼자서 벌써 시작했잖아?"

한 무리의 낯익은 얼굴들이 테이블 주위로 모여들고 있었다. 그들은 내가 비워놓은 맥주병들을 발견하고 실소를 터뜨렸고 나는 취기가 오른

김에 "내일 아침엔 출근 안 해도 되니까 맘놓고 마셔볼 생각이야" 하고 호기를 부려 왁자한 웃음을 끌어냈다.

그러는 사이에도 회사 직원들은 삼삼오오 출입문을 열고 안으로 들어서고 있었고, 단란주점 종업원들이 부산하게 움직이며 내 테이블의 양옆으로 다른 테이블을 길게 잇대어놓고 있었다. 그 길게 이어진 테이블을 바라보면서 나는 고개를 갸웃거렸다. 눈대중으로 헤아려보아도 송별회에 참석한 인원은 줄잡아 쉰 명은 되어 보였다. 내가 속해 있던 부서의 직원들뿐만 아니라 경리부, 영업부의 직원들까지 빠짐없이 참석한 모양이었다. 의외가 아닐 수 없었다. 노조 결성을 염려한 나머지 조촐한 생일파티조차 회사측에서 색안경을 끼고 감시의 눈길을 보내는 터라 회사 바깥에서 전 직원이 모이는 경우는 일 년에 한 번씩 치러지는 야유회와 체육대회가 전부였다. 더구나, 사장을 비롯해서 중역들이 빠진 자리에 이처럼 많은 인원이 모인 경우는 여태껏 단 한 번도 없었다.

"새로운 출발을 위하여."

술잔들이 모두 채워지자 영업부 부장이 자리에서 일어나 건배를 외쳤다. 나는 그가 이 자리에 참석했다는 사실만으로도 놀라움을 금치 못했다. 그는 회사의 사활이 걸린 마케팅 전반을 책임지고 있는 까닭에 평직원보다는 사장 쪽에 가까운 사람이었다. 그러고 보니 경리부 부장도 눈에 띄었다. 그제서야 나는 송별회의 분위기가 심상치 않다는 것을 감지하고 사람들의 눈치를 살피기 시작했다.

진작에 이런 자리를 마련했어야 하는데, 하는 아쉬움이 앞섭니다. 이번 송별회를 통해 전 직원이 단결할 수 있는 계기가 뒤늦게나마 마련되었으면 합니다. 맞습니다. 뭉치면 살고 흩어지면 죽는 겁니다. 괜찮으시다면 저도 한마디 올리겠습니다. 우리 회사가 사장의 소유인 것은 사실입니다. 하지만, 직원들마저 사장의 소유물일 수는 없는 겁니다. 동감이에요. 그 자식은 우릴 소모품으로 생각한다니까요. 여차즉하면 새 부품으로 교체하겠다는 심보예요. 잠깐만요. 조금 전에 우리 회사가 사장의 소유라고 하셨는데, 유감천만이군요. 회사는 사장 개인의 소유가 아니라 우리 모두의 것입니다. 옳소! 옳소! 제 생각이 짧았습니다. 사과드립니다. 아휴, 사과까지 할 건 또 뭡니까? 지당하십니다. 이런 대화를 통해 서로가 미처 몰랐던 부분을 깨닫게 된 것만 해도 큰 소득이라고 생각합니다……

형식적인 인사말이 오가고 나서 술이 한 순배 돌자 사람들은 앞을 다투어 규탄과 성토를 쏟아냈다. 각자의 마음속에 고여 있던 생각들은 밖으로 나와 한곳에 뒤섞이자마자 서로 뒤얽혀 소용돌이를 만들더니 순식간에 끓어넘쳤다.

"뒤집어엎어야 합니다. 본때를 보여줘야죠."

누군가가 탁자를 치며 그렇게 소리치자 좌중에서 열렬한 박수갈채와 환호가 터져나왔다. 각자가 경험했던 불합리와 무원칙의 사례들이 속속 도마 위에 올랐고 사람들은 공분했다. 결집된 분노는 집단 무의식에 편승하여 상승작용을 일으키며 급격하게 분위기를 격앙시켰다.

"오늘 우리가 뒤늦게나마 이런 자리를 마련할 수 있었던 것도 따지고 보면 김영훈씨가 보여주신 용기 때문이었습니다."

급기야 누군가가 나를 향해 손을 뻗으며 그렇게 소리쳤고, 사람들은 일제히 나를 향해 우레 같은 박수를 보냈다. 어안이 벙벙해서 눈만 끔벅거리던 나는 곁에 있던 누군가의 추썩거림에 의해 일으켜세워졌다. 한층 높아진 환호와 박수갈채가 터져나왔고, 나는 엉겁결에 한쪽 손을 들어올려 답례를 했다.

정말 큰일을 하신 겁니다. 덕분에 직원들의 의식이 많이 바뀌었습니다. 사장도 우리들 눈치를 보는지 요 며칠 동안은 꼬리를 내리고 있답니다. 김영훈씨의 용기가 빛바래지 않도록 이 기회에 근본부터 뜯어고치도록 합시다. 우리 모두 중지를 모은다면 사장의 독선에 일침을 놓는 일은 그닥 어렵지 않을 겁니다.

구호를 연상케 하는 외침들과 쏟아지는 박수 소리가 질펀한 가운데, 나는 끈 떨어진 꼭두각시 인형처럼 사람들 속을 이리저리 떠밀려다니고 있었다. 그들이 앞다투어 따라주는 술을 넙죽넙죽 받아 마셨고 다리가 풀린 채로 마이크 앞에 나가 되지도 않는 악을 썼으며 앵콜을 연호하는 관객을 향해 어릿광대처럼 과장된 몸짓으로 인사를 했다.

은주는 나흘 동안 그 춥고 어두운 골방에서 정물처럼 머물다가 닷새째 되는 날 점심나절에 엄숙한 목소리로 귀향의 뜻을 내비쳤다. 그것은 일종의 선언이었다. 고향집에서 기다리고 있을 형사들의 손아귀 속으로 제 발로 들어가겠다는 것은 오랜 도피생활에 종지부를 찍겠다는 결의를 담고 있었다.

"지금쯤 산사나무 열매를 모두 땄을 거야."

처음 내 자취방에 들렀을 때보다 한결 맑아진 목소리로 은주는 갑작스럽게 귀향을 결심하게 된 이유를 설명했다. 그녀의 고향집 뒤꼍에는 고조할아버지가 심었다는 백년 묵은 산사나무가 서 있었다. 가을이 깊어 낙엽이 모두 지고 나면 만발한 꽃처럼 촘촘하게 열려 있는 검붉은 빛깔의 둥근 열매를 따느라 온 집안이 들썩거리고 한바탕 웃음꽃이 피었다.

"갓 딴 열매는 앙증스러워서 먹기 아까운 생각이 들 정도야. 씹으면 사과처럼 아삭거리면서 새콤달콤하지."

그렇게 따모은 열매는 갖가지 먹을거리로 둔갑하였다. 씨와 껍질을 벗긴 산사육에 찹쌀가루와 계피가루를 넣고 꿀을 타서 산사죽을 쑤었고, 열매를 걸러 율무나 녹말가루에 풀어 끓이다가 설탕이나 꿀을 타서 산사탕을 만들었다. 열매를 쪄서 으깨어 체에 거른 것을 설탕이나 꿀과 녹말을 함께 넣어 끓이다가 식혀낸 산사병, 두 홉 정도의 열매에 소주 한 되를 부어 두 달쯤 숙성시킨 산사주, 설탕을 넣고 졸인 잼, 말린 과육을 우려낸 산사나무 차, 그녀는 겨우내 다양한 풍미로 식탁을 풍성하게 해주었던 산사나무로 만든 음식들을 손가락으로 꼽아가며 입맛을 다셨다.

"한자를 풀어보면, 산에서 자라는 아침의 나무라는 뜻이래."

어린 시절 할아버지에게 들었다는 산사(山查)라는 이름의 뜻풀이를 들려주다 말고 그녀는 눈물을 비쳤다. 그녀는 그 산사나무가 못 견디게 보고 싶다며 울먹거렸다. 고향집의 뜨끈한 아랫목에서 산사나무 차를 마시고 싶어했다. 나는 무릎걸음으로 다가가서 그녀의 들썩거리는 어깨를 감싸안았다. 치마라고는 입을 줄을 모르는 선머슴 같은 은주의 강인해 보이던 어깨가 그날따라 가녀리고 왜소하게만 느껴졌다.

라면을 끓여 늦은 점심을 해결한 우리는 화난 사람처럼 서로 눈빛 한 번 마주치지 않은 채 가파른 창신동 고갯길을 내려갔다. 그녀는 남쪽으로 떠나가는 기차에 몸을 싣기 위해 서울역으로 향하는 중이었고, 나는 그녀를 배웅하기 위해 근 두 달 만에 처음으로 고갯길을 내려가는 중이었다. 오래간만에 햇빛을 보자 시야 한 귀퉁이가 거무스름해지며 현기증이 피어올랐고 되똥거리는 걸음걸이는 구름 속을 걷는 것처럼 현실감이 느껴지지 않았다.

"술 한잔 사줘."

고갯길의 경사가 완만해지기 시작했을 때, 맨정신으로는 헤어지기 심란하다며 그녀가 내 옆구리를 집적거렸다. "술?" 하고 되물으며 나는 그녀의 꺼칠한 낯빛을 바라보았다. 다음 순간, 우리는 약속이나 한 것처럼 걸음을 멈추고 주위를 두리번거렸다. 완사면에 줄지어 늘어서 있는 상가 건물들마다 술집 간판들이 주렁주렁 내걸려 있는 것이 눈에 띄었다. 우리는 그 술집들을 일일이 기웃거려가며 느리게 걸음을 떼어놓다가 붉은색 글씨로 '부대찌개, 파전 전문'이라고 휘갈겨쓴 눌눌한 종잇조각이 출입문에 붙어 있는 소줏집 안으로 들어섰다.

탁, 탁, 탁.

칼로 도마를 내리치는 소리가 간헐적으로 들리고 있었다. 나는 비닐 장판이 깔려 있는 널빤지 위에 뺨을 대고 엎드려 있었다. 눈을 떴을 때 가장 먼저 눈에 들어온 것은 크게 확대된 소주병이었다. 내가 엎드려 있는 곳은 포장마차 안이었고, 널빤지 위에 뉘어 있는 내 머리 바로 앞에 빈 소주병 하나가 놓여 있었다.

"어머, 이제 정신이 드세요?"

내가 몸을 일으키자 곁에서 젊은 여자가 반색을 하며 말을 건네왔다. 나는 그 낯선 여자의 얼굴을 뚫어져라 바라보았다. '당신은 누구냐?' '여기는 어디냐?' '직장 동료들은 다들 어디 갔느냐?' 한꺼번에 눈을 뜬 의구심들이 묵직한 머릿속에서 달그락거리고 있었다.

"비가 옵니까?"

그러나, 막상 내 입에서 나온 혀 꼬부라진 질문은 뜬금없이 날씨를 묻고 있었다. 각목으로 기둥을 세우고 그 위로 덮어놓은 비닐 천막에서 비 듣는 소리가 들려오는 중이었다. 내 질문에 남도 사투리로 대답을 한 것은 칼로 도마를 탕탕 내리치고 있는 사십대 중반의 아낙이었다.

"자정 무렵부터 부실부실 뿌리기 시작헌 것이 아직까정 저러고 있구먼요."

나는 아낙의 칼질하는 소리를 들으면서 머릿속에서 토막난 채로 굴러다니고 있는 기억들을 떠올려 조각맞추기를 하고 있었다. 동료들의 부축을 받으면서 단란주점을 빠져나왔을 때까지만 해도 비가 오지 않았던 듯했다. 거기까지 생각하다가 나는 손목시계를 들여다보았다. 세시 십오분이었다. 결국 단란주점에서 나온 이후로 서너 시간 동안의 행적이 오리무중인 셈이었다.

"다행이네요. 이 덩치 큰 남자를 어떻게 데려가야 하나 하고 막막해하던 참인데."

곁에서 내 안색을 살피고 있던 젊은 여자가 경쾌하고 높은 목소리로 종알거렸다. 말하는 품새가 거침이 없고 활달했다. 그 목소리와 말투를 듣고서야 나는 그 여자를 기억해냈다. 영업부에서 일하는 윤씨 성을 가진 여자였다. 두 달 전에 입사한 신입부원이었다. 그런데 이름이 뭐였더라. 나는 관자놀이께를 엄지손가락으로 짓누르며 인상을 썼다.

"그나저나, 아깐 정말 대단했어요. 이차 갔던 것 기억나세요? 나이트클럽에서 탁자를 뒤엎었잖아요."

목소리가 불안정한 것으로 봐서 여자도 적잖게 취기가 올라 있었다. 나는 여자를 향해 고개를 가로저어 보였다. 그러자 여자는 "생각이 안 난다구요?" 하고 되묻고는 까르르 웃어젖혔다. 여자의 설명에 따르면, 내가 고래고래 소리를 지르며 난동을 피우는 바람에 술자리가 파국을 맞았다고 했다.

"다들 취해서 제정신들이 아니었어요. 그래서 제가 남았죠. 오늘의 주인공을 지켜줘야 하잖아요?"

여자는 엄지손가락을 세워 나를 향해 내보이며 한쪽 눈을 찡긋했다. 아낙으로부터 어묵 국물 한 사발을 받아들고 홀짝거리고 있던 나는 발작적으로 웃음을 터뜨렸다. 그 바람에 입에 머금고 있던 국물이 사방으로 튀었다.

"주인공이라구?"

탁자를 주먹으로 두들겨가며, 구둣발을 동동 굴러가며, 나는 미친 듯이 웃었다. 웃음이 진정되자, 어리둥절한 표정을 짓고 있는 여자를 향해 가슴을 내밀며 허세를 부렸다.

"그만 나갑시다. 제가 댁까지 바래다드리죠."

빗방울이 가늘게 떨어지고 있는 아스팔트 위로 차들이 쏜살같이 내달리고 있었다. 여자의 만류에도 불구하고 일차선 중간까지 나아가서 택시를 세우기 위해 허공으로 뻗은 내 어설픈 손짓 저편에서 전화벨 소리가 끈질기게 울려퍼지고 있었다.

나는 혼곤한 잠에 한쪽 발을 담근 채로 몸을 뒤척이며 전화벨이 제풀에 그치기를 기다렸다. 몸살 기운 같은 숙취가 내 몸뚱이를 무겁게 짓누르고 있었다. 끈질기게 울어대던 전화벨은 잠시 그치는가 싶더니 잠시 후 다시 울리기 시작했다. 나는 비로소 고개를 쳐들고 주위를 둘러보았다. 내가 누워 있는 곳이 창신동 고갯마루에 위치한 두 평짜리 자취방임을 깨닫기까지 나는 한참 동안 흐릿한 의식의 끄트머리를 붙들고 힘겨운 싸움을 벌여야 했다. 머릿골이 울리면서 들썩거리는 것이 금방이라도 여러 조각으로 너덜너덜 분해될 것만 같았다. 나는 혀끝에 걸리는 대로 욕지거리 몇 마디를 주워섬긴 후에 전화기 쪽으로 엉금엉금 기어갔다.

"은주가 죽었어."

떨리는 목소리 하나하나가 수화기에서 튀어나와 이루어낸 말마디들이었다. 그것은 나로 하여금 실소를 터뜨리게 했다.

"어떤 자식이 아침부터 실없이 장난질이야?"

바로 그때, 수화기 저쪽에서 흐느낌이 들려왔다. 순간, 나는 눈앞이 새까맣게 변하는 것을 느꼈다.

바람이 매서웠다. 옷섶을 파고드는 칼날 같은 바람에 나는 어깨를 움츠리고 걸음을 멈췄다. 전날 취기에 귀밑까지 붉어진 은주와 어깨동무를 하고 도로를 다 차지하다시피 하며 갈지자로 걷던 창신동 초입은 여전히 평화롭고 안온했다. 등뒤에서 느닷없이 시야로 성큼 들어섰다가 이내 꽁무니를 감추는 오토바이, 흑갈색 먼지를 이고 있는 입간판들, 슬금슬금 다가와 스치듯 지나쳐가는 행인들…… 불현듯 시야의 가장자리를 갉아 들어가는 현기증 때문에 눈앞에 펼쳐진 풍경은 마치 긴 대롱을 통해 들여다보는 것처럼 비쳤다. 아니, 아스라히 출구가 바라다보이는 어둡고 긴 터널의 초입에 서 있는 것처럼 느껴졌다. 그 아득한 출구를 향해 자신 없는 걸음을 두어 발짝 떼어놓다가 말고 나는 목적지도 없이 무작정 걷고 있다는 사실을 뒤늦게 깨달았다.

'은주가 죽었다는데……'

마치 옆집 개가 새끼를 낳았다거나 마을 어귀에 중국집이 새로 개업을 했다거나 하는 따위의 이야기를 하는 것처럼 나는 무심히 뇌까렸다. 내 어깨에 매달려 축 늘어져 있던 양팔이 시야에 들어온 것은 바로 그 순간이었다. 나는 손을 들어올려 나란히 모은 다음 찬찬히 들여다보았다. 열여섯 시간 남짓, 불과 하루가 채 못 되는 시간 저편에서 은주가 미소 띤 얼굴로 내 손을 덥석 쥐었다. 그때 손바닥으로 전해져왔던 은주의 체온이 식지 않고 있다가 고스란히 되살아나고 있었다.

헤어짐의 아쉬움을 감추지 못하고 그렇게 내 손을 쥐고 있다가 은주는 뒤돌아서서 객실 안으로 모습을 감추었다. 술기운 때문에 기우뚱해 보이는 플랫폼을 기차가 미끄러지듯 빠져나가기 시작했고 나는 그 기차를 쫓아 종종걸음을 쳤다. 불을 밝힌 네모난 차창 저편에서 흔들어대는 은주의 손이 단풍잎 같았다. 기차의 꽁무니가 어둠 저 너머로 완전히 사라진 뒤에도 나는 불 꺼진 자취방으로 홀로 돌아갈 엄두를 내지 못하고 못 박힌 듯 서 있었다. 플랫폼의 끄트머리에서 가로등 하나가 껑충하게 서서 쓸쓸하게 불을 밝히고 있었다.

간밤의 기억에 한쪽 발을 디딘 채로 나는 주먹을 그러쥐었다. 잔상처럼 남아 있는 은주의 체온을 움켜쥔 채로 이를 악물었다. 은주는 분명히 살아 있었다. 누군가가 치밀한 음모를 통해 나를 감쪽같이 속이고 있는 것이 분명했다. 내 손에서 느껴지는 그녀의 온기가 그 증거였다.

"여기에서 세워달라구요?"

우리가 택시에서 내린 곳은 택시기사가 그렇게 반문할 만한 곳이었다. 비에 젖어 번들거리는 도로 왼편으로는 인적 없는 강둑이 뻗어 있었고 오른편에는 불 꺼진 상가가 길게 늘어서 있었다.

"걷고 싶었어요. 괜찮죠?"

여자가 내게 팔짱을 끼며 종알거렸다. 똑바로 걷지 못하고 비척거리는 나를 부축하며 여자는 상가 안쪽으로 뻗어들어간 길로 접어들었다. 두 블록쯤 걸어들어가니 상가가 끝나고 개활지가 펼쳐졌다. 시민공원이라고 적힌 철제 표지판이 희읍스름한 가로등 불빛을 뒤집어쓰고 도로변에 서 있는 것이 보였다.

"집까지 바래다주셨는데, 차라도 한잔 대접해드리고 싶어요."

사람의 그림자조차 비치지 않는 을씨년스런 공원을 가로질러 걸어가는 중에 여자가 내게 몸을 바싹 붙여오며 노골적으로 분내를 풍겼다. 여자가 자신의 가슴께로 내 팔을 끌어당겨 부둥켜안고 있는 까닭에, 걸음을 옮겨놓을 때마다 여자의 물컹한 가슴이 느껴졌다. 다음 순간, 나는 충동에 휩싸여 우뚝 멈춰 서고 말았다. 취기로 인해 의식의 고삐가 느슨해진 틈을 타고 사타구니에서 욕정이 거리낌없이 부풀어올라 천막을 치고 있었다. 나는 성급한 동작으로 여자의 허리에 팔을 두르고 힘주어 끌어당겼다. 비에 젖은 그녀의 머리칼에서 재스민 향이 섞인 비릿한 냄새가 느껴졌다.

"조금만 더 가요. 놀이터 바로 옆에 있는 다가구 주택 이층이 제가 사는 집이에요."

여자가 내 품에 안긴 채로 속삭였다. 하지만, 여자가 내 가슴에 얼굴을 묻은 채로 고갯짓을 해대는 바람에 말초신경이 곤두서버린 나는 그 말을 귓등으로 흘려버리고 거칠게 여자의 입술을 탐했다. 브레이크를 걸기에는 너무 늦어버렸다는 사실을 여자가 깨달았을 즈음에 나는 뜨거운 숨을 몰아쉬며 여자의 둔부를 더듬고 있었다.

"저기로, 저쪽으로 가요."

여자가 가리키는 곳에는 함석으로 지어진 간이 판매대가 가로등에서 멀찍이 떨어진 어둠 속에 서 있었다. 그 간이 판매대 뒤쪽으로 칠흑 같은 어둠이 드리워져 있었다. 나는 여자를 끌고 그 어둠 속으로 숨어들었다. 어둠이 시야를 가리자 나는 한층 대범하고 적극적으로 여자를 탐하기 시작했다. 여자의 축축한 입술을 빨면서, 가슴을 주물럭거리면서, 나는 짐승처럼 숨을 헐떡거리고 있었다.

몰라보게 변해버린 '환희'의 번드르르한 벽지 어딘가에 우리의 옛 입맞춤이 화석인 양 남아 있는 것일까. 한사코 도리질하며 역한 냄새 나는 입이 뭐가 좋냐며 발버둥치다가 결국엔 축 늘어져 몸을 맡기던 은주의 가쁜 숨결이 그곳 어딘가에 배어들어 있을까. 야트막한 칸막이에 의지하여 사람들의 눈을 피해가며 도둑질 같은 입맞춤을 끝내고 나서 우리는 하릴없이 식어가는 커피잔을 바라보고 있었다.

헤어짐에 대한 아쉬움 때문이었을까. 고향집에서 기다리고 있을 암울한 운명에 대한 두려움 때문이었을까. 어스름 녘에 소줏집에서 엉망으로 취한 걸음으로 빠져나온 우리는 서울역 쪽으로는 한 발짝도 내딛지 못한 채 눅눅한 지하 다방에서 시간을 죽이고 있었다.

"새벽 새는 어떤 모습을 하고 있을 것 같니?"

커피에서 피어오르던 희부연 김이 사라졌을 무렵, 은주가 혀 꼬부라진 말투로 질문 하나를 쉬근한 목소리에 담아 뱉어놓았다. 나는 흐트러진 눈빛으로 은주의 옆얼굴을 멀거니 바라볼 뿐이었다. 은주는 아까부터 무엇인가를 뚫어지게 바라보고 있었다. 나는 그녀의 눈길이 닿아 있을 법한 곳을 어림짐작하며 그쪽으로 고개를 돌렸다.

"정답을 알고 싶어?"

정답은, 비상을 위해 날개를 퍼덕거리며 발로 땅을 박차는 모습이었다. 새벽이 밤과 낮의 경계이기 때문에 새벽의 새 역시 지상과 창공의 경계에 존재한다는 것이었다.

"그럴싸하지? 그치만 엉터리야."

은주의 시선이 머물고 있는 곳은 수족관이었다. 한 발쯤 되어 보이는, 가로로 기다란 육면체의 투명한 유리상자 속에 물레방앗간, 초가집, 소라고둥이 보였고, 그 사이로 혹은 그 위로 형형색색의 물고기들이 유영하고 있었다. 환하게 불을 밝힌 사각 유리 속에 갇힌 채 컴컴한 바깥을 향해 초점 없는 눈동자를 뒤룩거리고 있었다. 익숙하게 몸뚱이를 뒤틀어 이리저리 헤엄쳐다니면서 쉴새없이 입을 놀리고 있었다. 열심히 주둥이를 열었다 닫았다 하는 것이 마치 누구에겐가 말을 하고 있는 것처럼 보였다.

"내 생각에는 말이야……"

은주는 여전히 수족관에 눈길을 던져놓은 채로 술에 절어 어눌하게 변형된 말마디들을 주워섬기고 있었다.

동녘 하늘이 빛을 머금으면, 새가 속한 어둠이라는 하나의 완결된 세계가 무너지기 시작한다. 새는 앉아 있던 자리에서 아직 어둠의 치맛자락이 끌리고 있는 하늘을 향해 날아오르는 공간적인 새벽이 아닌, 보다 완전한 의미에서의 새벽을 시도한다. 그것은 곧 무한이며 시공을 뛰어넘는다. 새는 광명의 지배를 받는 세계에서의 초월된 삶을 위하여 어둠 속에서 싸늘하게 식어간다. 그것은 결코 자학이 아니며 오히려 완벽한 사랑이다. 새벽을 향한 진실된 영접이다. 그런 까닭에, 새는 결코 날아오르지 않는다.

"하지만, 그건 죽음이 아니야…… 비상…… 땅 속으로의 비상……"

말꼬리가 잘렸다. 은주의 몸이 두어 차례 파도처럼 일렁였다. 다음 순간, 그녀는 양손으로 입을 틀어막으며 자리를 박차고 일어났다. 그녀가 갑작스레 몸을 일으키는 바람에 탁자가 일순간 기울었고 커피잔이 바닥으로 굴러떨어져 깨졌다. 커피잔이 깨지는 소리 때문에 일제히 이쪽으로 쏠렸던 사람들의 이목이, 출입구 쪽으로 달려가고 있는 은주에게 따라붙고 있었다. 종업원이 뭐라고 소리를 꽥 질렀고 은주는 입을 양손으로 틀어막은 채로 어깨로 출입문을 밀어젖혔다. 나는 반쯤 뛰다시피 하며 은주의 뒤를 좇았다. 그러나 나는 출입문께에서 종업원에 의해 제지를 당했다. 찻값을 계산하고 깨진 찻잔 값을 변상하는 동안, 사방에서 들려오는 욕설에 가까운 노골적인 투덜거림을 들으며 나는 하릴없이 수족관을 바라보고 있었다.

형광등 불빛으로 하얗게 물들어 있는, 사각으로 제도된 물 속에서 물고기들은 한밤중이 다 된 시각까지 초점 없는 눈동자를 뒤룩거리고 있었다. 열심히 입을 놀리며, 몸뚱이를 뒤틀며…… 물 속의 물고기들은 목말라하고 있는 것처럼 보였다.

"사랑해? 날 사랑해?"

여자는 내 머리칼을 손가락으로 빗어내리며 "정말? 정말?" 하고 되풀이해서 물었다. 나는 여자의 목에 입술 세례를 퍼부으며 '응, 응' 하는 콧소리로 대답을 대신했다. 여자의 스커트를 걷어올린 내 손길은 정조대처럼 버티고 있는 거들에 막혀 허둥거리고 있었다. 여자가 키득거리며 "소용없어. 그건 여기서 못 벗기는 거야" 하고 종알거렸다. "찢어버릴 거야" 라고 내가 속삭이자 여자가 작은 비명을 지르며 주먹으로 내 어깨를 토닥거렸다.

다음 순간, 나는 혈관을 타고 전신으로 뻗어나가던 뜨거운 기운이 일시에 싸늘하게 식어버리는 것을 경험했다. 새벽의 대기를 가르고 먼 곳에서 희미하게 들려오고 있는 성당의 종소리가 머릿속에서 냉기를 품은 바람 한줄기를 일으키더니 해묵은 달력 낱장들을 거꾸로 되넘기고 있었다.

금도금을 한 예수상을 뒤로하고 관이 움직이고 있었다. 중앙 통로를 사이에 두고 양편에 일렬로 늘어서 있던 사람들이 저마다 손에 들고 있던 촛불을 차례로 끄기 시작했다. 아니, 촛불 하나가 꺼질 때마다 관이 한 걸음씩 나아가고 있었다. 관이 내 앞을 지나칠 때, 촛불을 끄는 내 손끝에서 피어오르는 잿빛 연기가 그녀의 혼백처럼 여겨졌다. 머리를 풀어헤친 채 피어올라 허공 속으로 흔적도 없이 스며드는 그 연기를 뒤좇던 내 젖은 눈길 저편에 환영처럼 모습을 나타낸 것은 거대한 새의 형상이었다.

뾰족한 부리, 날개를 접은 둥근 어깻죽지, 오므린 발, 그것은 산사나무 열매의 빛깔을 닮은 검붉은 깃털이 무성하게 돋아 있는 거대한 새였다. 어둠 속에서 싸늘하게 식어가는, 죽어가는, 땅 속으로의 비상을 꿈꾸는 새벽의 새였다.

왜 하필이면 헤어지는 자리에서……

나는 스스로에게 수백 번도 넘게 던졌던 그 질문 앞에 죄인처럼 섰다. 헤어지는 자리에서, 자신의 죽음을 예감하고 있는 사람이나 할 법한 암울한 이야기를 듣고서도 나는 왜 그녀의 귀향을 말리지 못했던 것일까. 왜 그토록 무기력하게 떠나보냈던 것일까.

"뭐가 잘못됐어요?"

내가 여자의 몸에서 떨어져 뒤로 물러서자 여자가 풀어헤쳐진 가슴을 여미며 불규칙한 숨결 사이로 그렇게 물었다. 나는 어둠 속에 우두커니 선 채로 더듬거리며 변명을 늘어놓기 시작했다. 오래도록 가슴 한 귀퉁이에 체증처럼 얹혀 있던 부끄러운 고백을 술기운을 빌려 입에 담고 있었다.

나는 새벽인 줄 몰랐어요. 사위를 뒤덮은 그 어둠이 영원히 지속되리라고 생각했죠. 할 수만 있다면 변절하고 싶었어요. 할 수만 있다면 도망치고도 싶었구요. 하지만, 내가 할 수 있는 것은 그 조그만 셋방에 틀어박혀 숨어 있는 것뿐이었어요.

여자로서는 이해할 도리가 없는 그 너절한 변명들을 뒤로하고 나는 등을 돌렸다. 대여섯 걸음쯤 옮겨놓았을 때, 등뒤에서 여자의 앙칼진 목소리가 날아들었다.

"미친 자식!"

어느새 부슬비가 거짓말처럼 그쳐 있었고, 나는 어둠에 싸인 공원을 갈지자 걸음으로 비척거리며 빠져나가고 있었다.

피어나는 산

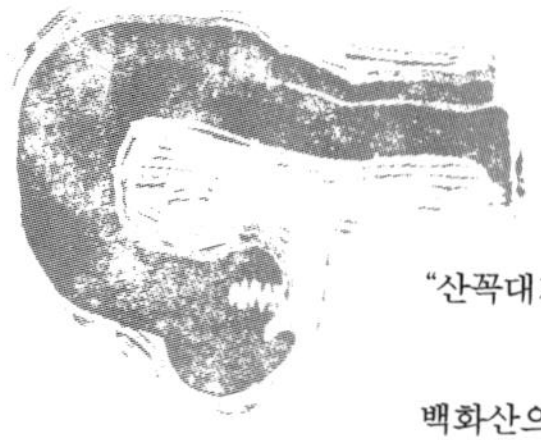

"산꼭대기에 가야 해요…… 얼른……

백화산으로 가야 해요. 눈이 내리면 산봉우리가 꽃처럼 피어나는 산이에요.

새하얗게 피어나는 커다란 꽃이 얼마나 탐스러운지 몰라요.

전 그곳으로 가야 해요…… 산꼭대기로 올라가야 해요. 눈 오는 날 말이에요.

기다리다보면 저만큼에서 그 산이 떠올라요.

흩날리는 눈발 저편에서 부옇게…… 하아얀 산이 떠올라요."

1

황학산의 가파른 산허리를 휘감아내려온 바람이 성불암의 야트막한 처마 밑을 지나면서 풍경 소리를 어둠 속에 흩뿌렸다. 성불암 초입에 허름하게 세워져 있는 헛간은 엉성하게 달아놓은 문짝이 금방이라도 왈칵 열릴 것처럼 덜컹거렸다. 들썩거리는 문틈으로 찬바람이 새어들었고 헛간 곳곳에 눌어붙어 있던 그림자들이 일제히 너울거렸다. 천장 한가운데에서 아래로 길게 내려뜨려놓은 백열전구가 시계추처럼 흔들거리고 있었다.

"그 여자 면전에다 대고 딱 잘라서 거절해버렸지. 그 당시엔 목불(木佛)을 제대로 깎을 수 있는 사람이 손가락으로 꼽을 만큼 드물었거든. 카악, 퉤! 게다가, 난 솜씨가 좋기로 한창 이름을 날리던 터였구. 그러니, 그깟 돈 몇 푼쯤은 눈에 차지도 않았던 거야. 카아악, 퉤!"

장영감의 이야기는 꼬리에 꼬리를 물고 끝없이 이어지고 있었다. 평섭은 이맛살을 찌푸렸다. 두 달이 넘도록 함께 생활해왔지만 장영감의 장광설을 참고 들어주어야 하는 고역에는 좀처럼 익숙해질 수가 없었다. 게다가 시도 때도 없이 가래침을 뱉어대곤 하는 통에 신경이 곤두서곤 했다. 평섭은 들고 있던 조각칼과 나무망치를 작업대 위에 팽개치듯이 내려놓고는 뒤로 물러나 앉았다. 법당 앞에 우뚝 선 참나무에서 비 오듯이 쏟아지곤 하던 낙엽들이 죄다 자신의 머릿속에서 굴러다니고 있는 것마냥 마음자락이 어수선했다.

파드드득.

상념에 잠겨 있던 평섭은 문득 기억 저편에서 여린 날갯짓 소리를 들었다. 그것은 작은 날짐승이 해거름에 어디론가 바쁘게 날아가면서 요사채 뒤뜰에 떨구고 간 소리였다. 요사채 뒤뜰에 담장 높이로 가지런하게 쌓여 있는 장작더미 너머로 먼산바라기를 하고 있던 평섭은 그 방정맞은 날개 소리를 듣고 새의 행방을 좇아 허공을 더듬었다. 갑자기 등뒤에서 인기척을 느낀 것은 바로 그때였다.

"박새 같았어요. 잿빛인데 배에 하얀 털이 났어요."

한 여인이 요사채 기둥에 한쪽 어깨를 기댄 채로 평섭을 바라보며 종알거렸다. 여인이 서쪽으로 기울 대로 기운 해를 등지고 서 있었으므로 평섭은 손등으로 햇빛을 가려가며 게슴츠레 뜬 눈으로 여인을 바라보았다. 여인의 얼굴은 검은 그림자에 덮여 이목구비를 분간하기조차 어려웠다.

"저기 저 산으로 날아갔어요."

여인은 손을 들어 동쪽을 가리키며 말을 이어가다가 말고 몸을 움찔했다. 황급히 돌아서서 요사채 앞마당 쪽을 살피는가 싶더니만 잰걸음으로 요사채를 돌아 평섭의 시야에서 사라져버렸다. 키 낮은 흙담장에 반사된 여인의 발소리만이 적막한 뒤뜰로 밀려와 평섭의 귓바퀴에 맴돌았다.

한쪽 발을 끄는 듯한 특이한 발소리였다. 희미해져가는 발소리에 귀를 기울이던 평섭은 고개를 보일 듯 말 듯하게 끄덕였다. 그 여인이 누구인지 알 것도 같았다. 산 아래로 내려가다보면 산모퉁이를 돌아나오는 제법 수량이 많은 냇물을 만나게 되는데, 그 건너편에 외따로 자리잡고 있는 사슴 목장의 젊은 안주인인 듯했다.

절밥을 지어주는 보살들이 자기들끼리 속닥거리는 말을 귀동냥한 바에 따르면, 수원댁이라고 불리는 사슴 목장의 안주인은 정신이 오락가락하는 통에 근동에서 안 건드려본 남정네가 없다고 했다. 낯모르는 남정네가 과자 부스러기나 싸구려 장신구를 안겨주면서 손목을 잡아끌면 어린아이처럼 순순히 따라가서 배꼽을 맞추곤 하는데, 뒤늦게 그 사실을 알게 된 남편에게 늘씬하게 두들겨맞는 일이 다반사로 일어나는 모양이었다.

"한동안 안 보이다가 나타났길래 궁금해서 슬쩍 물어봤더니, 그 동안 바깥출입도 못 하고 몸져누워 있었던 모양이야. 얼마나 두들겨맞았는지 글쎄, 걸을 때 보니깐 한쪽 다리를 질질 끌더라구."

보살들이 한숨을 섞어가며 혀를 찼다. 보살들의 말에 따르면 수원댁은 일찍 부모를 여의고 힘들게 살아온 여자였다. 원래는 정신이 온전했었는데 자살하려고 약을 먹었다가 깨어난 후로 정신이 흐려져서 저 지경이 되었다고도 하고, 남편을 잘못 만나서 매일같이 두들겨맞다보니 저 모양이 된 거라고도 했다.

"크악, 퉤! 그때만 해도 세월 참 좋았네. 돈 좀 있다는 사람들이 앞을 다투어 날 찾아와서는 고개를 조아리곤 하였거든. 목불 하나만 깎아주십사고 사정사정하면서 내놓는 돈이 논마지기 값은 족히 되었더랬지."

노망기가 있는 장영감은 밑도 끝도 없는 신세타령을 늘어놓고 있었다. 일단 이야기를 시작하면 고장난 전축마냥 한없이 지껄여대는 장영감의 이야깃거리는, 대개의 노인네들이 그렇듯이 자신이 과거에 겪어야 했던 수많은 역정에서 끌어오는 것들이 대부분이었다. 지난 두 달 동안 부지런히 과거를 넘나들며 물어오던 그 이야깃거리들도 이제는 바닥이 났는지, 며칠 전부터 장영감은 지난번에 했던 이야기를 다시 입에 올리고 있었다. 육십칠 년이라는 기나긴 세월도 결국은 두 달쯤의 이야깃거리밖에 안 되는 모양이었다.

장영감의 이야기를 한 귀로 흘리면서 문 밖에서 들리는 스산한 바람소리에 귀를 기울이고 있던 평섭은 고개를 반짝 쳐들었다. 장영감을 향해 돌아앉으면서 이야기를 가로막았다.

"방금 전에 들린 소리, 영감님은 못 들으셨어요?"

장영감은 일손을 멈추고 잠시 귀를 기울이는 시늉을 해 보이다 다시 조각칼을 놀리면서 말했다.

"원 사람도 싱겁긴, 개 짖는 소리 첨 듣는감?"

장영감의 말대로였다. 바람 소리 저편 멀리에서 우우 하고 울부짖고 있는 것은 분명히 황학산 계곡의 개들이었다. 그 개들은 성불암에서 십리쯤 아래에 위치한 학골마을에서 기르는 것들인데, 밤이 되면 들개처럼 떼를 지어서 황학산 계곡을 누비고 다니며 저렇게 울어대곤 했다. 평섭은 청승맞은 그 울부짖음에 한참 동안 귀를 기울이다가 고개를 한번 갸웃하고 나서 다시 일손을 놀리기 시작했다.

"돈을 물 쓰듯 했으니, 내가 미쳐도 단단히 미쳤던 게야. 어찌나 돈을 뿌려댔던지 내가 기생집엘 들르면 귀공자님 오셨다고 보통 난리들이 아니었다네."

평섭은 별안간 일손을 멈추고 조각칼을 살그머니 작업대 위에 내려놓았다. 장영감이 목을 가다듬느라고 헛기침을 몇 차례 하더니 카악 하고 가래를 뱉어냈다. 장영감의 이야기는 제법 처량한 어조를 띠어가고 있었다.

"이거다 싶어서 죽어라고 깎아놓고 보면 언제나 그게 아닌 거야. 그럴 때면 마치 가슴에 구멍이라도 뚫린 것처럼 허전해지거든. 게다가 그 허망한 나무토막을 남의 손에 넘겨준 대가로 돈뭉치를 받아들라치면 내가 마치 사기꾼이라도 된 기분이었다네. 카악, 퉤! 그러니 그 돈을 술 사고 여자 사는 데 다 뿌려버렸지. 그렇게라도 하지 않고선 정말이지 견딜 수가 없었다네."

평섭은 자리에서 벌떡 일어나며 장영감을 향해 나지막하게 외쳤다.

"방금 그 소리, 개 짖는 소린 아니었어요."

작업실로 개조해서 쓰고 있는 헛간의 엉성한 문짝을 한바탕 흔들어놓고 멀어져가는 음산한 발소리는 바람이었다. 풍경 소리 저편에서 희미하게 들려오는 청승맞은 울음소리는 개가 우짖는 소리였다. 그렇다면, 들릴 듯 말 듯한 저 기분 나쁜 소리는 무엇일까.

"무슨 소리가 들린다는 겐지, 난 당최. 개가 아니라면 무슨 산짐승이라도 내려온 거겠지."

그게 뭐 그리 대수냐는 듯이 장영감은 고개를 갸우뚱하면서 평섭을 힐끔 바라보았다.

"그렇게 서 있지만 말고, 난롯불이나 좀 보게나. 요 며칠 무리했더니만 몸살이라도 나려는지 으슬으슬 한기가 드는구먼. 나이는 못 속인다더니 이젠 하루가 달라. 하긴, 이 나이가 되도록 조각칼을 쥐고 있는 것만 해도 용한 일이지."

장영감의 말마따나 근처에 상처 입은 산짐승이라도 내려온 것일까. 평섭은 왠지 섬뜩한 기분이 들면서 살갗에 소름이 돋는 느낌이었다. 헛간 한가운데에 놓여 있는 터무니없이 커다란 난로의 뚜껑을 열고 장작개비 몇 개를 던져넣으면서 그는 요즘 무리한 탓에 신경이 예민해진 모양이라고 스스로를 달랬다.

"아무리 해도 끝이 안 보이는 이놈의 짓거리를 왜 시작했는지 모르겠어."

장영감이 길게 한숨을 내쉬었다. 그러고 보니 오늘따라 장영감의 이야기에 유난스레 한숨이 많이 섞여 있었다. 저 노인네도 겨울을 타는 모양이라고 생각하면서 평섭은 자리로 돌아와 연장을 다시 챙겨들었다.

"내 정신 좀 보게. 어찌하다보니 삼천포로 빠졌네 그랴, 허허헛. 아, 그래서, 내가 절대로 그렇게는 못 하겠노라고 말했지. 그랬더니, 그 여자 하는 말이 걸작이야. 아 글쎄, 그 모자라는 돈 대신에 자기 몸을 가지라는 거야, 흐흐흣. 기가 막힐 노릇이지."

"망할 놈의 영감탱이" 하고 혼잣말로 중얼거리면서 평섭은 휘두르던 나무망치를 내려놓았다. 칼끝이 자꾸만 빗나가고 있다는 느낌이 들었던 것이다. 왼손에 쥐고 있던 조각칼을 나무망치 옆에 나란히 내려놓고 나서 자신의 앞에 덩그러니 놓여 있는 목우(木偶)를 찬찬히 뜯어보았다. 어렴풋한 윤곽만을 드러내고 있는 관세음보살상은 파인 깊이가 일정치 않은 칼자국들이 흡사 술 취한 사람이 깎아놓은 것처럼 이러저리 비껴나가 있었다. 그는 칼자국 하나하나에 눈길을 주다가 말고 한숨처럼 길게 숨을 몰아쉬었다. 장영감이 자신의 여성편력을 자랑삼아 늘어놓을 때면 웬일인지 평섭은 평온을 잃고 이처럼 신경질적이 되고 마는 것이었다.

"아 그런데 말야, 그 여자가 그 나이에 처녀더라니까. 믿기지 않겠지만 그건 사실이었네. 그 다음날부터 난 그 여자에게 주려고 나무를 깎기 시작했지. 처음에는 아미타불을 깎을 요량이었는데 깎다보니 관세음보살을 깎게 되더구먼. 참 나, 그것도 알 수 없는 노릇 아닌가?"

평섭은 목구멍까지 치밀어오른 짜증을 되삼키면서 장영감 쪽으로 고개를 돌렸다. 입에서 나오는 대로 쉼없이 지껄여대면서도 장영감은 지장보살상의 길고 가느다란 손가락을 깎느라고 신중하게 칼끝을 놀리고 있었다. 바닥에다가 침을 탁 뱉고 자리에서 일어선 평섭은 헛간 문을 열어젖히면서 장영감의 등에다 대고 퉁명스럽게 내뱉었다.

"염병할, 장작만 넣었다 하면 연기 때문에 문을 열어놓아야 하니, 드러워서……"

그때, 차가운 기운이 바람을 타고 날아와서 평섭의 뺨을 적셨다. 그는 말허리를 동강낸 채로 갑자기 입을 다물어버렸다. 헛간 밖에서는 언제부터였는지 겨울을 재촉하는 비가 가느다랗게 내리고 있었던 것이다.

이 비가 그치고 나면 완연한 겨울이리라.

평섭은 심란해지는 마음을 추슬러볼 요량으로 헛간 처마 밑을 서성이며 괜한 심술로 돌멩이 몇 개를 걷어찼다. 그러던 어느 한순간이었다. 가슴 한켠에서부터 시작되어 파문처럼 밀려와 귓전을 간질이는 것이 있었다. 파드드득, 여린 날갯짓 소리였다. 여인이 들려준 설명에 따르면, 배에 하얀 깃털이 난 잿빛 새였다고 했다. 그 작은 새는 지금 어디서 이 비를 피하고 있을까. 곧이어 닥칠 겨울에는 또 어디쯤에서 가녀린 날개를 접고서 웅크릴까. 그는 허옇게 피어오르는 입김을 의식하면서 풀이 죽은 목소리로 말했다.

"영감님, 비가 오네요."

겨울은, 전국을 떠돌아다니면서 불상을 깎는 것을 업으로 삼고 살아가는 조각장이들에게 긴 휴식과 정착을 의미했다. 겨울에 들어서면서부터 일거리는 현격하게 줄어들게 마련이고 그나마 이따금 들어오는 일감이라는 것들도 사흘 일거리조차 되지 않는 작은 규모가 대부분이기 때문에 조각장이들은 아예 일을 놓고 각자의 보금자리로 돌아가서 한겨울을 나는 것이다. 생과부 신세인 그들의 아내가 어린 자식들과 함께 외롭게 지키고 있을 그리운 집으로 오랜 방랑생활을 털어버리고 지친 몸뚱이를 끌고 돌아가는 것, 조각장이들에게 겨울의 의미는 그런 것이었다.

"오호라, 자네 아까부터 자꾸 무슨 소리가 들린다고 하더니, 그게 비 오는 소리였구먼 그랴."

평섭은 아니라고 말하려다가 그만두고 탁, 탁, 불똥이 튀는 소리를 내는 난로 앞으로 돌아와서 쭈그리고 앉았다. 마음속 한자리가 텅 빈 것처럼 허허로웠다. 내년 봄에 다시 만나자며 활짝 웃는 얼굴로 떠나간 최씨와 김씨의 얼굴을 떠올리면서 그는 힘없이 고개를 떨구었다. 지금 맡은 일을 마저 끝내고 나면, 그도 역시 겨울을 나기 위해서 어디론가 떠나가야만 했다.

"염병할."

매캐한 난로 앞에서 옹색하게 쪼그리고 앉아 있는 자신의 초라한 모습을 발견한 평섭은 욕지거리 한 토막을 내뱉고 나서 쓰디쓴 담배 한 개비를 피워물었다.

그때였다. 평섭은 용수철처럼 자리를 박차고 일어났다. 아까부터 귀에 거슬리던 그 소리가 열린 문을 통해서 더욱 또렷하게 들려왔던 것이다. 그 소리는 분명히 사람의 신음 소리였다. 그는 문 밖으로 뛰쳐나갔다. 소리는 예상했던 것보다 가까운 곳에서 들려오고 있었다.

"아니, 웬 여잔가?"

흙투성이인 여자를 들쳐업고 안으로 들어서는 평섭을 보고 장영감은 깜짝 놀라면서 들고 있던 조각칼을 떨어뜨렸다. 평섭은 여자를 자신의 작업대 위에 뉘었다. 그 바람에 작업대 위에 세워져 있던 깎다 만 관세음보살상이 연장들과 함께 흙바닥 위로 굴러떨어졌다. 새벽녘에 한기가 들 것을 대비해서 갖다놓은 담요를 끄집어내리고 있는 평섭의 뒤통수에다 대고 장영감은 버럭 역정을 냈다.

"자네 지금 제정신인가? 여기다 뉘었다가 덜컥 숨이라도 넘어가면 어떡하려구 이러나. 설사 요행히 살아난다고 해도 깊은 밤중에 작업실로 젊은 여자가 들어왔다는 사실이 스님이나 신도들에게 알려져보게. 부정을 탔다고 이만저만한 난리가 아닐걸세."

평섭은 들은 척도 않고 비에 흠뻑 젖은 여자의 코트와 치마 그리고 속옷을 차례로 벗겨내려갔다. 의식이 돌아오는지 여자가 입술을 달싹거리기 시작했다. 무엇인가를 말하고 싶어하는 것 같았다. 그는 여자의 입술을 눈여겨보면서 담요로 여자의 몸뚱이를 감쌌다.

"옷을 다시 입히게. 내 얼른 가서 주지스님한테 알릴 테니. 여보게, 우리 같은 사람들은 이런 일에 끼어들면 안 되는 걸세. 부처님 살을 깎는 도중에 작업실에서 여자를 벌거벗기다니, 자네 정말 제정신이 아니구먼."

어느덧 장영감의 언성이 높아져 있었다. 평섭은 자신을 가로막고 있는 장영감을 억세게 밀어제치고 나서 작업대를 끌어당겨 난로 가까운 곳으로 옮겼다. 뒤로 밀려서 하마터면 넘어질 뻔한 장영감은 어이없다는 표정으로 평섭을 바라보았다.

"이건 절대로 그냥 넘어갈 문제가 아닌 게야. 자넨 산전수전 다 겪은 내 말을 들어야 해."

장영감의 목소리는 노여움으로 부들부들 떨고 있었다. 평섭은 입고 있던 자신의 스웨터를 벗어서 여자의 젖은 머리를 감싸주며 장영감을 향해

지지 않고 고함을 쳤다.

"그렇게 멍청히 서 있지만 말고 헛간 문이나 빨리 닫아요. 아, 찬바람 들어오잖아요!"

여자가 다시 의식을 놓는 모양이었다. 평섭은 얼음장처럼 차가운 여자의 뺨을 만져보고 나서 난로에 장작개비를 집어넣기 시작했다. 우두커니 서 있던 장영감은 그제서야 헛간 문을 닫았다.

평섭은 난로 위에 물주전자를 올려놓고 여자 쪽으로 눈길을 돌렸다. 여자의 얼굴이 스웨터에 감싸여 보랏빛을 띠고 있는 입술만이 숨구멍으로 벌려놓은 옷자락 틈새로 드러나 있었다. 그는 여자에게 다가가서 아래쪽 담요를 걷어올렸다. 하얗게 뻗어나온 다리는 붉고 푸른 얼룩으로 뒤덮여 있었다. 긁힌 상처와 멍든 자국들이었다. 그는 여자의 싸늘한 다리를 손바닥으로 문지르기 시작했다. 등뒤에서 장영감의 헛기침 소리가 두어 차례 들려왔다.

"사람이 다 죽게 되었는데 우선 살려놓고 볼 일이잖습니까."

평섭은 장영감을 돌아보면서 누그러진 목소리로 말문을 열었다. 장영감은 이렇다 할 대꾸도 없이 자기 자리로 돌아가서 조각칼을 집어들었다. 장영감의 칼놀림을 지켜보고 있던 평섭은 조심스럽게 덧붙였다.

"우리가 여자를 보살피는 게 도 닦는 스님네들이 보살피는 것보단 모양새가 더 나을 것 아닙니까. 이 밤중에 스님네들이라고 별 뾰족한 수가 있을 리도 없고, 괜히 난리법석에 절간만 발칵 뒤집힐 텐데."

장영감은 별다른 대꾸가 없었다. 평섭은 더이상 뒤를 이을 말을 찾지 못하고 머뭇거리다가 입을 다물고 말았다. 어색하게 찾아든 침묵은 좀처럼 깨어질 기미가 보이지 않았다.

난로 위에 놓인 물주전자가 끓고 있었다.

평섭은 주무르고 있던 여자의 다리를 다시 담요로 덮어주었다. 어느새, 그의 등줄기에서는 더운 땀이 배어나오고 있었다. 아직 의식이 돌아오지 않은 여자는 혼몽중에 들릴 듯 말 듯하게 신음 소리를 내고 있었다. 그는 여자의 얼굴을 내려다보았다. 감색 스웨터 사이로 드러난 보랏빛의 입술과 입 주변의 창백한 살빛이 기묘한 대비를 이루고 있었다.

이 밤중에 어떻게 그 가파른 산길을 기어올라온 것일까.

"틀림없이 무슨 절박한 사연이 있을 텐데" 하고 중얼거리면서 평섭은 살며시 스웨터를 들쳐보았다. 아직 의식이 돌아오지 않은 여자는 들릴 듯 말 듯하게 신음 소리를 내고 있었다. 경황이 없어서 여자의 미추에 관심을 가질 만한 여유가 없었던 그는 그제서야 여자가 보기 드문 미인이라는 사실을 깨달았다. 그는 안타까운 마음으로 여자의 핏기 없는 뺨에 손을 가져갔다. 싸늘한 감촉이 손끝에 느껴지는 순간, 어쩌면 이 여자는 삶의 굴레로부터 영원히 벗어나려고 했던 것인지도 모른다는 생각이 그의 뇌리를 스치고 지나갔다.

등뒤에서 장영감의 마른기침 소리가 들려왔다. 평섭은 흠칫 놀라며 여자의 뺨에서 손을 거두어들였다. 평섭을 등지고 앉아 있는 장영감은 무슨 말을 꺼내려는지 가래 끓는 목을 가다듬고 있었다. 평섭은 담요 속에서 여자의 팔을 꺼내어 주무르기 시작하면서 장영감의 눈치를 살폈다.

"난 그 관세음보살상을 꼬박 석 달이 걸려서 완성했더랬네. 내가 보살상을 깎는 동안에 그 여자는 밥이며 빨래며 잠자리까지 알뜰히도 챙겨주더구먼."

화가 풀린 것일까. 중도에서 끊겼던 이야기를 다시 이어가고 있는 장영감은 완성단계에 들어선 지장보살상의 마무리 손질에 여념이 없었다. 평섭은 장영감의 장광설이 조각에 몰입했을 때면 나타나는 입버릇인지도 모른다는 생각을 하면서 흙바닥에 굴러떨어져 있는 자신의 관세음보살상으로 시선을 옮겼다.

관세음보살상은 이제 겨우 어렴풋한 윤곽만을 드러내고 있을 뿐이었다. 그는 백일기도 회향에 맞춰서 일을 끝내달라던 주지스님의 당부를 떠올리면서 길게 한숨을 내쉬었다. 회향까지는 불과 보름도 채 남지 않았으니 발등에 불이 떨어진 셈이었다. 그는 자신에게 처음으로 조각칼 쥐는 법을 가르쳐주었던 이름 없는 조각장이의 말을 생각해내고는 입가에 씁쓸한 미소를 지었다.

'한눈팔지 않고 십 년만 정성을 쏟으면, 도인(道人)은 못 되어도 달인(達人) 소리는 듣게 될걸세.'

전국을 떠돌아다니면서 오직 불상 깎는 일 하나에만 매달려온 지도 벌써 십육 년째에 접어들고 있었다. 하긴, 한결같은 표정과 일정한 자세를 취하고 있는 불상을 복제하듯이 깎아내는 데에는 아닌게 아니라 달인 소리를 들을 만한 경지에 이르렀는지도 모를 일이었다.

평섭은 아랫입술을 아프도록 깨물었다. 두 달이 지나도록 형체를 드러내지 못하고 있는 관세음보살상을 내려다보면서 고개를 가로저었다. 이번에도 별수 없이 복제품을 만들어내야 한단 말인가.

"한 반 년쯤 같이 살다가 난 또 역마살이 동해서 훌쩍 떠나버렸지. 나중에 소문으로 듣자니까 애를 하나 데리고 대처에 나가서 혼자 산다더구먼. 내가 죽일 놈이지. 난 죽으면 틀림없이 무간지옥에 떨어질걸세, 허허헛."

문득, 평섭은 여자의 팔을 주무르고 있는 자신의 손아귀에 힘이 바싹 들어가 있다는 사실을 깨달았다. 장영감이 뱉어놓는 말조각들이 가뜩이나 심란한 그의 머릿속을 휘저어놓고 있었다. 개 같은 놈. 그는 치밀어오르는 욕지거리를 되삼키면서 이를 악물었다.

'날 원망하지 마라. 원망하려거든 네 아버지를 원망해라. 그림에 미쳐버린 네 아버지를 원망하란 말이다.'

유년의 희미한 기억 속에서 어머니의 목소리는 그렇게 말하고 있었다. 얼굴조차 흐릿한 윤곽으로밖에 기억나지 않는 어머니이건만 그 말만큼은 어찌 된 일인지 평섭의 뇌리 속에 또렷하게 각인되어 있었다. 그리고 빛바랜 흑백 필름처럼 단편적으로 떠오르는 가슴 저미는 기억들, 복잡한 시장통과 알사탕 한 봉지, 갑자기 사라져버린 어머니를 찾는 애타는 목울음……

"그나저나, 참 아까운 여자였어. 난 그렇게 실팍한 몸을 가진 여자를 그 이전에도 그렇고 그 이후로도 만나볼 수가 없었거든."

평섭은 문득, 자신의 아버지도 저 망할 놈의 영감탱이처럼 세상을 떠돌아다니며 아무 여자나 건드리고 다닌 무책임한 색한이었을지도 모른다는 생각이 들었다. 자신의 어머니는 그런 난봉꾼에게 함부로 다리를 벌려주었을 몸이 헤픈 여자였으리라. 다음 순간, 평섭은 악물고 있는 이빨 사이로 욕지거리를 씹어뱉었다. 어둠침침한 골방에서 벌거벗은 채로 아랫배를 맞대고 숨을 헐떡거리고 있는 남녀가 그의 머릿속에서 선연하게 그려졌던 것이다. 자신의 추악한 부모의 모습이었다.

"영감님은 올겨울을 어디서 나실 겁니까?"

장영감의 이야기를 가로막을 요량으로 평섭이 혀끝에서 걸리는 대로 툭 던진 한마디였다. 장영감은 대답 대신 가래 소리 섞인 한숨을 내쉬면서 조각칼을 작업대 위에 힘없이 내려놓았다. 무엇을 생각하는지 고개를 푹 숙이고 있는 장영감의 구부정한 등줄기가 유난히 왜소하게 보였다. 평섭은 공연한 말을 했다는 후회를 하면서 장영감의 허연 머리카락으로 시선을 옮겼다. 세상을 등진 채 이 절에서 저 절로 떠돌아다니며 불상 조각의 한 길만을 쉬지 않고 달려온 자신의 삶도 저 늙은 조각장이처럼 초라한 모습으로 매듭지어질 것이라는 생각이 그를 참담하게 했다.

그는 불상 조각에 송두리째 바쳤던 자신의 젊은 시절을 회한이 담긴 눈빛으로 돌이켜보았다. 이를 악물어보았지만 자꾸만 서글픈 생각이 드는 것을 떨쳐버릴 수는 없었다. 마흔 고개를 눈앞에 두고 있는 그의 삶은 돌이키기에는 너무나 먼 곳으로 떠밀려와 있었다. 그는 실패한 인생의 증거물인 양 땅바닥에 팽개쳐져 있는 깎다 만 관세음보살상을 굽어보면서 허탈해했다. 세월이라는 파도가 무수히 반복되는 동안에 이제는 일상처럼 익숙해져버린 줄 알았던 고독이라는 가슴앓이가 또다시 밀려오고 있었다.

"백화산에 가볼 생각이네."

침묵 속에서 돌발적으로 튀어나온 장영감의 말에 평섭은 잠시 어리둥절해하였다. 다음 말이 이어지기를 기다렸지만 장영감은 한참이 지나도록 말이 없었다. 참다 못한 평섭이 채근을 했다.

"방금 백화산이라고 하셨어요?"

고개를 숙인 채 무엇인가를 골똘히 생각하고 있던 장영감은 보일 듯 말 듯하게 머리를 끄덕거렸다. 노인네 특유의 느릿한 어조로 이어지는 장영감의 말에는 의식의 심연에서 흘러나오는 듯한 울림이 있었다.

"눈 쌓인 산봉우리가 한 송이 꽃처럼 보이는 산이라네. 산 중턱에서 자잘하게 피어나는 꽃들도 볼 만하지. 백 가지 온갖 꽃들이 흐드러지게 피어나거든. 하얀 꽃송이가…… 백 가지 온갖 꽃들이…… 하얗게 말일세."

금방이라도 끊어질 것처럼 느릿느릿 이어져나가던 장영감의 이야기가 어설프게 끝을 맺었다. 평섭은 여자의 팔을 주무르는 것조차 잊어버린 채 넋을 놓고 듣고 있다가 비로소 제정신을 차렸다. 어깨 너머로 눈길만을 주고 있던 그는 장영감을 향해서 돌아섰다.

"그게 어디에 있는 산인데요?"

장영감은 대답이 없었다. 숙이고 있던 고개를 서서히 치켜들어 눈앞에 서 있는 지장보살상의 얼굴을 올려다볼 뿐이었다. 평섭은 잰걸음으로 장영감에게 다가갔다. 장영감은 가까이 다가선 평섭에게 눈길 한 번 돌리지 않고 지장보살상의 얼굴만 뚫어지게 바라보고 있었다.

무슨 까닭에 지장보살상의 얼굴을 저토록 열심히 들여다보고 있는 것일까. 평섭은 새삼스러운 눈길로 지장보살상의 얼굴을 바라보았다. 지장보살상의 얼굴에 드리워진 음영이 천장에 매달린 백열전구의 흔들림을 따라 일렁거리고 있었다. 그 음영의 변화 때문에 지장보살상은 마치 살아 있는 것처럼 순간마다 다른 얼굴 표정을 지었다.

평섭은 답답하게 느껴지는 침묵에 숨을 크게 한번 몰아쉬었다. 헛간 문짝이 떨어져나갈 듯이 요란하게 덜커덩거리고 있었다. 나뭇가지들이 몸서리치는 소리, 낙엽들이 쓸려가는 소리, 간간이 들리는 적막한 풍경 소리, 문 밖의 바람은 겨울이 가까이 다가오고 있음을 알리는 스산한 발소리를 내고 있었다. 평섭은 신음하고 있는 여자 쪽을 힐끔 돌아보고 나서 장영감에게 다시 한번 물었다.

"영감님, 그 산이 어디에 있답니까?"

조각상처럼 굳어 있던 장영감이 어깨를 움찔하더니 지장보살상을 올려다보느라고 뒤로 젖혀져 있던 고개를 서서히 내려뜨렸다. 장영감의 목소리는 깊이 잠겨 있었다.

"자네, 묻지 마라 갑자생이란 말 혹시 들어봤나?"

장영감의 엉뚱한 대답에 잠시 어리둥절해하던 평섭은 그것이 두 번이나 반복해서 들어야 했던 신세타령의 서두라는 것을 깨달았다. 그는 횡설수설하는 장영감에게서 문득 불안함을 느꼈다. 노망기가 도진 것일까. 노인의 몸으로 며칠째 무리를 한 뒤였으므로 장영감의 몸은 쇠약해질 대로 쇠약해져 있을 터였다.

장영감이 헛기침을 몇 차례 했다. 가래 끓는 목을 가다듬는 것으로 보아서 신세타령이 계속해서 이어질 모양이었다. 무슨 말인가를 건네려고 머뭇거리던 평섭은 고개를 한번 갸웃하고는 뒤돌아섰다. 잦아들었다가 다시 높아지곤 하는 장영감의 이야기를 뒤로하고 그는 신음하고 있는 여자에게로 돌아갔다.

"그때 세간에서는 묻지 마라 갑자생이란 말이 유행했었다네. 일본 놈들이 조선 남자라고 생긴 것은 가리지 않고 끌고 가던 시절이었네. 나도 물론 끌려갔었더랬지."

장영감의 말에 따르면, 일제시대 때 세간에서는 '묻지 마라 갑자생' 이란 말이 '조건이 좋다' 라는 뜻으로 속담처럼 유행했다. 징병검사장에 끌려온 사람들 중에서 갑자생인 젊은이는 한창 나이라는 이유로 검사도 받지 않고 곧장 전쟁터로 내보내졌던 것에서 비롯된 말이었다. 그후, 해방이 되어 고국으로 돌아온 갑자생들은 몇 년 후에 사변이 터지자 또다시 전쟁터에 나가야 했다.

"갑자생이라고 하면 무조건 통과였다네. 그건 사변이 터졌을 때도 마찬가지였네."

적막한 풍경 소리가 바람에 묻어왔다. 평섭은 장영감의 장광설을 한 귀로 흘리면서 여자의 팔을 손바닥으로 문지르고 있었다. 바람 소리 저편에서 황학산 계곡의 개떼들이 울부짖고 있었다.

그러던 한순간이었다. 조금씩 화색이 돌기 시작하는 여자의 얼굴을 내려다보고 있던 평섭은 흠칫 놀라 얼어붙었다. 여자의 가슴께를 덮고 있던 담요 한 자락이 그가 팔을 문질러댈 때마다 흔들리다가 어느 한순간 작업대 위로 흘러떨어졌던 것이다. 젖가슴 한 귀퉁이가 하얗게 드러났다. 그 하얀 살결 위로 퍼렇게 멍든 자국이 반점처럼 얼룩져 있었다. 그는 흘러내린 담요자락을 황급히 집어들었다. 담요를 덮어주고 나서 장영감의 눈치를 살피기 위해 다급하게 뒤를 돌아보았다.

장영감은 작업대 위에 팔을 포개어 얹고 엎드려 있었다. 그제서야 평섭은 언제부터인가 장영감의 신세타령이 중간에서 끊긴 채 들리지 않고 있었다는 사실을 깨달았다. 그는 장영감에게 다가가며 속삭이는 듯한 목소리로 말을 건넸다.

"영감님, 주무시는 거예요?"

다음 순간, 지장보살상의 발치에서 장영감의 목소리가 울려나왔다. 그것은 흡사 다른 사람의 목소리처럼 낯설게 들렸다.

"이 손으로 사람…… 많이도 죽였지."

목소리 끝이 가느다랗게 떨리고 있었다. 평섭은 와락 겁이 났다. 노인의 지친 육신과 혼백이 따로 떠돌고 있다는 느낌이 들었던 것이다. "전쟁에 두 번씩이나 참가한 사람은 그리 많지 않을걸세" 하고 자신의 인생이 파란만장했다는 것을 자랑스럽다는 듯이 늘어놓던 장영감이 아니었던가.

"영감님, 괜찮으세요?"

장영감은 엎드린 채로 고개를 끄덕였다.

"들어가서 주무세요. 피곤해 보이는데."

평섭은 '요 며칠 너무 무리를 하셨어요' 라고 덧붙이려다가 그만두었다. 말은 그렇게 하였지만 평섭은 장영감이 작업실에서 밤을 새울 작정이라는 것을 알고 있었다. 부처의 살을 깎는 곳에서 행여라도 남녀간의 부정한 일이 일어나서는 안 된다는 노파심이 장영감을 단단히 붙들고 있을 터였다. 고집스럽게 자리를 지키고 엎드려 있는 장영감의 뒷모습을 평섭은 안쓰러운 눈빛으로 바라보았다. 백발이 성성한 머리와 숨을 쉴 때마다 오르내리고 있는 여윈 어깨에서 세월의 무게를 어림으로 헤아리고 있던 평섭은, 장광설을 늘어놓는 장영감의 입버릇이 오랜 세월 동안 고독과 싸워온 흔적일지도 모른다는 생각을 했다.

장영감 앞에 서 있는 완성 직전의 지장보살상을 힐끗 쳐다보고 나서 평섭은 발길을 여자에게로 돌렸다. 여자의 얼굴은 발그스름하게 화색이 돌고 있었다. 그는 여자의 고른 숨결을 확인하고 나서 땅바닥에 굴러떨어져 있는 깎다 만 관세음보살상을 일으켜세웠다. 그 앞에 널빤지를 깔고 앉았다. 마치 처음으로 대하는 듯이 관세음보살상 구석구석을 한참 동안이나 뜯어보다가 조각칼을 집어들었다. 하지만, 선뜻 칼끝을 보살상에 댈 수가 없었다.

그윽한 눈매, 모나지 않은 코, 단아한 입술…… 그런 식으로 판에 박은 모습들을 맹목적으로 깎아나갈 수는 없는 일이었다. 그렇게 깎아놓은 보살상은 공장에서 조립되어나오는 플라스틱 인형들과 다를 바가 없었다.

평섭은 아직 세부가 드러나지 않은 목우 속에서 자신이 깎고자 하는 형상을 찾아내기 위해 안간힘을 썼다. 하나의 완성된 얼굴 모습이, 아니 통일된 불상의 전신이 선연하게 떠올라주기를 고대했다. 어렴풋하게 떠오르는가 싶던 얼굴 모습이 다시 희미해져갔다. 평섭은 아랫입술을 짓씹으며 스스로에게 거듭 다짐했다.

과거에 익혔던 모든 알음알이들을 버려야 한다. 그것들은 눈을 멀게 할 뿐이다.

그는 보살상의 목께를 바라보았다. 그리고 가슴 부분으로 훑어내려갔다. 순간 그의 눈앞에서 어른거리는 희미한 잔상이 있었다. 그것은 좀 전에 보았던 여자의 젖가슴이었다. 그는 산란해지려는 마음을 가다듬으면서 보살상의 허리께로 시선을 내려뜨렸다. 둔부에서 허벅지로 이어지는 선을 따라 움직이고 있던 그의 시선이 갑자기 멈추었다. 눈앞에서 어른거리는 잔상이 떠나지가 않았던 것이다. 그는 여자가 누워 있는 작업대 쪽으로 눈길을 돌렸다. 여자의 고른 숨소리를 들으면서 자리에서 일어났다.

"영감님, 주무세요?"

작업대 위에 엎드려 있는 장영감은 아무런 반응이 없었다. 장영감이 잠든 것을 확인한 평섭은 여자에게로 다가갔다. 여자의 가슴을 덮고 있는 담요의 봉긋한 굴곡을 내려다보았다. 좀 전에 보았던 젖가슴의 잔상이 그의 머릿속에서 더욱 또렷하게 그려졌다. 그는 숨을 한차례 몰아쉬고 나서 스웨터 사이로 드러나 있는 여자의 얼굴로 시선을 옮겼다. 주의 깊은 시선으로 이목구비를 뜯어보던 그는 여자의 뺨에 흘러내린 머리카락으로 조심스럽게 손을 가져갔다. 그가 머리카락을 들어올려서 귀 뒤쪽으로 넘기는 동안에도 여자는 죽은 듯이 꼼짝 않고 누워 있을 뿐이었다.

여자가 혼곤한 잠 속에 빠져들어 있는 것을 확인한 평섭의 시선이 여자의 목까지를 덮고 있는 담요자락으로 다시 내려왔다. 잠시 머뭇거리던 그의 손이 담요자락 끝을 집어들었다. 그는 힐끗 장영감을 돌아보고 나서 담요자락을 쥐고 있는 손에 힘을 주고 여자의 눈치를 살피며 천천히 들어올렸다. 가느다란 목에 이어 담요자락 밑으로 드러나기 시작한 새하얀 속살이 그의 눈을 시리게 했다. 여자는 가냘픈 몸매에 비해서 풍만한 젖가슴을 가지고 있었다. 곳곳에 멍든 자국이 파랗게 물들어 있는 그 서글픈 나신을 숨죽이고 들여다보던 그는 담요자락을 아래쪽으로 조금 더 끄집어내렸다. 매끄러운 허리선에 이어서 여자의 둔부가 드러나려는 찰나였다. 여자가 몸을 한차례 뒤척였다. 그는 다급하게 담요를 덮으면서 여자의 표정을 살폈다.

의식이 차츰 돌아오는지 신음 소리가 조금씩 커지고 있었다. 턱이 부르르 떨리면서 이가 맞부딪치는 소리가 나기 시작했고 여자의 눈썹 끝이 작은 경련을 일으키며 실룩거렸다.

"이봐요. 정신이 들었으면 눈을 좀 떠봐요."

평섭은 여자의 상체를 흔들어 깨웠다. 마침내, 여자가 실눈을 뜨고 그를 바라보았다. 아니, 그를 바라보고 있지 않았다. 여자의 초점 없는 시선은 그의 뒤쪽 허공 어딘가에 머무르고 있었다. 그는 난로 위의 주전자에서 뜨거운 물을 사발에 조금 따라 입으로 후후 불어 식히면서 여자에게로 다가갔다. 한 손으로 여자의 머리를 받쳐들고 물그릇을 여자의 입으로 가져갔다.

두어 모금밖에 안 되는 물을 여자는 몹시 뜨거워하며 한참 동안에 걸쳐서 힘겹게 받아넘겼다. 그는 물그릇을 제자리에 돌려놓고 와서 여자에게 괜찮으냐고 물었다. 대답은 없었지만 또렷한 시선으로 그를 올려다보고 있는 여자는 한결 기운을 차린 기색이었다.

"하마터면 큰일 날 뻔하셨어요."

평섭이 건네는 말을 들었는지 못 들었는지, 여자의 얼굴에서 고마워하는 기색 같은 것은 보이지 않았다. 물기가 많은 눈망울로 그를 뚫어져라 쳐다보고 있을 뿐이었다.

"대체 어쩌자고 이 밤중에 그 험한 길을 올라오셨습니까 그래?"

그의 말이 끝나자 갑자기 여자의 얼굴에 간절한 빛이 떠올랐다. 여자가 울먹거리기 시작했다.

"전 가야만 해요. 이대로 사는 건……"

감정이 복받치는지 여자는 말을 끝맺지 못했다. 여자에게 드리워져 있을 가혹한 삶의 정황을 어림짐작해보고 있던 그가 나직하게 말타박을 놓았다.

"아니, 이 밤중에 어딜 간다는 겁니까?"

손을 들어올려서 말리는 시늉까지 해 보이던 그는 하마터면 '죽으러 간단 말입니까?' 하고 입 밖에 뱉어버릴 뻔했다. 그는 길게 한숨을 쉬고 나서 여자의 뺨에 흘러내리고 있는 눈물을 손등으로 닦아주었다. 여자는 조그만 어깨를 들먹거리고 있었다.

"이렇게 살 순 없어요. 전 가야 해요. 산꼭대기로 올라갈 거예요……"

그는 여자의 말을 가로막았다. 머리를 쓰다듬어주면서 부드럽게 타일렀다.

"자, 자, 내일 이야기하기로 하고 이제 그만 자요."

여자의 울음 섞인 목소리가 잦아들어가고 있었다. 몸이 녹으면서 졸음이 밀려드는 모양이었다. 여자가 혼곤한 의식 속에서 토막말로 중얼거렸다.

"산꼭대기에 가야 해요…… 얼른…… 백화산으로 가야 해요."

순간 평섭은 자신의 귀를 의심했다. 어찌 된 일일까. 여자는 백화산을 찾고 있었다. 그는 여자에게 바싹 다가섰다.

"눈이 내리면 산봉우리가 꽃처럼 피어나는 산이에요. 새하얗게 피어나는 커다란 꽃이 얼마나 탐스러운지 몰라요. 전 그곳으로 가야 해요……"

귓맛이 당긴 평섭은 여자의 말이 끝나도록 진득하게 듣지 못하고 성마른 질문을 얹었다.

"그게 어디에 있는 산인데요?"

여자는 그의 목소리가 들리지 않는다는 듯이, 그가 묻고 있는 도중에도 계속해서 이야기를 했다.

"산꼭대기로 올라가야 해요. 눈 오는 날 말이에요. 기다리다보면 저만큼에서 그 산이 떠올라요. 흩날리는 눈발 저편에서 부옇게…… 하아얀 산이 떠올라요."

"떠오른다니, 없던 산이 생겨난단 말예요?"

그가 믿기지 않는다는 표정으로 소리쳤다. 여자는 대답이 없었다. 그는 눈물에 젖어 반짝거리고 있는 여자의 눈을 가까이에서 들여다보았다. 가늘게 뜨고 있는 여자의 눈은 초점이 풀려 있었다. 그는 이 여자가 정신이 온전치 못한 여자일지도 모른다는 생각을 하면서 물어보았다.

"아니, 어떻게 그런 일이 일어난답니까?"

그게 사실이라면 설명할 수 있는 어떤 이유가 분명히 있을 것이었다. 이 세상에는 설명할 수 없는 일이란 존재하지 않기 때문이다. 하늘이라도 무너질 듯이 쏟아져내리는 눈발이, 세차게 휘몰아치는 바람에 실려 이리저리 흩날릴 때면 일어나게 되는 착시 현상 같은 것인지도 몰랐다. 모래 바람이 부는 열대 사막에서는 지평선에서 끝없이 펼쳐지는 신기루를 볼 수 있다지 않던가. 그 신기루를 좇아다니다가는 사막 한가운데에서 길을 잃고 목이 말라서 죽게 된다던가.

"그 산은, 말하자면, 신기루 같은 것이겠군요?"

한참을 기다려도 자신의 질문에 대답이 돌아오지 않자 그가 다시 한번 물었다. 여자는 여전히 대답이 없었다. 그는 표정이 없어진 여자의 얼굴을 굽어보다가 입가에 실소를 머금었다. 정신이 온전치 못한 여자의 이야기에 지나치게 매달리고 있다는 생각이 들었던 것이다. 아마도 장영감이 백화산 이야기를 입에 올리고 있을 때 잠시 의식이 돌아온 여자가 얼핏 엿들었던 것이리라. 그는 부질없는 짓이라는 것을 알면서도 여자에게 말을 더 시켜볼 요량으로 물어보았다.

"그럼 아까는 백화산을 찾아서 산꼭대기로 가던 중이었어요?"

고집스럽게 입을 다물고 있던 여자가 그 질문에는 뜻밖에도 선선히 고개를 끄덕였다. 그는 어이가 없다는 듯이 고개를 가로저었다. '이 밤중에 황학산 정상을 향해서 올라가던 중이었단 말인가.' 한두 해 걸러서 실종자가 생기는 황학산은 전문 등산객들도 겨울 산행을 꺼릴 만큼 험난한 산이었다.

"이 근처에는 백화산이 없어요. 이 산은 황학산이구요. 맞은편에 있는 건 관음봉이구요. 그리고, 이 밤중에 산꼭대기에 올라갔다가는 백화산 대신에 황천길을 보게 될 겁니다. 아시겠어요?"

밀려드는 졸음을 참아내느라고 이맛살을 찌푸리고 있는 여자의 이마에 손을 얹으면서 그가 말했다. 순간, 그는 자신의 품속에서 길 잃은 새 한 마리가 파닥거리고 있다는 느낌을 받았다. 그는 이를 악물면서 머리를 세차게 저었다. 십수 년을 구름처럼 떠돌면서 숱한 사람들과 만나고 또 헤어지다보면 체념이 몸에 배게 마련이다. 포기하고 잊어야 하는 일에 닳고 닳아서 더이상 깎일 곳이 없게 되면 스스로 가슴속에 두꺼운 빗장을 걸게 되는 것이다.

"절 데려가주세요. 백화산에 가고 싶어요."

여자가 자신의 이마에 얹혀 있는 그의 손을 잡고 간절한 눈길로 올려다보고 있었다. 그 간절한 눈길은 그의 마음속 깊은 곳에서 작은 파문을 일으켰다. 그 파문은 고독과 좌절의 끝에서 외로운 표정을 짓고 있는 희망이라는 이름의 위험스러운 감정이었다. 다음 순간, 그는 스스로를 조롱했다. 절망의 나락에 잇닿아 있는 그 감정 때문에 여태껏 얼마나 많은 고통을 감수해야 했던가. 그는 아직도 자신에게 그런 어리석은 순진함이 남아 있다는 사실을 어이없어했다.

“이렇게 사느니 죽는 게 나아요. 부탁이에요. 절 백화산에 데려가주세요. 제발……”

여자가 다시 울먹거리기 시작했다. 그는 걱정스러운 눈빛으로 여자를 바라보았다. ‘이 여자는 올겨울을 무사히 날 수 있을까?’ 그렇게 스스로에게 물어보며 그는 장영감을 한번 돌아보았다. 허약한 늙은이의 몸으로 작업대 한 귀퉁이를 차지하고서 불편한 자세로 깊은 잠에 빠져 있는 장영감의 처량한 모습이 서글펐다. 내년 봄을 기약하며 떠나갔던 최씨와 김씨의 환한 얼굴을 차례로 떠올리고 나서 그는 쓸쓸한 눈길을 여자에게로 옮겼다. 여자가 몸을 일으키려고 안간힘을 쓰고 있었다. 그는 깜짝 놀라며 여자를 부축하기 위해 허리를 굽혔다. 그의 손길이 여자의 어깨를 감는 순간 여자가 양팔로 그의 목을 억세게 휘감아버렸다. 그 바람에 그의 얼굴이 여자의 젖가슴에 파묻혔다. 살내음에 숨이 막혔다.

“절 백화산에 데려가주세요. 안 그러면 죽어버리겠어요. 부탁이에요. 제발…… 절 데려가주세요.”

만약에 그의 목을 놓치면 그가 영영 자신을 백화산에 데려가주지 않을지도 모른다고 생각하는지 여자는 휘감은 팔에 더욱 힘을 주면서 쉴새없이 중얼거렸다. 빠져나가려고 애를 쓰던 그는 여자의 가슴에 그대로 묻혀버렸다. 오래도록 굳게 닫혀 있던 빗장이 풀리려 하고 있었다. 오랜 방랑을 떨어버리고 올겨울에는 이 여자와 함께 정착을 하리라. 그렇게 스스로에게 다짐을 하는 순간, 그는 자신의 가슴 한 귀퉁이에서 따뜻하게 차올라오는 것이 있음을 느꼈다. 무엇일까. 그는 스스로에게 물었다.

2

아득하게 먼 곳에서 누군가가 평섭의 이름을 부르고 있었다. 장영감의 목소리였다. 작업대에 등을 기대고 땅바닥에 앉아 있던 평섭은 무거운 눈꺼풀을 이기지 못하고 몸을 한번 뒤척거렸다. 순간, 그의 손아귀에 쥐어져 있던 무언가가 자신의 허벅지 위로 굴러떨어졌다. 조각칼이었다. 눈을 뜨고 조각칼을 내려다보던 그는 간밤의 기억을 차례로 떠올렸다. 여자가 다시금 혼곤한 잠을 이룬 후에 그는 바닥에 팽개쳐진 관세음보살상을 일으켜세웠다. 헛간 문틈으로 희끄무레한 새벽빛이 스며들도록 숱한 나무지저귀를 만들어내며 신들린 듯 조각에 몰입했다.

"자네, 그 여자 어디로 갔는지 아나?"

장영감의 한마디에 평섭은 튀어오르듯이 자리에서 일어났다. 작업대 위는 텅 비어 있었다. 그는 헛간 문을 박차고 뛰쳐나갔다. 아, 눈이 부셨다. 세상은 온통 흰빛이었다. 저녁부터 내리기 시작한 비가 눈으로 바뀌어 있었던 것이다.

여자의 모습은 어디에도 보이지 않았다. 여자가 남겨놓았을 발자국들도 새로 내린 눈에 덮여 찾아볼 수가 없었다. 산사에 찾아든 설경을 넋 놓고 바라보던 평섭은 갑자기 고개를 쳐들고 황학산 정상을 올려다보았다. 흩날리는 눈발 저편에서 가파르게 솟아 있는 황학산 정상이 부옇게 시야에 들어왔다. 그 산봉우리 쪽으로 이름 모를 새 한 마리가 날아가고 있는 것이 눈에 띄었다. 오래지 않아 그것은 한 점이 되어 사라져갔다.

여자는 어디로 간 것일까.

바람에 날리며 땅으로 곤두박질치고 있는 수많은 눈송이들 속으로 그의 시선은 머무를 곳을 찾지 못하고 방황했다. 어지럽게 떨어져내려오는 탐스러운 눈송이들이 뺨 위에서 선뜩선뜩하게 녹아들었다. 나무관세음, 그는 신음하듯이 중얼거렸다. 고개를 떨구고 시선을 바닥에 아무렇게나 꽂아버렸다.

일렁이는 시야 한쪽 귀퉁이로 장영감의 옆모습이 얼핏 비쳤다. 그제서야 평섭은 자신의 옆에 장영감이 다가서 있는 것을 알아차렸다. 그는 장영감의 시선을 의식하면서 애써 태연하게 뒤돌아섰다. 헛간으로 되돌아가는 휘청거리는 발걸음 저편에서 활짝 열려 있는 헛간 문짝이 바람에 밀려 삐거덕거리고 있었다.

작업대 앞에 우두커니 서 있던 평섭은 여자가 누워 있던 자리를 손바닥으로 쓸어보았다. 손끝으로 전해져오는 것은 써늘한 냉기뿐이었다. 그는 망연자실한 눈길로 주위를 둘러보았다. 여기저기에 널려 있는 조각칼과 망치, 너저분하게 깔려 있는 나뭇조각들과 담배꽁초들, 불 꺼진 난로와 그 위에 놓인 물주전자, 어두컴컴하고 휑뎅그렁한 헛간 그 어느 곳에도 여자의 자취는 남아 있지 않았다. 그는 주먹을 그러쥐었다. 빗장이 열려 있는 그의 가슴속으로 찬바람이 매섭게 들이치고 있었다.

그때였다. 어둠에 익숙해진 그의 눈이 자신의 조각상에 무엇인가가 씌워져 있는 것을 뒤늦게 발견했다. 그것은 담요였다. 여자가 헛간을 나서기 전에 무슨 생각에서였는지 자신이 덮었던 담요를 관세음보살상 위에 씌워놓고 간 모양이었다. 그는 조각상 앞으로 다가갔다. 담요를 벗겨내는 순간, 그는 놀란 나머지 자신도 모르게 탄성을 터뜨렸다.

여자가 거기에 서 있었다. 목걸이, 귀걸이, 팔찌, 영락(瓔珞) 등으로 화려하게 몸치장을 하였고 머리에 관을 썼으며 한쪽 손에 활짝 핀 연꽃을 꺾어들고 있었다. 서글픈 눈매와 얄궂한 입술, 동그스름한 어깨에 걸쳐 입은 날아갈 듯한 천의(天衣), 그 너머로 엷게 비쳐 보이는 풍만한 젖가슴과 허리에서 둔부로 이어지는 가냘픈 선, 아! 여자는 금방이라도 살아 움직일 것만 같았다.

댕그랑, 바람에 묻어온 풍경 소리가 빗장이 열려 있는 평섭의 가슴 한복판으로 굴러들어와 잔잔한 파문을 일으켰다. 곧이어 헛간 문이 삐거덕거리는 소리를 냈고, 매서운 바람이 헛간 안으로 불어들었다. 그는 여자에게 담요를 덮어주고 나서 헛간 문을 닫기 위해 뒤돌아섰다.

문 밖 저편에서, 휘몰아치는 눈발을 고스란히 맞으며 건너편 관음봉 정상을 올려다보고 있는 장영감의 뒷모습이 눈에 들어왔다. 평섭은 헛간 문틀에 손을 짚고 기대어 섰다. 오랜 세파에 볼품없이 깎여버린 장영감의 어깨와 허옇게 센 머리 위에 눈이 쌓이고 있었다. 평섭은 소리를 쳐서 장영감을 안으로 불러들이려다가 생각을 바꿔 그만두었다. 조각상처럼 굳어버린 장영감의 뒷모습에는 범접하기 힘든 비장한 고독이 깃들어 있었기 때문이었다.

댕그랑, 풍경 소리가 청아하게 울렸다. 겨울이었다.

조난

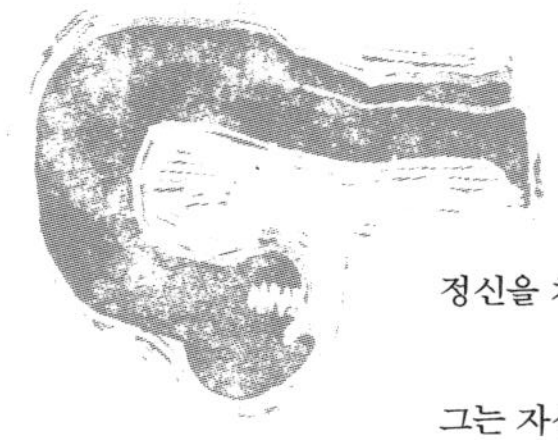

정신을 차렸을 때, 그는 깊은 나락의 끝에서 온갖 미물들과 함께 누워 있었다.

그는 자신이 올랐던 정상을 올려다보았다.

그리고, 다시금 그곳을 향해 나아가려 했다.

몸은 전혀 생각대로 움직여주지 않았다.

그러나 그는 이미 깊이를 알 수 없는 땅 밑으로부터

정상을 향해 오르기 시작하고 있었다.

등산은 다시 시작되었다.

더이상, 바위를 산꼭대기로 밀어올리기 위해서가 아니었다.

그는 신(神)이 되고 싶었던 것이다.

낙엽을 밟고 말았다. 발이 미끄러지면서 몸이 허공으로 들리는가 싶더니 어떻게 손써볼 틈도 없이 가파른 산비탈 아래로 통나무처럼 데굴데굴 굴러떨어졌다. 현숙은 본능적으로 팔다리를 넓게 벌려서 구르는 속도를 줄이려고 했다. 다음 순간, 풍차처럼 돌아가던 두 다리 중 어느 하나가 둔중한 물체에 세차게 부딪혔다. 고통을 느낄 겨를조차 없었다. 그녀는 연이어서 무엇인가에 뒤통수를 찧고 말았다. 눈앞에서 번쩍 하고 섬광이 일었고 곧이어 시야가 아득해졌다. 초점을 맞출 수가 없었다. 형체를 알아볼 수 없는 사물들과 점점이 흩어진 희부연 빛조각들이 어른거릴 뿐이었다. 온몸에서 기운이 빠져나가는 것이 느껴지면서 숨가쁘던 가슴이 갑작스럽게 차분해지더니 나른하게 느껴지는 평온이 온몸을 휩싸안았다.

그제서야 그녀는 죽음을 의식했다. 이대로 의식을 잃고 나면 다시는 눈을 뜰 수 없을지도 모른다고 생각했다. 서글프고 안타까운 감정이 섬뜩하리만큼 차가운 손으로 그녀의 가슴을 쓸어내렸다. 그녀는 희미해져가는 의식의 한 귀퉁이를 붙들고서 눈을 감지 않으려고 안간힘을 다했다. 그러나, 밀려드는 어둠 앞에서 그녀는 속수무책이었다. 빛의 명멸, 그것이 그녀가 칠흑 같은 어둠의 나락으로 떨어지기 직전에 마지막으로 본 것이었다.

시시포스는 거친 숨을 몰아쉬며 뺨을 바위에 비벼댔다. 울퉁불퉁한 바위 표면에 깎여 쓰라리던 뺨에서는 더이상 아무런 감촉도 느껴지지가 않았다. 바위가 품고 있는 냉기에 촉각이 뿌리까지 얼어버린 탓이었다. 그는 턱까지 차오른 숨을 일순간 멈추고 이를 악물었다. 다시금 혼신의 힘을 다하여 바위를 밀어붙이기 시작했다. 바위의 모난 곳을 붙잡고 있는 손아귀가 힘이 부친 나머지 경련을 일으켰고, 한껏 버티고 선 다리는 금방이라도 무릎이 꺾일 듯이 후들거렸다. 그렇게 한 발짝을 앞으로 나아간 뒤에 그는 참고 있던 숨을 한꺼번에 토해냈다. 악물고 있는 이빨 사이로 터져나오는 숨소리에는 짐승의 울음을 연상케 하는 신음 소리가 섞여 있었다.

현숙은 뒤통수와 오른쪽 발목에서 통증이 되살아나는 것을 느꼈다. 눈 앞을 덮고 있던 어둠이 걷히고 있었다. 다음 순간, 그녀는 언제부터인가 차가운 느낌의 무엇인가가 뺨과 이마 위에 가만가만 내려앉고 있다는 사실을 깨달았다.

그것은 눈이었다. 눈이 내리고 있었다. 그녀는 통증조차 잊은 채 넋 나간 표정으로 주위를 둘러보았다. 십 미터 앞도 분간할 수 없는 짙은 안개 때문에 시야에 들어오는 것은 자신을 에워싸고 있는 나무 몇 그루뿐이었다. 하늘을 향해 저마다 무성하게 뻗어올린 나뭇가지들이 서로 얽혀 있었고, 그 틈새로 쏟아져내려오는 숱한 눈송이들이 안개에 부옇게 투영되어 환상적인 분위기를 자아냈다.

그녀는 당혹스러웠다. 주위에 펼쳐져 있는 생경한 세계를 쉽사리 현실로 받아들일 수가 없었다. 마치 전혀 다른 차원의 세계로 들어선 듯한 기이한 기분이 그녀를 사로잡고 있었다.

어찌 된 일일까. 혹시 난 이미 죽은 게 아닐까. 죽어서 어떤 절대자의 손에 의해 이런 낯선 곳으로 옮겨진 것이 아닐까.

그러다가 문득, 그녀는 꿈을 꾸고 있는 것인지도 모른다는 데에 생각이 미쳤다. 생명의 위협을 느끼게 할 만큼 무서운 기세로 엄습해오는 오한이 아니었다면 그녀는 그렇게 믿었을 것이다. 의식을 잃고 있는 동안 빼앗겨버린 체온을 되찾기 위해 몸 전체가 경련에 가까울 정도로 격렬하게 떨리기 시작했고, 뼛속까지 침입한 한기는 뼈 마디마디를 굵은 송곳으로 찌르는 듯한 통증을 일으켰다. 그녀는 통증처럼 느껴지는 추위와 와들와들 떨리는 온몸을 통해서 자신이 살아 있음을 실감했다. 자신이 누워 있는 곳은 분명히 현실의 한 공간이었으며 살기 위해서는 어떻게든 산행을 계속하는 수밖에 없었다.

그녀는 천 근이나 되는 몸을 일으켜서 옆에 서 있는 나무에 등을 기대고 앉았다. 배낭을 열고 버너와 코펠을 꺼내어 바닥에 내려놓았다. 손이 풍 맞은 사람처럼 부들부들 떨리는 통에 버너를 조립하는 간단한 일조차 쉽지가 않았다. 간신히 버너에 불을 붙이는 데 성공한 그녀는 허리에 차고 있던 수통을 꺼냈다. 코펠에 물을 삼분의 일가량 부을 작정이었지만 반 이상은 코펠 밖에 흩뿌리고 말았다. 물이 담긴 코펠을 버너 위에 올려놓는 일은 더더욱 어려웠다. 아니나 다를까, 말을 잘 듣지 않던 손이 기어코 일을 저지르고 말았다. 버너를 넘어뜨리는 바람에 코펠이 바닥에 굴러떨어지면서 안에 담긴 물을 쏟아버리고 만 것이다.

그러나 그녀에게는 낙심할 여유가 없었다. 몸의 경련이 심해지는 것과 발을 맞추어 죽음에 대한 공포가 숨통을 조여들어오고 있었다. 그녀는 지금까지 했던 일련의 행동을 참을성 있게 되풀이하기 시작했다. 불이 꺼진 버너를 일으켜세우고 바닥에 뒹굴고 있는 코펠을 집어들었다.

뜨거운 물이 식도를 훑어내려갔다.

오래지 않아서 몸이 훈훈해지고 극심하던 오한이 견딜 만한 정도까지 가라앉았다. 한숨을 돌린 현숙은 등산조끼 주머니에서 사탕을 한 움큼 꺼내어 입 속에 한꺼번에 털어넣었다. 우드득우드득 소리내어 씹어대며 초조한 시선으로 발치에 떨어져 쌓이는 눈송이들을 지켜보았다.

예년보다 무려 한 달가량이나 빠른 첫눈이었다. 이렇게 일찍 첫눈이 내릴 것이라고는 상상도 하지 못했던 까닭에 그녀는 배낭을 꾸릴 때 겨울 산행에 필요한 장비는 하나도 챙기지 않았다. 장비도 없이 이 지독한 폭설을 뚫고 하산을 감행한다는 것은 엄두가 나지 않는 일이었다. 그렇다고 주저하며 시간만 낭비하고 있을 수도 없었다. 이 산은 지역적인 특성 때문에 한번 눈이 내리면 이삼 미터의 적설량은 예사인 곳이었다. 지체하다가는 눈 속에 고립되어 오도 가도 못 하게 되어버릴지도 모를 일이었다.

그녀는 다급해지는 마음을 달래며 배낭에서 구급상자를 꺼냈다. 붕대를 머리에 서너 겹 둘러서 뒤통수의 다친 부위를 감쌌다. 치료를 위해서라기보다는 상처가 추위에 얼지 않게 하기 위해서였다. 등산화를 신은 채로 등산화 끈만을 약간 풀고서 다친 발목에 압박붕대를 감기 시작했다. 만일 등산화를 완전히 벗었다가는 순식간에 발 전체가 부어올라서 다시 등산화를 신지 못하게 될지도 모를 일이었다. 아니나 다를까, 붕대를 다 매기도 전에 발은 무서운 기세로 부어올랐다. 끈이 헐거운 상태인데도 불구하고 등산화가 마치 남의 신발인 양 작고 답답하게 느껴졌다.

응급처치가 끝나자 그녀는 기도하는 심정으로 나뭇등걸을 손으로 짚어가며 자리에서 조심스레 일어났다. 살금살금 제자리걸음을 걸어보았다. 오른발에 체중이 실릴 때마다 발목에서 전해지는 통증이 만만치 않았다. 하지만 나뭇가지라도 하나 꺾어서 지팡이 삼아 의지한다면 어떻게든 걸을 수는 있을 것 같았다.

그녀는 약간이나마 조급함이 누그러지는 것을 느꼈다. 걸을 수만 있다면 일단 최악의 상황은 면한 셈이었다. 그녀는 잠시 숨을 돌리고 나서 등산칼로 굵은 나뭇가지 하나를 꺾어서 잔가지를 쳐냈다. 손전등과 건전지 몇 알을 주머니에 챙겼다. 나머지 짐은 나중에 다시 찾으러 올 때를 생각해서 우산처럼 팔을 벌리고 있는 소나무 아래로 옮겨놓고 눈에 잘 뜨일 만한 나뭇가지에 손수건을 묶어두었다.

이제 남은 것은 시간과의 경주뿐이었다. 그녀는 손목시계를 한번 들여다보고 나서 오른손에 든 지팡이를 다부지게 그러쥐었다. 걸을 수 없다면 또 모를까, 충분히 승산이 있는 경주였다. 무엇보다도, 해가 질 때까지는 아직 세 시간 반이라는 적지 않은 시간이 남아 있었다. 설사 허리까지 파묻히도록 눈이 쏟아져서 길을 찾을 수 없게 된다고 하더라도, 해만 있다면 산 아래 마을까지야 어떻게든 내려갈 수 있을 터였다. 그녀는 자신이 처한 상황이 그다지 염려할 바가 못 되는 것이라고 스스로를 격려하며 절룩거리는 발걸음을 옮겨놓기 시작했다.

바위는 꿈쩍도 하지 않았다. 시시포스는 뺨을 바위에 비벼대며 눈을 희번덕거렸다. 앞니를 드러내며 말려올라간 입술, 턱 끝에 매달렸다가 뚝 떨어지는 굵은 땀방울, 목덜미에 부챗살처럼 돋아난 힘줄과 퍼렇게 비치는 핏줄, 고통을 이기지 못하고 내지르는 신음 소리…… 그는 마지막 남은 한 줌의 힘까지 남김없이 쏟아부었다. 결과는 마찬가지였다. 단 한 발짝도 밀어올릴 수가 없었다.

그는 오히려 뒷걸음질을 쳐야만 했다. 가쁜 숨을 돌리기 위해서는 다른 도리가 없었다. 누더기처럼 엉망으로 해어진 몸뚱이가 금방이라도 산산이 부서져버릴 것만 같았던 것이다. 그러나 뒷걸음질을 함으로써 얻어지는 그 찰나의 휴식에는 감당하기 힘든 절망감이 뒤따랐다.

정상이 멀어지고 있었다. 역경과 맞서 싸웠던 과거의 시간들이 뒤로 물러서는 거리만큼 무의미해져갔다. 극복해야 할 고통스런 시간이 그만큼 연장되고 있었다. 아니, 그 이상이었다. 그것은 과거로의 회귀였다. 과거에 극복해냈던 까닭에 흔적으로만 남아 있던 절망과 고통의 편린들이 뒤로 물러서는 한 걸음 한 걸음마다 본래의 모습으로 되살아나고 있었다. 어느새 그는 과거의 시간에 존재했고 현재의 그는 존재하지 않았다. 무의미해진 것은 과거가 아니라 현재였다.

나는 살아 있는 것일까.

그는 자신의 숨소리에 귀를 기울였다. 거친 숨소리를 들으면서도 그는 자신이 이 세계에 존재하고 있다는 확신을 얻을 수가 없었다.

현숙은 불편한 발걸음을 재촉하며 또다시 손목시계를 내려다보았다. 두시를 조금 넘긴 시각이었다. 일몰까지 앞으로 남은 시간은 약 세 시간 반, 아직 시간은 충분했다. 그녀는 입가에 미소를 머금었다. 시간과의 경주에서 그녀는 승리를 거듭하는 중이었다. 발목을 잡아채던 초조와 긴장도 누그러졌고 걸음걸이에도 여유가 생기기 시작했다. 그때였다.

갑자기 그녀는 한 대 얻어맞은 사람마냥 넋 나간 표정이 되어 걸음을 멈추었다. 섬광 같은 깨달음이 머릿속을 스쳐 지나갔던 것이다. 시간의 흐름이 터무니없이 느렸다. 맨 처음 시계를 본 이후로 산턱 하나를 돌아내려왔는데도 시계는 여전히 두시를 조금 넘긴 시각을 가리키고 있었다.

둥그렇게 뜬 눈으로 그녀는 시계를 뚫어지게 들여다보았다. 몇 분처럼 길게 느껴지는 몇 초가 지나갔고, 그녀는 자신도 모르게 신음 소리를 내뱉고 말았다. 초침이 멈추어 있었다. 그녀는 자신의 눈을 의심하면서 황급히 시계를 귀로 가져갔다. 아무 소리도 들리지 않았다. 다음 순간, 그녀는 두 눈을 질끈 감고 말았다. 가만히 서 있는데도 불구하고 숨결이 거칠어지고 있었다. 머릿속이 뒤죽박죽 헝클어져버린 느낌이었다. 한동안 머릿속이 텅 비어버린 것처럼 아무 생각도 할 수 없다가도 갑자기 네다섯 가지의 상념들이 한꺼번에 튀어나와 서로 얽히곤 했다.

산비탈을 굴러떨어지는 와중에 어딘가에 부딪히면서 시계가 고장을 일으킨 것이 틀림없었다. 시계바늘이 가리키고 있는 시각은 자신이 머리를 다쳐 의식을 잃을 당시의 시각인 셈이었다. 그렇다면, 시계가 정지한 이후로 얼마나 오랫동안 정신을 잃은 채 누워 있었던 것일까. 혹시, 자신이 생각하고 있는 것보다 훨씬 오랜 시간이 흘러가버린 것은 아닐까. 현재의 시각은 몇시쯤이며 해가 질 때까지는 얼마나 되는 시간이 남아 있는 것일까.

폭설과 안개 때문에 주위는 어둑어둑했다. 보기에 따라서는 벌써 저녁나절이 된 듯도 했고 아직 세시가 채 못 된 시각인 듯도 했다. 그녀는 갑자기 맥이 탁 풀리면서 극심한 피로감이 엄습해오는 것을 느꼈다. 인정하고 싶지는 않았지만 가슴 깊은 곳으로부터 두려움이 차오르고 있었다. 그녀는 심호흡을 두어 차례 했다. 불길한 생각을 떨어버리려는 듯 머리를 세차게 흔들고 나서 다시 걸음을 옮겨놓기 시작했다.

이럴 때일수록 침착해야 한다. 당황하다보면 또 어떤 어처구니없는 실수를 범하게 될지 모른다.

피가 비치도록 입술을 질근질근 씹으며 그녀는 '어처구니없는 실수'라는 말을 몇 번이고 되뇌었다.

'낙엽을 밟지 말아라.'

이 말은 산을 타는 사람들 사이에서 흔히 쓰이는 격언과 같은 것이었다. 기온이 영하로 떨어지면 낙엽 아래쪽에 있던 습기가 얼어붙어서 지면과의 마찰력이 줄어들게 되어 빙판처럼 미끄러워지게 마련이었다. 따라서 웬만큼 산을 타본 경험이 있는 사람이라면 푹신한 낙엽 더미처럼 보이는 곳이라고 해서 무심코 발을 디디는 따위의 실수는 좀처럼 저지르는 법이 없었다.

그녀는 미간을 찌푸린 채 골똘히 생각에 잠겼다. 다른 사람도 아닌 자기 자신이 그런 어이없는 실수를 범했다는 사실을 어떻게 받아들여야 할지 알 수가 없었다. 왜 결혼하지 않느냐는 질문을 받을 때면 산과 결혼했노라고 받아넘기곤 할 만큼 산을 사랑하는 그녀였다. 남자들도 엄두를 못 내는 험난한 코스를 개척하면서 두 차례나 히말라야의 고봉을 정복한 '베테랑' 이었다. 그런 까닭에 자신의 실수가 단순히 한순간의 방심 때문이었다는 설명은 석연치가 않았다. 미처 발견하지 못하고 소홀히 지나쳐버린 다른 어떤 이유가 있을 것만 같았다.

시시포스는 정상을 올려다보기 위해서 고개를 치켜들었다. 자신이 도달해야 할 곳을 볼 수만 있다면 혼란에 빠진 현재로부터 벗어날 수 있을 것 같았다. 그러나, 바위가 시야를 가로막고 있는 까닭에 그는 한치 앞도 내다볼 수가 없었다. 정상을 보기 위해서는 바위 옆으로 비켜서야만 했다. 하지만, 당장이라도 산 아래로 굴러내려갈 기세인 바윗덩어리에서 잠시나마 손을 뗀다는 것은 상상도 할 수 없는 일이었다.

그가 할 수 있는 일이라고는 고개를 틀어 뒤를 돌아다보는 것이 고작이었다. 그에게는 무수히 뒤돌아보며 한 걸음 또 한 걸음 멈추지 않고 나아가는 것만이 운명이라는 이름으로 허락되어 있을 따름이었고, 자신이 걸어온 발자취만큼 정상에 가까워졌으리라는 믿음이야말로 그가 바라볼 수 있는 유일한 정상의 모습이었다.

하긴, 지난 수천 년간 계속된 형벌 속에서 끝없이 반복된 고통을 버텨낼 수 있었던 것도 정상을 바라볼 수 없었기 때문인지도 몰랐다. 바로 이번에 내딛는 한 걸음이 정상에 서는 순간일지도 모른다는 희망과 그 희망으로부터 배신당했다는 절망, 그 양극단의 감정이 매 순간마다 교차하는 삶의 격랑이야말로 자신에게 주어진 운명의 가혹함을 망각게 하는 환각제인 셈이었다.

그는 하릴없이 운명의 뒤를 쫓아 다시금 바위를 밀어붙이기 시작했다. 불어나는 절망의 무게를 감당하지 못하고 바위와 함께 산 아래로 굴러떨어지기 전에 과거로의 뒷걸음을 멈추고 앞으로 나아가고자 했다. 그러나 지칠 대로 지쳐 있는 그는 간신히 뒷걸음을 멈출 수 있었을 뿐, 정상을 향해 나아간다는 것은 엄두도 낼 수가 없었다. 그는 이대로 얼마간 더 버텨볼 것인지 아니면 다시 뒤로 물러설 것인지를 두고 고민하면서 후들거리는 다리를 내려다보았다.

안개가 서서히 걷히고 있었다. 마침내 구름 속에서 빠져나온 것이다. 답답하던 시야가 트이면서 흰빛의 세상이 눈앞에 펼쳐졌다. 눈 덮인 산골짜기, 숲, 손을 뻗치면 닿을 듯이 낮게 드리운 잿빛 하늘…… 잿빛 하늘은 무너져내릴 듯한 기세로 눈발을 쏟아붓고 있었다.

이곳은 대체 어디쯤일까.

눈부신 설경을 굽어보던 그녀는 다른 사람의 일인 양 무심히 중얼거렸다. 길을 잃었다는 사실이 현실감 있게 받아들여지지 않았다. 마치 자기 자신과 세상과의 거리가 갑자기 멀어져버린 듯한 느낌이었다. 긴장감이나 두려움 따위는 일순간 어디론가 사라져버렸고, 혼란스럽던 마음이 이상하리만치 차분하게 가라앉았다. 그제서야 그녀는 여태껏 자신이 조급하게 서두르고 있었다는 사실을 깨닫고 고개를 갸웃거렸다. 아무리 다급한 상황이라고는 하지만, 죽을 고비를 몇 번이나 넘겼던 베테랑답지 않게 마치 쫓기는 사람처럼 허둥댔던 자신의 행동을 스스로 납득할 수가 없었다.

그녀는 가쁜 입김을 허옇게 문 채 시선을 발치로 떨어뜨렸다. 등산화 밑창 높이였던 눈이 어느새 발목이 묻히도록 쌓여 있었다. 하지만 그녀는 지팡이를 겨드랑이에 끼고 곱은 손을 서로 비벼대며 입김을 호호 불어넣을 뿐, 좀처럼 걸음을 떼어놓을 줄 몰랐다. 바람이 자면서 더욱 굵어진 눈송이들이 그녀의 머리며 어깨에 부지런히 내려앉고 있었다.

무엇이 나를 그토록 초조하게 했던 것일까.

그녀는 이번 산행을 계획하는 순간부터 어떤 심상찮은 예감에 사로잡혀 있었다는 사실을 기억해냈다. 아니, 그 이전부터였는지도 모른다. 그녀는 시간을 되짚어올라가며 기억을 더듬기 시작했다. 그리고 마침내 히말라야의 흰 산봉우리들을 떠올렸다. 낙엽을 밟는 것과 같은 어이없는 실수를 저지른 근본적인 이유가, 그림자처럼 따라붙던 불길한 예감의 뿌리가 그곳에 있을 것만 같았다. 정체를 알 수 없는 조바심이 그녀를 짓누르기 시작한 것은 첫번째 히말라야 등정이 있었던 재작년 겨울 무렵부터였던 것이다.

아래턱이 떨리면서 캐스터네츠처럼 소리를 내기 시작했다. 오랫동안 움직이지 않고 제자리에 서 있었던 탓에 몸이 식어가고 있었다. 그녀는 다시 걸음을 옮겨놓으려다가 말고 멈칫했다. 내려다보이는 골짜기의 그늘이 눈에 띄게 짙어져 있었다. 날이 저물고 있었다. 그녀는 주머니 속에 있는 손전등을 만지작거리며 보일 듯 말 듯하게 고개를 가로저었다. 어떤 거대한 힘에 의해서 깊은 수렁 속으로 끌려들어가고 있는 듯한 느낌을 떨칠 수가 없었다. 어쩌면 십 년이 넘게 산을 오르면서 수없이 죽을 고비를 넘기는 동안 자신도 모르는 사이에 운명론자가 되어버린 것인지도 모른다고 그녀는 생각했다. 두꺼운 구름이 낮게 드리운 탓에 어둠은 빠른 속도로 번져나가고 있었다.

시시포스를 지치게 하는 것은 무거운 바윗덩어리가 아니었다. 끊임없이 산을 오르내리는 동안 화살처럼 지나가버린 수천 년의 세월도 아니었다. 그것은 예정된 배신이었다. 정상에 올라서면 바위는 산 아래로 굴러떨어져버릴 것이고 그는 그 뒤를 쫓아서 산 아래로 다시 걸어내려가야 하는 것이다.

'미래는 처음부터 이 세계 안에 존재하지 않았어. 그건 단지 과거를 바라보며 스스로 상상해낸 조잡한 허구에 불과해.'

내부에서 들려오는 은밀한 목소리가 시시포스에게 바위에서 손을 떼고 옆으로 비켜나버리라고 속삭이고 있었다. 그리하여 정상의 모습을 두 눈으로 확인해 보라고 했다. 아니, 정상 따위는 아무래도 좋았다. 바위가 굴러내려간 산 아래를 향해 터벅터벅 걸어내려가면 그만이었다. 그가 종국에 도달할 곳은 다름아닌 저 아래인 것이다.

하지만, 그는 결국 바위에서 손을 뗄 수가 없었다. 그것이 신이 내린 형벌에 대한 거부이자 신성모독이라서가 아니었다. 그가 선뜻 결단을 내리지 못하는 까닭은 바위와 정상을 외면하는 순간부터 정면으로 운명과 마주 보게 된다는 사실 때문이었다. 목적이라는 환각제가 없이 삶을 지탱한다는 것은 지극히 위태로울 뿐만 아니라 궁극적으로 불가능한 일이라는 것을 그는 이미 깨우치고 있었다.

손전등에서 뻗어나온 한 가닥 빛줄기를 앞세우고 현숙은 빽빽하게 잡목이 우거진 가파른 비탈을 내려가고 있었다. 메마른 나뭇가지들이 얼굴을 할퀴어대고 허벅지까지 눈 속으로 빠져들어갔다.

이 산을 영원히 빠져나가지 못하는 것은 아닐까, 하고 그녀는 납덩이처럼 무거운 발걸음을 의식하며 중얼거렸다. 나뭇가지들이 뻗어 있는 방향을 살펴가며 서남쪽이라고 짐작되는 쪽을 향해 몇 시간이나 걸어내려왔건만, 진작에 나타났어야 할 인가가 아직 나타나질 않고 있었다. 어쩌면 마을로 내려가는 길목을 지나쳐버린 채 자꾸만 깊은 산중으로 걸어들어가고 있는 것인지도 몰랐다.

이대로 산귀신이 되면 내년 늦봄에나 사람들에게 시체로 발견되겠지.

그녀는 자신을 에워싸고 있는 죽음의 그림자가 시시각각 거리를 좁혀오는 것을 느끼고 발걸음을 재촉했다. 그때였다. 그녀는 눈 속에 도사리고 있던 나무뿌리에 발목이 걸리는 바람에 앞으로 고꾸라지고 말았다. 엉겁결에 손전등과 지팡이를 떨어뜨려버렸고, 세상은 순식간에 칠흑 같은 어둠에 휩싸였다. 그녀는 허둥지둥 몸을 일으키다가 말고 갑자기 멈칫했다.

소름 끼치도록 섬뜩한 적막감 때문이었다. 자신의 눈 밟는 소리와 나뭇가지 헤치는 소리가 그치자 그녀는 비로소 산을 뒤덮고 있는 장엄한 고요를 깨닫게 된 것이다. 사방에서 희미하게 들려오는 눈 내리는 소리마저도 그 고요의 한 부분인 듯했다. 그녀는 자신의 거친 숨소리가 유난히 크게 들리는 것을 의식하며 몸을 떨었다.

죽음, 그것은 가까운 곳에 있었다. 눈앞에 펼쳐져 있는 광활한 어둠의 바다 한복판에서 그녀는 널빤지 조각 하나 없이 표류하고 있었다. 잠시라도 헤엄을 멈추었다가는 차가운 바다 밑으로 가라앉고 마는 까닭에, 힘이 다하는 순간까지 오로지 발끝에 모래톱이 걸리기만을 고대하며 쉬지 않고 팔다리를 놀려야 했다.

언제나…… 그런 식이었어, 하고 그녀는 혼잣말을 했다. 깎아지르는 벼랑을 기어올라갈 때나 영하 삼십 도의 혹한 속에서 선잠에 들 때뿐만이 아니었다. 산을 다녀온 후의 일상의 삶까지도 길고 지루한 산행의 연장이었고 모래톱이 발끝에 걸리기만을 고대하는 끝없는 표류의 연속이었다.

현숙은 길게 한숨을 내쉬고 나서 신경질적으로 눈을 깜박거렸다. 아무데고 드러누워서 잠시만이라도 눈을 붙이고 싶은 충동이 눈꺼풀을 내리누르고 있었다. 성치 못한 몸으로 장시간 산행을 강행한 탓에 피로가 극한에 달한 상태였다.

현숙은 추위에 얼어 감각이 거의 없어진 손으로 눈을 한 움큼 집어서 얼굴에 비벼대며 아랫입술을 아프도록 깨물었다. 걸을 수 있는 한 아직 끝난 것은 아니라고 뇌까렸다. 그때였다. 그녀의 눈앞에 히말라야의 눈 덮인 봉우리들이 아스라이 떠올랐다. 그녀는 눈뭉치를 쥐고 있는 손아귀에 힘을 주었다.

하얀 눈뿐이었다. 첫번째 히말라야 등반이었던 에베레스트, 그 정상에는 얼어붙은 눈뿐이었다. 현숙은 무언가 잘못되었다는 막연한 느낌을 안고 주위를 다시 한번 둘러보았다. 더이상 오를 곳이 보이지 않았다. 자신이 서 있는 곳은 분명 정상이었다. 보다 더 높은 곳을 향해 쉼없는 도전을 거듭해온 지 십수 년, 마침내 꿈에 그리던 세계의 지붕에 선 것이다. 하지만 그녀는 왠지 기뻐할 수가 없었다. 그저 착잡할 뿐이었다. 그녀는 무표정한 얼굴로 정해진 순서에 따라 기계적으로 움직이기 시작했다.

"베이스캠프 나와라. 여기는 정상이다."

짧은 무전 교신이 끝나고 기념 촬영을 하고 나니 남은 일은 날씨가 나빠지기 전에 서둘러 하산하는 것뿐이었다. 그런데 발이 떨어지지 않았다. 무엇인가 중요한 것을 정상에 남겨두고 가는 것만 같았다. 그녀는 정상을 다시 한번 둘러보았다. 아무것도 없었다. 얼어붙은 눈뿐이었다. 그녀는 뭔가 부족하다는 느낌에 사로잡힌 채 고개를 가로저었다. 팔 한쪽이 떨어져나간 듯한 상실감이 그녀의 휑뎅그렁한 가슴속을 굴러다니고 있었다.

'이게 아닌데……'

그녀는 캠프3으로 돌아오는 길 내내, 무엇인가 크게 잘못되었다는 생각을 떨쳐버리지 못했다. 캠프3에 도착하여 동료들의 환영을 받던 도중에는 상심에 겨운 나머지 부끄러운 줄도 모르고 눈물을 쏟기까지 했다. 캠프의 동료들은, 피로와 흥분이 겹친 탓에 일시적인 무기력감이 든 것일지도 모른다며 그녀의 어깨를 다독거려주었다. 그녀 역시 고산지대에서 흔히 경험하는 고소증세쯤으로 여기고 대수롭지 않게 생각하려고 했다. 그러나 그 상실감은 귀국한 뒤에도 계속되었고 그녀는 쉽사리 정상적인 일상생활로 돌아올 수가 없었다.

언제나 무엇인가에 쫓기는 사람처럼 서둘렀고 전에는 없던 건망증까지 생겨서 낭패를 보기도 했으며, 사소한 일에도 흥분하여 화를 내곤 했다. 그뿐 아니었다. 틈만 있으면 가까운 산을 찾곤 하던 발길이 차츰 뜸해져갔다. 어쩐 일인지 산은 그전처럼 그녀를 포근하게 맞아주지 않았다. 낯선 타인의 방처럼 거북살스러웠다. 도심의 인적 없는 뒷골목처럼 사위스럽기도 했다.

산이 인생의 전부이다시피 한 그녀에게 있어서 그것은 '배신' 이었다.

갑자기 세계가 질서를 잃고 제멋대로 돌아가기 시작했고, 그녀는 미친 듯이 거리를 싸돌아다녔다. 산을 향한 짝사랑의 열병으로 들떠 지냈던 지나간 시간들이, 아니 그녀의 삶을 지탱하고 있던 기둥들이 하나둘씩 무너져내리고 있었다.

에베레스트, 인간의 발길을 거부하는 그 오만한 산봉우리에서 난 대체 무엇을 잃어버린 것일까.

가슴에 난도질을 해대는 참담한 고독감을 견디다 못한 그녀는 박미정 선배를 찾아갔다. 박선배라면 혼란에 빠진 자신을 일으켜세워줄 수 있을 것 같았다.

시시포스는 등으로 바위를 받친 채 휴식을 취하고 있었다. 참으로 고통스러운 휴식이건만 그는 그 휴식에서 힘을 얻고 있었다. 그 힘은 체념으로부터 비롯된 것이었다. 체념은 눈뜨고 있는 의식을 잠재워버렸고 그는 자신의 존재에 대한 줄기찬 상념들로부터 벗어났다. 아니, 잊어버렸다고 해야 한다. 그는 망각의 그늘에서 꿈결처럼 떠오르는 정상의 모습을 보았고, 다시금 정상을 향해 발걸음을 옮겨놓을 수가 있었다.

마침내 경사면이 완만해지고 있었다. 시시포스는 정상이 가까워졌다는 예감으로 가슴 조이는 흥분에 사로잡혔다. 바로 그 순간이었다. 발을 헛디뎠다. 균형을 잃는 순간, 간신히 떠받들고 있던 바위를 놓쳐버렸다. 바위가 아래로 굴러내려가기 시작했다. 황급히 몸을 추스른 시시포스는 허겁지겁 바위에 매달렸다. 바위를 멈추게 하려고 안간힘을 다했지만 소용없는 일이었다. 이미 가속이 붙기 시작한 바위를 멈추게 하기에는 몸이 너무 지쳐 있었다. 그렇다고 포기하고 뒤로 물러설 수도 없는 노릇이었다. 불가능하다는 것을 알면서도 마지막 순간까지 사력을 다해 바위를 붙들고 늘어졌다.

손톱 사이에서 피가 흐르고 살점이 짓눌려 터져도 시시포스는 바위에서 물러서지 않았다. 부릅뜬 두 눈에 핏발이 서 있었다. 목줄기에 퍼런 핏줄이 도드라져 있었다. 하지만 바위는 멈추지 않았다. 시간이 흐를수록 굴러내려가는 속도가 조금씩 빨라져가고 있었다.

"아아아악."

그는 절규하며 온 힘을 쥐어짰다. 마지막 발악이었다. 바위는 약간 느려지는 듯하다가 그가 힘이 다하여 나동그라지자 다시 속도를 내어 굴러내려갔다. 걷잡을 수 없는 무서운 기세로 굴러내려가는 그 바위를 멈추게 할 방법은 이제 없었다. 그는 흐느껴 울며 굴러내려가는 바위의 모습을 지켜볼 따름이었다. 칠흑 같은 절망이 눈앞을 가렸다. 그는 장님이 되어 산 아래를 향해 걸어내려가기 시작했다. 피가 마르는 듯했던 고통의 시간들이 주검이 되어 발걸음마다 서걱서걱 밟혔다.

"안나푸르나가 아니면 낭가파르바트가 될 거야. 후원자도 든든하구. 어때? 생각 있어?"

불쑥 찾아온 현숙을 보고 반색을 하며 박선배는 다짜고짜 그렇게 말머리를 꺼냈다. 자신이 이번에 등반대를 이끌게 되었으며 그렇지 않아도 그 일로 현숙에게 연락을 할 참이었다는 것이다. 대강 잡아놓은 훈련 일정까지 보여주며 설명에 열을 올리는 박선배의 진지한 모습을 바라보던 현숙은 조금씩 활기를 찾기 시작했다. 히말라야의 품에 다시 한번 안길 수만 있다면 일전에 자기가 잃어버렸던 것을 다시 찾을 수 있을지도 모른다는 기대감이 부풀어오르고 있었다. 게다가 자신이 가장 존경하는 박선배와 더불어 히말라야의 고봉에 도전한다는 사실이 그녀를 달뜨게 하고 있었다.

어둠 속에 엎드려 있던 현숙은 자기 자신을 비웃었다. 씁쓰레한 그 웃음이 끝나기를 기다리지 못하고 이를 악물었다. 꽉 다문 이빨 사이로 자기도 모르게 욕지거리가 비어져나왔다.

"미친년……"

그녀는 딱딱하게 굳어서 생각대로 움직여주지 않는 몸을 힘겹게 일으켜세웠다. 걸을 수 있는 한 절망 따윈 있을 수 없노라고 마치 주문이라도 외우듯이 몇 번이고 되뇌었다. 무기력하게 무너져내리는 자신을 다시금 곧추세우는 일은 쉽지가 않았다. 발버둥치면 칠수록 절망이라는 커다란 수렁 속으로 빨려들어갈 뿐이었다. 그녀는 걷잡을 수 없이 흔들리고 있는 자신의 모습을 발견하고 혓바닥에 걸리는 대로 욕지거리들을 연거푸 내뱉었다. 박선배의 다부진 눈매가 세월의 저편에서 현숙을 매섭게 노려보고 있었다.

"넌 무슨 애가 그렇게 입이 험하니?"

대학 산악부 시절, 처음 만난 박선배가 현숙에게 건넨 첫마디였다. 손바닥만한 산악부 서클룸이 쨍 울렸고, 세상에 무서운 것이라고는 없던 현숙은 자기도 모르게 움츠러들고 말았다.

정확한 발음을 구사하기 위해 말을 한 단어씩 끊어가며 이야기하는 버릇을 가진 박선배는 매사에 주의 깊고 세심한 완벽주의자였다. 현숙이 박선배를 존경하고 따른 것은 단지 경험이 많은 대선배라서가 아니라 치밀하고 완벽에 가까운 등반 과정 때문이었다. 그러나 현숙은 좀처럼 박선배에게 접근할 수가 없었다. 맺고 끊는 것이 무서우리만큼 분명한 성품 탓에 모두들 박선배를 대하는 것을 어려워했고 현숙 역시 예외가 아니었다.

"선배님께선 산에 오를 때 무슨 생각을 하세요?"

신출내기 딱지를 간신히 떼었을 무렵, 우연히 단둘이 있게 되었을 때 현숙은 용기를 내어 쭈뼛거리며 그렇게 물어본 적이 있었다. '왜 산에 오르세요?' 하고 묻고 싶었지만 그런 질문은 왠지 어줍잖게 건방 떠는 것처럼 들릴지도 모른다고 생각했던 것이다.

"글쎄…… 넌 어떤 생각을 하는데?"

박선배에게서 질문이 되돌아오자, 현숙은 얼른 입을 떼어놓을 수가 없었다. 하늘같이 높게 우러러보이는 선배에게 속엣말을 꺼내는 일은 쑥스럽고 거북한 일이었다. 게다가 그녀는 산을 알지 못했다. 산을 오르는 횟수가 많아질수록 산은 더욱 낯설어졌다. 산이란 안으로 들어갈수록 더욱 깊어지는 속성을 가지고 있었다. 그 안에는 그녀가 감지하지 못하는 어떤 힘이 숨어 있는 듯했고 그 미지의 것에 대한 외경은 신비감으로 이어졌다.

"전 그저……"

박선배의 질문에 어떤 식으로든 대답을 해야 한다는 강박에 쫓겨 입을 떼긴 했지만 현숙은 좀처럼 말을 이어나가지 못했다. 잠시 후, 어찌할 바를 모르고 쩔쩔매는 현숙의 어깨를 툭 치며 박선배는 짐짓 장난기 어린 미소를 지어 보였다.

"난 말이지, 이따금씩 이런 생각을 하곤 해."

박선배는 입을 열기에 앞서 잠시 무언가를 생각하는 눈치였다. 현숙은 박선배의 입을 뚫어지게 응시하며 초조한 심정으로 박선배의 입이 떨어지기를 기다렸다. 이윽고, 박선배가 예의 그 분명한 말투로 말을 이어나가기 시작했다.

"할 수만 있다면, 난, 걷다가 죽고 싶어. 내 마지막 발걸음이 멈춘 곳에서 숨을 거뒀으면 좋겠어."

걷다가 힘이 다하여 쓰러지는 순간에 그대로 숨이 끊어져 죽어버렸으면 좋겠다는 것이었다. 박선배의 엉뚱한 대답에 당황한 현숙은 대꾸할 말을 찾지 못하고 박선배의 눈치를 살폈다. 무표정한 박선배의 얼굴 표정에서는 아무것도 읽어낼 수가 없었다. 현숙은 자신의 질문과 박선배의 대답을 잇고 있는 어떤 끈을 놓쳐버린 것은 아닐까 하고 선배가 한 말을 곰곰이 되씹어보며 박선배가 다시 입을 열기를 기다렸다. 그러나 박선배는 더이상 말이 없었다.

어둠 속에서 우두커니 서 있던 현숙은 부르르 몸을 떨었다. 박선배가 그때 무슨 말을 하고자 했던 것인지 비로소 어렴풋하게나마 짐작할 수 있을 것 같았다. 산은 저절로 다가오는 법이 없었다. 오직 그것을 향하는 산사람의 숨가쁜 발걸음이 있을 따름이었다. 산 속에 들어서는 순간부터 산사람이 이 세계에 존재하는 어떤 것보다 자유로운 존재인 이유가, 마음대로 넘나들 수 없는 죽음의 벽조차도 느닷없이 들이닥쳐서는 안 되는 이유가 거기에 있었다. 언제나처럼 스스로 그것을 향해 나아가야 하는 것이다. 산사람의 걸음으로…… 마지막 한 걸음까지……

현숙은 비장한 심정이 되어 주먹을 그러쥐었다. 손전등이 떨어졌을 것으로 짐작되는 곳을 향해 더듬더듬 나아갔다. 손전등을 찾는 일은 그다지 어렵지 않았다. 눈 속에 파묻혀 있긴 했지만 손전등 불빛이 투과되어 그 주위의 눈이 미약하나마 빛으로 은은하게 물들어 있었다. 형용하기 어려운 그 빛깔을 보는 순간, '아름답다'라고 그녀는 생각했다. 허리를 굽혀 그 아름다운 빛깔의 눈덩이를 듬쑥 들어내는 순간, 눈구덩이 속에서 소나기처럼 쏟아져나오는 빛살이 어둠에 익숙해진 그녀의 눈을 찔렀다. 눈이 아파오면서 눈물이 그렁그렁하게 괴어 눈시울을 적셨다.

오랜 친구이자 동경의 대상이었던 박선배는 불행하게도 소망하던 죽음을 맞이하지 못했다. 죽음은 갑작스레 그녀의 삶을 거두어갔고 그녀가 남긴 것은 바람 소리에 묻혀 사라진 짤막한 비명뿐이었다. 반 년 전, 안나푸르나 봉 등정에서 현숙과 함께 정상 정복조로 캠프5를 나섰던 박선배는 악천후 속에서 악전고투하다가 현숙이 보는 앞에서 느닷없이 몰아친 강풍에 날려 수천 길 벼랑 아래로 떨어지고 말았다. 때마침 신발끈을 고쳐매기 위해서 허리를 굽히고 있었기 때문에 함께 바람에 휩쓸리는 것을 면한 현숙은 박선배가 사라진 벼랑 아래쪽을 향해 목이 쉬도록 박선배의 이름을 불러댔다.

캠프5로 간신히 살아돌아온 현숙은 캠프를 지키고 있던 다른 두 명의 대원들과 서로 부둥켜안고 탈진 상태에 이르도록 통곡했다. 연락이 없자 초조해진 베이스캠프에서 무선 호출이 수차례 걸려왔고, 떨리는 손으로 무전기를 움켜쥔 현숙은 끝내 말을 꺼내지 못하고 흐느껴 울기만 했다.

이튿날 새벽, 날씨가 좋아질 기미를 보이지 않자 그들은 누가 먼저랄 것 없이 묵묵히 하산 준비를 하기 시작했다. 바로 옆에 캠프를 친 프랑스 팀과 인도 팀도 철수 준비에 여념이 없었다. 거의 같은 시기에 그곳에 도착한 세 팀은 날씨가 좋아지기만을 기다리며 그날까지 연 사흘째 버티고 있었던 터라서 식량도 거의 바닥나고 체력도 현저히 저하된 상태였다. 일곱시경, 휘몰아치는 눈보라를 뚫고 모든 캠프들이 약속이나 한 듯이 일제히 하산을 감행했다.

"이대로는 못 가!"

베이스캠프와의 무전교신을 마친 뒤부터 줄곧 입을 굳게 다물고 있던 현숙이 앞서가는 일행의 등에다 대고 앙칼지게 소리쳤다. 놀란 눈으로 뒤돌아본 대원들은 고개를 가로저었다.

"언니 마음은 알겠지만 지금은 무리야."

"그래 현숙아. 일단 내려갔다가 다음 기회를 기약하자."

무엇이었을까. 그때, 현숙의 가슴을 쥐어뜯던 그 허망하고 참담한 슬픔은.

슬픔의 끝은 분노와 잇닿아 있었다. 현숙은 치를 떨었다. 그것은 박선배의 죽음에서 비롯된 단순한 울분이 아니었다. 대상을 알 수 없는 그 분노는 그녀를 지탱하고 있는 뿌리에서부터 기어올라온 근원적이고 격렬한 것이었으며 무서우리만큼 싸늘한 느낌이었다. 그녀는, 이건 미친 짓이라며 결사적으로 막아서는 대원들을 뿌리치고 기어코 정상을 향해 발걸음을 옮겨놓았다. 자신이 여태 시달렸던 상실감의 정체를 찾고야 말겠다는 절박한 의지와 함께, 산다는 것 자체가 어쩌면 미친 짓일지도 모른다는 생각이 그녀의 머릿속을 어지럽게 휘저어놓고 있었다.

산 아래까지 걸어내려온 시시포스는 열에 들떠 있었다. 그는 신들린 듯 기운차게 바위를 밀어올리기 시작했다. 지칠 대로 지쳐 있는 몸 어느 구석에 그런 힘이 남아 있었는지 믿기지 않을 정도로 그는 활기에 넘쳐 있었다. 그침 없이 샘솟는 그 활력의 원천은 그의 내부에서 조금씩 자라나고 있는 모종의 음모였다. 그것은 가늠조차 어려운 시간의 속박 너머에 있는 의식의 대지, 그 심원의 척박한 흙 속에 뿌리를 내리고 있다가 마침내 싹을 틔우고 줄기를 뻗어올리고 있었다.

그는 새삼스럽게 주위의 풍경에 눈길을 주었다. 햇빛, 구름, 흙, 나무, 풀, 그 무엇 하나 예사롭게 보이는 것이 없었다. 마치 세상에 갓 태어난 어린아이처럼 그는 존재하는 모든 것들로부터 감동을 느꼈고, 그 감동은 그가 품고 있는 음모가 가치 있는 것이라는 확신으로 이어졌다. 그는 자신의 음모에 도취하여 그것이 실행에 옮겨질 순간만을 고대했으며 시간이 흐르고 있다는 사실에 희열을 느꼈다. 자신이 감내하고 있는 고통스러운 시간은 자신의 앞에 기다리고 있는 환희의

순간을 위한 값싼 대가에 불과한 것으로 여겨졌다.

정상을 향해 고통스러운 발걸음을 옮겨놓고 있는 그의 눈이 심상치 않은 빛을 발하고 있었다. 운명이라고 이름 붙여진 바윗덩어리의 무게를 주체하지 못하고 금방이라도 쓰러질 듯이 비틀거리며 숨을 헐떡거리는 동안에도 그의 눈에 서려 있는 광채는 조금도 사그라들지 않았다. 오히려, 시간이 흐를수록 불꽃처럼 이글이글 피어올랐다.

"이현숙 안나푸르나 정상에 서다. 한국 여류 등반의 새 장을 연 쾌거."

호들갑스럽게 걸어놓은 제목과 정상에 선 현숙의 모습이 담긴 손바닥만한 사진 아래에 엄지손톱만한 크기로 박선배의 사진이 실려 있었다.

"박미정 대장 악천후로 실종."

그 짤막한 한 구절이 박선배의 부고였다. 시신 대신 박선배가 아끼던 옷가지며 등산 장비를 넣은 관이 마련되었고 조촐한 장례가 치러졌다. 박선배의 늙은 홀어머니는 내가 너무 오래 살아서 너를 죄인으로 만들었다며 오래도록 서럽게 울어서 주위 사람들의 눈시울을 적시게 했지만 하루 세끼 밥을 거르지 않고 달게 먹었으며, 문상객들은 침통한 표정으로 향을 꽂고 나서 술상머리에 앉아 잡담을 늘어놓으며 킬킬거렸고, 그것도 지겨워진 사람들은 노름판을 벌이며 줄담배를 피워댔다. 악상이라는 이유로 이튿날 아침에 발인을 했고, 박선배의 관은 바쁜 일이 있다는 몇몇을 제외한 가까운 친척과 친구들 손에 의해서 의정부에서도 한참을 북쪽으로 가야 하는 공동묘지의 붉은 흙 속에 묻혔다. 그리고, 박선배의 존재는 잊혀져갔다.

그것이 인생이라고 현숙은 생각했다. 우리 자신도 언젠가는 그렇게 될 운명이 아니냐며 쓰라린 심정을 달랬다.

"산다는 게 다 그런 것 아니겠어?"

"어머나, 이제 보니 너 아주 도사가 다 됐구나?"

동상으로 썩어들어가는 발가락 두 개를 잘라내기 위해 수술대 위에 누워 있는 현숙에게 친구들은 그렇게 우스갯소리를 했다. 도사는 걸을 때 발이 땅에 닿지 않는 법이니까 다음에 산에 갈 땐 동상에 걸릴 염려는 없을 것이라며 다들 배가 아파 눈물을 찔끔거릴 만큼 웃어댔다. "그만! 그만! 이제 그만!" 하는 외침을 연발해가며 나중에는 무엇 때문에 웃기 시작했는지도 잊어버린 채 미친 듯이 웃어댔다. 웃음이 그치자 곤혹스러운 침묵이 이어졌다.

"그나저나 너 배고프겠다. 아침부터 아무것도 안 먹었잖니?"

어색한 침묵을 깨볼 요량으로 누군가가 꺼낸 그 말이 현숙의 가슴을 저미게 했다. 먹어야 하는 것이다. 현숙은 박선배의 홀어머니가 장례 때 서럽게 울던 것을 떠올리며 그렇게 속으로 중얼거렸다. 박선배의 홀어머니가 세끼 밥을 달게 먹던 것과 그득하게 차린 밥상머리에서 술병을 기울이던 사람들의 왁자한 웃음소리가 떠올랐다. 현숙은 아랫입술을 깨물었다. 먹어야 하는 것이다. 살아 있는 것들은 죽어서 더이상 먹을 필요가 없어질 때까지 계속해서 먹어야만 하는 것이다.

현숙이 퇴원해서 집으로 돌아온 날, 식구들은 조촐한 잔치를 벌여주었다. 어머니는 먹음직스럽게 잘 구운 고깃점들을 현숙의 밥그릇에 쉼없이 가져다놓았다. 그때마다 어머니는 이제 그 망할 놈의 등산은 그만두라는 말을 입이 닳도록 되풀이했다. 내 말을 듣지 않으면 너는 물론이고 나까지도 제명에 죽지 못할 테니 제발이지 에미 못할 짓 좀 그만 시키라는 것이었다. 더 늦기 전에 시집도 가고 오순도순 살림하는 재미에 맛을 들여보라고도 했다. 현숙은 순순히 고개를 끄덕이며 고깃점을 입에 넣고 우물거렸다. 하지만 어머니는 현숙이 너무 쉽게 고개를 끄덕이는 것이 못미더웠는지 똑같은 말을 수없이 반복하며 다짐을 받아냈고, 현숙은 그때마다 열심히 고개를 끄덕여주었다. 그리고 열심히 고깃점들을 집어다가 입 속에 넣고 씹어댔다.

"이 애비도 자랑스럽기 한이 없구나. 그래, 참 장한 일을 해냈더구나. 하지만 말이다…… 그 위에 무슨 보물단지라도 묻혀 있다든? 대체 무슨 오달진 꼴을 보겠다고 죽을 둥 살 둥 모르고 그 까마득한 데까지 기어올라갔더란 말이냐."

식사를 마치자 현숙은 늘 해오던 대로 무릎을 꿇고 아버지의 꾸지람을 기다렸다. 그런데, 아버지의 꾸지람은 여느때처럼 강건한 어조가 아니었다. 꾸지람이라기보다는 사정조에 가까웠다.

"살아보면 별거 아닌 것이 세상살이란다. 이렇게 살아도 한세상이요 저렇게 살아도 한세상이란 말이다. 굳이 험한 고생 해가며 살 필요가 뭐가 있다고 그리 고집이냐. 남들은 한 번도 못 올라가는 데를 너는 두 번씩이나 올라가보았으니 그걸로 그만 만족하거라."

아버지의 목소리 끝이 가늘게 떨리고 있었다. 어떤 순간에도 흐트러짐이 없는 강건한 모습의 아버지만을 보아온 현숙에게 애절하게까지 들리는 그 목소리는 충격적인 것이었다.

"나도 낼모레면 칠십이다. 네 에미도 그렇고 이 애비도 그렇고 이 나이에 달리 무슨 낙이 있겠냐. 다 자식 잘되어가는 것 보는 재미로 살아가는 것 아니냐."

현숙은 선선히 그러마고 했다. 그렇지 않아도 산에 정나미가 떨어져서 등산이라는 말만 들어도 넌덜머리가 난다고까지 하였다. 그러나, 다음날 새벽에 현숙은 아직 성치 않은 몸을 이끌고 등산 배낭을 몰래 챙겨 도둑처럼 집을 빠져나왔다.

'무에 그리 중요한 일이라고 목숨까지 걸어가며 산을 오르는 거냐…… 살아보면 별게 아닌 것이 세상살이란다.'

밤새 한숨도 자지 못하고 아버지의 말을 곱씹으며 뒤척거리던 현숙은 마치 무엇에 홀린 사람처럼 터미널을 향하고 있었다. 그리고, 언제나처럼 그 자리에 버티고 서 있을 험준한 산맥을 향하여 달려가는 버스 안에서 그녀는 실로 오래간만에 혼곤한 잠을 이룰 수가 있었다.

땅이 갑자기 평평해지는가 싶더니, 시시포스는 자신도 모르는 사이에 정상에 올라서 있었다. 정상에 오른 기쁨을 채 맛보기도 전에 언제나처럼 바위는 산 아래로 굴러내려가버렸다. 그는 하릴없이 굴러내려가는 바위를 지켜보다가 눈앞을 덮는 절망감으로 인해 장님이 되어 터덜터덜 산 아래로 걸어내려가야 했다. 지난 수천 년 동안 그래왔던 것처럼……

하지만, 그는 굴러내려가는 바위에서 눈을 떼고 하늘을 우러렀다. 보란 듯이 하늘을 향해 주먹질을 해댔다. 그러고 나서, 가파른 벼랑 쪽으로 걸음을 옮겼다. 아래를 향해 몸을 던졌다.

수천 길 낭떠러지를 떨어져내리는 찰나의 시간 동안, 그는 난생 처음으로 정상의 모습을 볼 수가 있었다. 산을 오르는 동안에는 바위가 앞을 가렸기 때문에, 정상에 섰을 때는 산 아래로 굴러내리는 바위를 지켜보다가 눈앞을 덮는 절망감으로 장님이 되어버렸던 까닭에, 지난 수천 년 동안 숱하게 정상에 올랐으면서도 한 번도 볼 수가 없었던 정상의 모습이었다.

정신을 차렸을 때, 그는 깊은 나락의 끝에서 온갖 미물들과 함께 누워 있었다. 그는 자신이 올랐던 정상을 올려다보았다. 그리고, 다시금 그곳을 향해 나아가려 했다. 몸은 전혀 생각대로 움직여주지 않았다. 그러나 그는 이미 깊이를 알 수 없는 땅 밑으로부터 정상을 향해 오르기 시작하고 있었다. 등산은 다시 시작되었다. 더이상, 바위를 산꼭대기로 밀어올리기 위해서가 아니었다.

그는 신(神)이 되고 싶었던 것이다.

무작정 아래를 향해서 내려가던 현숙은 골짜기에 이르러서 또다시 발을 헛디디고 눈 속으로 고꾸라졌다. 이번에는 아예 일어나려고도 하지 않고 그 자리에 반듯하게 드러누워버렸다. 칠흑 같은 계곡의 눈구덩이 속은 의외로 아늑했다. 그녀는 자신도 모르는 사이에 깜박 잠들어버리는 일이 없도록, 벌써 오래 전에 감각이 없어져버린 발가락을 쉬지 않고 꼬물거리며 하늘을 우러렀다.

별빛 하나 없는 먹장 같은 어둠을 하늘이라고 인정하고 나니 기묘한 기분이 들었다. 건전지를 아끼기 위해 손전등을 끄자 그 어둠은, 아니 그 하늘은 동공 안으로까지 밀려들어왔다. 현숙은 잠시만이라도 쉬고 싶은 욕구를 이기지 못하고 살며시 눈을 감았다. 맹렬한 기세로 졸음이 쏟아지고 있었다. 하지만, 잠을 자서는 안 된다고 생각했다.

"아직 준비가,"

현숙은 잠들지 않기 위해서 쉴새없이 중얼거렸다.

"안 되어 있어."

이대로 죽음을 기다릴 수는 없었다. 언제나처럼 그것에 도달하기 위해 한 발 한 발 나아가야 했다. 마지막 한 걸음을 걸어보기 전까지는 죽음에 이를 준비가 안 되어 있는 것이다. 마지막 한 걸음을 걸어보기 전까지는…… 마지막 한 걸음을……

현숙은 화들짝 놀라서 눈을 떴다. 자기도 모르는 사이에 깜빡 졸았던 것이다. 하마터면 영원히 깨어나지 못할 잠에 빠져들 뻔했다는 데에 생각이 미치자 가슴이 서늘해졌다.

얼마나 오랫동안 졸았는지는 짐작조차 할 수 없었다. 계곡을 뒤덮고 있는 무덤 같은 고요 속으로 가늠할 수 없는 시간이 흐르고 있었다. 현숙은 이미 죽음의 문턱 너머에 한쪽 발을 디딘 듯한 느낌이 들었다. 이제 또다시 졸게 되면 그것이 마지막이 될 것이었다. 그녀는 눈을 거슴츠레하게 뜬 채 경건한 마음가짐으로 먹장 같은 하늘을 우러렀다. 죽음 앞에서는 모두 성자가 된다던가……

문득, 하늘 저편 귀퉁이에서 작은 별 하나가 외롭게 깜박거리고 있는 것이 눈에 띄었다. 어쩌면 자신을 인도하기 위해 하늘에서 내려오고 있는 사자인지도 모른다는 생각을 하며 현숙은 졸음과의 힘겨운 줄다리기 속에서 가물가물한 정신으로 그 별을 응시했다.

그때였다. 현숙은 문득, 자신의 몸 위에 쉴새없이 내려앉고 있는 눈송이들을 의식했다. 순간, 갑자기 찬물을 뒤집어쓴 것처럼 정신이 번쩍 들었다.

저 어둠 저편은 눈을 실은 두꺼운 먹장구름으로 뒤덮여 있을 것이 아닌가.

현숙은 눈구덩이 속에서 벌떡 일어나 앉았다. 별빛 따위가 보일 턱이 없었다. 불빛이 분명했다. 계곡을 덮고 있는 이 어둠 저편에 까마득히 높은 산봉우리가 솟아 있는 것이고 불빛의 위치는 그 꼭대기쯤이었다. 현숙은 외마디 함성을 지르며 자리를 박차고 일어났다.

저 높은 곳에 대체 누가 있는 것일까.

현숙은 '왜?' 라는 물음을 뒤로하고 정체를 알 수 없는 그 불빛을 향해 절뚝거리는 걸음을 옮겨놓기 시작했다. 신들린 듯 걸음걸이가 가벼웠다. 장대한 히말라야를 난생 처음으로 눈앞에 직접 마주 대했을 때처럼, 그녀는 기묘한 설레임에 사로잡혀 있었다. 문득 그녀는 히말라야 정상에서 잃어버렸던 것을 어쩌면 저 꼭대기에서 찾을 수 있을지도 모른다는 엉뚱한 생각을 했다.

"박선배……"

현숙은 숨을 헐떡거리며 나지막하게 불러보았다. 어둠 저편에서 눈보라를 헤치며 나아가고 있는 박선배의 뒷모습이 보였다. 아버지 어머니의 늙은 얼굴이 차례로 떠올랐다가 사라져갔다. 건전지가 다되어 희미해진 손전등 불빛을 앞세우고 산꼭대기를 향해 기다시피 올라가는 그녀의 머리 위로 굵은 눈송이가 쉴새없이 내려앉고 있었다. 영원토록 멈출 것 같지 않은 한 걸음 한 걸음이 눈 속으로 쑥쑥 빠져들고 있었다. 눈을 헤쳐나가는 현숙의 발자취는 걸음을 내디딜 때마다 등뒤의 어둠 속으로 묻혀 사라졌다.

변태 시대

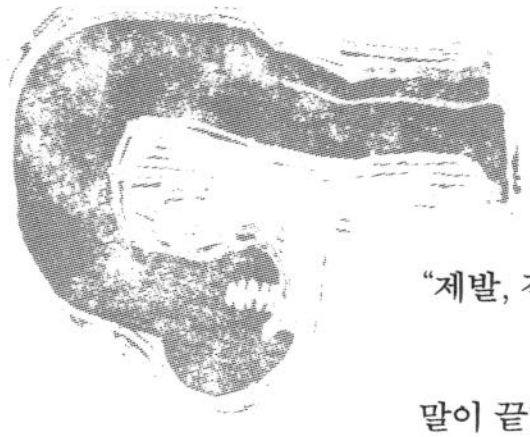

"제발, 잠자코 영화나 보세요. 당신을 해치고 싶진 않으니깐."

말이 끝나는 순간, 선뜩한 냉기가 그의 목덜미에서 느껴졌다.

소스라치게 놀란 그는 얼어붙은 사람처럼 움직일 수가 없었다.

그것은 칼이었다.

"말 안 들으면 당신을," 여자가 그의 귀밑에 입을 맞추었다.

"죽여버릴 거예요."

출연 : 그, 그녀, 나방 한 마리

1

무엇인가 살아 움직이는 것이 얼굴을 스쳤다. 그 바람에 그는 옅은 잠에서 깨어나 눈을 떴다. 무엇인가가 아래로 떨어지고 있었다. 아니, 날아들었다. 나방이었다. 그것의 뒤를 좇아서 그의 시선이 의자 밑으로 떨어졌다. 의자 아래에는 주위의 어둠과 구별되는 농밀한 어둠이 그의 정강이를 삼킨 채 엎드려 있었다. 그는 주머니에서 성냥곽을 꺼내들었다. 의자 아래의 어둠을 걷어내고 나방을 찾아볼 심산이었다. 성냥불을 당겼다. 어둠 속에서 타오르는 성냥불은 눈에 거슬릴 만큼 환했고 그는 자기도 모르게 눈을 감고 말았다. 그만큼 그의 눈은 어둠에 익숙해져 있었다.

다음 순간, 그는 실소를 터뜨렸다. 어둠 속으로 숨어든 자신의 처지가 나방과 별반 다를 바가 없다는 데에 생각이 미치자 그는 엉뚱하게도 '손님'이라는 단어를 생각해냈던 것이다. 하지만 그 손님은 보이지 않았다. 눈이 부셔서 잠시 머뭇거리는 사이에 어디론가 숨어버린 모양이었다. 그때까지 그의 입가에 머물러 있던 미소가 희미해져갔다. 성냥불이 사그라지고 있었다. 그는 숨을 길게 한번 몰아쉬고 나서 다시금 의자 속으로 깊이 침전해들어갔다. 술에 취한 몽롱한 의식 속으로 가늠할 수 없는 시간이 흘러가고 있었다. 따르르르르르. 종영을 알리는 벨소리가 그를 흔들어 깨웠다. 천장에 달려 있는 형광등 몇 개가 몇 차례의 경련 끝에 어슴푸레한 빛을 발하기 시작했다. 객석을 뒤덮고 있던 어둠은 재빠르게 의자 밑으로 숨어들어갔다. 관객들이 술렁거리며 하나둘 자리에서 일어났다. 불안스레 주위를 두리번거리던 그는 주머니를 더듬어서 담배를 찾았다. 빛 속에 노출되었다는 사실이 조바심을 불러일으키고 있었다. 그는 태연을 가장하기 위하여 시선을 무릎께에 고정시켰다. 의자들이 삐걱거리는 소리와 어수선한 발소리들…… 그가 할 수 있는 일은 사방에서 들려오는 소음들 하나하나에 귀를 기울이는 것뿐이었다. 그 발소리 중 하나가 그의 바로 옆에 이르러 멈춰 섰다. "거기 빈자리입니까?" 그는 목소리가 난 쪽은 아예 돌아보지도 않고 퉁명스럽게 대답했다. "자리 임자가," 그는 말하는 도중에 생각했다. 제기랄, 혀가 꼬부라져 있군. "곧 돌아올 거요." 그는 오른편이 통로와 접한 좌석에 앉아 있었고 그의 왼쪽 옆자리는 오래 전부터 줄곧 비어 있었다. 그는 마치 동행이라도 기다리고 있는 양 두 의자를 차지하고 앉아 있었던 것이다. 남자의 발소리가 멀어진 뒤에야 그는 슬며시 고개를 들었다. 백 석이 채 못 되는 객석은 좌석번호가 정해져 있지 않은 까닭에 저마다 자리를 잡으려는 관객들로 소란스러웠다. 그는 사람들이 들락거리고 있는 출입문을 향해 음울한 시선을 던져 둔 채, 손등으로 이마의 땀을 닦아냈다. 냉방시설이 형편없는 객석에는 습하고 더운 공기가 퀴퀴한 곰팡이 냄새와 땀냄새를 품고서 흘러다니고 있었다. "실례지만," 한 사내가 그의 시야를 막아서며 말을 건넸다. "그 옆자리, 빈 겁니까?" 반복해서 듣는 똑같은 질문에 그는 이맛살부터 찌푸렸다. 변화 없이 반복되는 것들은 언제부터인지 그의 신경을 바늘 끝처럼 날카롭게 만들어놓곤 하였다. 그는 평온을 잃은 채 엉망이 되어버린 자기 자신을 발견하고는 담배를 입으로 가져갔다. 그러고는 둘이라는 숫자를 속으로 곱씹으면서 똑같은 대답을 두번째 되풀이하기 시작했다. 말 조각들을 하나하나 내뱉을 때마다 그의 입에서 허연 담배연기가 풀썩 풀썩 피어올랐다. 자, 리, 주, 인, 이, 곧, 돌, 아, 올, 겁, 니, 다. 허옇게 피어올라가던 말 조각들이 어둠 속으로 흩어져 사라져버렸고 그것들을 뒤좇던 그의 눈길도 허공에 흩어져 방황했다. 정처 없는 눈길은 한참 동안이나 이곳저곳을 떠돌다가 하릴없이 앞좌석의 중년 남녀에게 머물렀다. 여자가 투덜거리고 있었다. 껌 자국이 여기저기에 붙어 있는 불결한 의자며 발끝을 움직일 때마다 깡통과 과자봉지 따위가 차이고 밟히는 지저분한 바닥을 보고 있노라면 의자 밑에서 금방이라도 바퀴벌레나 쥐가 튀어나올 것만 같다면서 진저리치는 시늉을 해 보였다. 그러자 남자가 담배를 한 개비 피워물면서 여자를 바라보았다. "객석에서 담배를 피울 수 있으니까 이렇게 형편없는 삼류 영화관에도 편리한 점이 하나쯤은 있는 셈이죠." 말을 마친 남자는 자신이 대단한 유머라도 발휘했다는 듯이 큰 소리로 웃어젖혔다. 여자가 호들갑스럽게 맞장구를 쳤다. "그것 말고도 또 있어요. 입장료는 반값밖에 안 되는데 동시상영이라서 한 번에 두 편이나 볼 수 있잖아요." 웃느라고 의자 뒤로 젖혀진 두 개의 머리통이 웃음소리에 맞춰 흔들거렸다. 따르르르르르. 벨소리와 함께 객석에 다시 어둠이 깃들었다. 남자가 여자의 어깨 위로 팔을 둘렀고 여자는 남자 쪽으로 다정스레 몸을 기대었다. 벽에 걸려 있는 스피커에서 지글거리는 잡음이 점점 커지고 있었다. 필름이 낡은 탓에 화면에는 희끗희끗한 비가 불규칙적으로 내렸다. "실례합니다." 이번에는 약간 쉰 듯한 여자 음성이었다. 통로에 젊은 여자가 서 있었다. "무릎 좀 비켜주세요." 여자는 그의 무릎과 앞 의자 사이의 좁은 통로에 한쪽 발을 들이밀면서 말했다. 그는 여자의 당돌함에 당황했다. "아, 저기, 이 자린 임자가 있는 자립니다. 저랑 같이 온 사람인데, 그, 그러니까 제 동행이죠. 곧 돌아올 겁니다." 그는 형편없이 혀 꼬부라진 소리로 대답했다. 그 순간이었다. 영화가 다음 장면으로 바뀌자 화면이 일순간 밝아지면서 스크린의 반사광이 객석으로 소나기처럼 한차례 쏟아졌다. 그 바람에 희미하게나마 여자의 얼굴 윤곽이 어둠 속에서 드러났다가 다시 지워졌다. 그때, 그는 여자의 얼굴에 스쳐가는 미소를 얼핏 볼 수 있었다. 비웃음이었을까. 여자가 돌아서서 또각또각 구둣발 소리를 내며 그의 뒤편으로 멀어져갔다. 그는 취기에 흐트러진 몸을 추스르며 정신을 가다듬으려고 애를 썼다. 어쩌면 스크린에서 쏟아지는 현란한 빛과 그것이 만들어내는 그림자 때문에 여자의 무표정한 얼굴이 언뜻 미소짓는 것처럼 보였던 것인지도 몰랐다. 스크린에는 쇠사슬로 다리가 묶인 한 사내가 서 있었다. 그 사내는 화면 전체에 내리고 있는 희끗희끗한 비를 맞으며 무엇인가를 올려다보는 중이었다. 사내가 서 있는 곳은 동물의 우리를 연상케 할 만큼 좁고 어두운 감옥이었다. 곰팡이가 슨 벽은 천장 가까운 곳에 창이라고 부르기가 망설여지는 손바닥만한 구멍이 뚫려 있을 뿐이었다. 사람이 도저히 빠져나갈 수 없는 작은 크기였음에도 불구하고 거기에는 손가락만한 쇠창살이 촘촘히 박혀 있었다. 사내는 눈을 가늘게 뜨고 그 작은 창을 응시하고 있었다. 창에는 작고 네모난 하늘이 그나마 쇠창살에 의해 조각난 채 담겨 있었다. 사내는 침울한 표정을 지으며 고개를 떨구었다. 그때, 사내가 무엇인가를 발견한 듯했다. 미동도 하지 않는 사내의 몸에는 팽팽한 긴장이 흐르고 있었다. 사내가 날쌔게 손바닥으로 벽을 후려쳤다. 다음 순간, 사내의 손아귀에는 이름 모를 큼직한 벌레 한 마리가 잡혀 있었다. 사내는 망설임 없이 그 벌레를 입으로 가져갔다. 우물거리는 사내의 입술 사이로 벌레의 시커먼 다리 하나가 비어져나와 있었다. 멀리서 들려오던 군홧발 소리가 차츰 가까워지고 있었다. 발소리가 가까운 곳에서 멈췄다. 그릇 하나가 철문 아래의 틈새로 들이밀어졌다. 사내가 눈을 빛내며 그리로 다가갔다. 그릇에는 거무튀튀한 죽이 담겨 있었고, 사내는 그 죽을 허겁지겁 먹기 시작했다. 흐트러진 자세로 앉아 있던 그는 조금이라도 편하게 앉을 요량으로 몸을 몇 번 뒤척거려보았다. 스크린에서는 사내가 빈 죽그릇을 혓바닥으로 샅샅이 핥고 있는 중이었다. 날름거리는 혓바닥은 마치 살아 있는 한 마리의 독립된 생물체처럼 혐오스러울 만치 기민하게 움직이면서 거무튀튀한 죽을 묻혀 올라가고 있었다. 이를 악문 채로 그 광경을 지켜보고 있던 그는 미련 없이 시선을 거두어들였다. 아까부터 뇌리에서 맴돌고 있던 조바심이 그로 하여금 뒤를 돌아다보게 하였다. 여자는 이미 어디론가 사라져버린 뒤였다. 그는 초조한 눈빛으로 주위를 두리번거렸다. 그제서야 그는 앞좌석의 중년 남녀가 어느새 서로를 부둥켜안고 있는 것을 발견하고 쓴웃음을 지었다. 애무는 보기에 민망할 정도로 뜨거워지고 있었다. 그는 그들이 주고받던 말투가 부부 사이의 그것과는 사뭇 달랐던 점을 기억해냈다. 학교에 가 있어야 할 앳된 소년들부터 영화관이 자기들 것인 양 큰 소리로 떠들어대는 건달들, 부스스한 머리를 쥐어뜯듯이 신경질적으로 긁어대곤 하는 정신이상자처럼 보이는 남자, 구부정한 등줄기의 초췌한 늙은이에 이르기까지, 한낮에 삼류 영화관을 찾은 사람들은 영화관람 외에도 저마다 다른 목적을 가지고 있게 마련이었다. 그들 대부분은 영화를 보기에 편한 가운데 자리보다는 음습한 구석자리를 선호했다. 빛이 쏟아지고 있는 스크린보다는 어두운 공간이 필요한 사람들이었다. 그때였다. 별안간 그는 부르르 몸을 떨었다. 객석을 뒤덮고 있는 어둠 저편으로부터 음습한 기운이 느껴졌다. 무엇인가가 칙칙한 어둠 속에서 허물을 벗고 있었다. 아니, 허물을 벗고 있는 것은 바로 그 어둠이었다. 그는 눈꺼풀을 질끈 내려감았다. 눈꺼풀 안쪽에도 어둠이 도사리고 있었다. 그는 다시 눈을 뜨고 변태(變態)하는 어둠이 내지르는 나지막한 울부짖음을 들었다. 질식할 것같이 가슴이 답답했다. 그는 빛을 찾아서 고개를 치켜들었다. 뒤쪽의 영사실에서 시작된 빛줄기는 머리 위의 칠흑 같은 어둠을 가르고 스크린을 향해 부챗살처럼 퍼져나가고 있었다. 작열하는 태양과 열대의 숲을 배경으로 한 무리의 죄수들이 굵은 나무둥치에 개미떼처럼 매달려서 그것을 들어올리려 하고 있었다. 다른 한쪽에서는 사내를 포함한 예닐곱 명의 죄수들이 감시병의 발길질에 채어가며 통나무를 운반하는 중이었다. 사내의 검게 그을린 어깨가, 굵은 땀방울이 매달려 있는 턱이, 일그러진 얼굴이, 타오르는 듯한 눈이 차례로 클로즈업되었다. 그 눈동자는 모종의 음모를 담고 어딘가를 응시하고 있었다. 빙 둘러쳐진 철조망 너머로 수풀이 우거져 있는 가파른 언덕이 보였다. 다음 순간, 감시병이 다가와서 한눈을 팔고 있는 사내를 걷어찼다. 누군가가 그의 오른쪽 어깨를 가볍게 두드렸다. 통로에 서서 그를 내려다보고 있는 것은 아까의 그 여자였다. 그가 어리둥절해하며 잠시 머뭇거리는 사이에 여자가 그의 무릎과 앞 의자 사이의 좁은 통로에 서슴없이 발을 들여놓았다. 그는 당황했다. "자, 잠깐만요. 아까도 말씀드렸지만 이 자리는," 여자는 막무가내였다. 좌석으로 들어가는 비좁은 통로에서 그의 무릎을 피해가느라고 여자의 허리가 그의 코앞을 바싹 스쳐서 지나갔다. 짙은 향수 냄새가 코를 찔렀다. "아니, 근데 이 여자가 정말," 그는 손을 들어 말리는 시늉을 하며 언성을 높였다. 주위 사람들의 눈길이 일제히 두 사람에게 모아졌다. "이것 보세요. 이 자린 임자가 있는 자리예요." 여자는 아랑곳하지 않았다. 그의 말 따위는 아예 들리지도 않는다는 듯한 태도였다. 그는 울컥 화가 치밀었다. 자신을 향한 주위의 시선을 의식하며 그는 한마디 한마디에 힘을 주어 말했다. "내 말이 안 들립니까? 이제 곧 동행이 돌아올 거란 말입니다." 그의 옆자리에 앉은 여자는 집게손가락을 입으로 가져가며 조용히 하라는 시늉을 해 보였다. 그러고 나서, 간신히 알아들을 수 있는 작은 목소리로 속삭이듯이 그에게 말했다. "그때 가서 비켜드리면 되잖아요." 그는 할말을 잃고 어이없어했다. 여자가 자세를 고쳐서 왼쪽 다리를 오른쪽 다리 위에 포개고 앉는 바람에 그녀의 왼쪽 발끝이 그의 종아리께에 닿았다. "나 참, 내가 술에 취했다고 해서 얕보는 모양인데……" 여자가 대수롭지 않다는 듯이 그의 말을 중간에서 잘라버렸다. "쉿, 조용히 하세요. 다른 분들에게 실례라구요." 어찌할 바를 모르고 멍청하게 앉아 있는 그에게 여자가 바싹 몸을 붙여왔다. 짙은 화장품 냄새가 후각을 자극했다. 여자가 속삭였다. "너무 화내지 마세요. 저는 저 뒤쪽 자리에서 여태 당신을 지켜보고 있었는걸요." 그 말을 끝으로 여자는 말없이 그를 바라보기만 했다. '당신은 지금 거짓말을 하고 있어요. 당신은 처음부터 혼자였어요.' 그는 여자의 침묵이 의미하는 바를 읽으면서 자신이 궁지에 몰리고 있음을 깨달았다. 그는 구석에 몰린 짐승처럼 표독스럽게 돌변하여 사납게 쏘아붙였다. "당신이 뭔데 뒤에서 날 관찰했단 말이오? 그렇게까지 해서 이 자리를 뺏어야 할 만큼 이 자리가 명당이랍디까?" 여자는 못 들은 척 스크린을 향해 고개를 돌려버렸다. 대꾸를 하지 않을 심산인 듯했다. 몇 차례 시비를 걸어봐도 여자가 반응이 없자 그는 제풀에 지쳐 고개를 한차례 과장되게 가로젓고는 앞을 향해 눈길을 돌렸다. 그들 두 사람에게 몰려 있던 주위의 시선들도 시간이 지남에 따라 제각기 흩어져서 스크린을 향했다. 그는 다른 자리로 옮겨가야 할 것인지 망설이다가 결정을 내리지 못한 채 곁눈질로 여자를 노려보았다. 파마 머리에 눈매가 시원스러우며 콧날이 유난히 오뚝했다. 여자가 입고 있는 소매 없는 흰색 블라우스는 약간 헐렁해 보였으며 노출된 둥근 어깨를 곱슬거리는 머리카락이 살짝 덮고 있었다. 허리에 두른 굵은 벨트 때문에 가슴이 봉긋하게 도드라져 있었고 꼭 끼는 스커트는 무릎 위로 한 뼘은 올라간 아슬아슬한 것이었다. 짙은 화장을 한 탓에 나이는 짐작도 할 수 없었다. 스물다섯 살에서 서른다섯 살까지 어느 나이라고 해도 수긍할 수밖에 없을 듯했다. 그의 관찰이 끝날 때까지도 여자는 그에게 눈 한 번 돌리지 않고 스크린만을 바라보고 있었다. 그는 고개를 한번 갸웃하고는 다시 스크린으로 눈길을 옮겼다. 술기운 탓에 여자에 대한 경계심이 많이 누그러진데다 젊은 여자가 옆에 앉았다는 사실이 나쁠 것은 없지 않겠느냐는 식의 타협이 이루어졌던 것이다. 객석이 어둑어둑해졌다. 화면에 밤이 찾아든 것이다. 그 칠흑 같은 어둠 속에서 사내가 소리없이 움직이고 있었다. 탈출을 감행하고 있는 중이었다. 날카로운 고함이 귀를 때리는 것과 동시에 화면의 오른쪽 가장자리에서 희끗희끗한 자막이 떠올랐다. 서라. 서지 않으면 쏘겠다. 그 뒤를 잇는 총소리. 웃통을 벗은 반라의 사내는 빗발치는 총탄 사이를 사력을 다해서 내닫고 있었다. 땀에 젖어 번들거리는 사내의 상체는 잘 발달된 근육들이 육감적으로 꿈틀거리고 있었다. 탐조등 불빛이 사내에게 퍼부어졌다. 사내는 수풀 속으로 날렵하게 몸을 날렸다. 뒤쫓아온 총탄들이 사내의 발치에서 자욱한 흙먼지를 일으켰다. 사내는 덤불 속에서 몸을 잔뜩 웅크린 채 거친 숨을 연신 몰아쉬었다. 사내의 턱 끝에서 땀방울이 뚝뚝 떨어지고 있었다. 타타타탕탕. 잠시도 쉬지 않고 울려퍼지는 총성은 고막을 찢을 듯이 요란했다. 사내의 두 눈이 희번덕거리며 이상한 광채를 발하기 시작했다. 사내의 움직임을 숨죽이고 지켜보고 있던 그는 갑자기 후두둑 진저리를 쳤다. 불현듯 눈앞에 떠올랐다가 사라져가는 기억의 편린들이 있었다. 웅성거리는 사람들의 모습, 스피커에서 흘러나오는 메마른 음성이 녹음기처럼 똑같은 말을 반복하고 있다…… 그의 긴장된 두 다리에는 어느새 바싹 힘이 들어가 있었다. '달려야 한다.' 그렇게 생각하는 순간, 언제나처럼 눈앞에 벽이 성큼 다가섰다. 여기저기에 파인 자국이 있는 콘크리트 벽은 핏빛이었다. 그는 머리를 세차게 가로저었다. 꼬리를 물고 이어지는 환영(幻影)들을 떨쳐내려고 안간힘을 썼다. 그러나 그가 발버둥치면 칠수록 벽은 더욱 가까이 다가섰고, 그는 숨통을 찍어누르는 압박감에 고통스러워해야만 했다. 언제나 그런 식이었다. 그의 뇌리를 맴돌고 있다가 어느 순간 느닷없이 눈앞에 다가서는 벽, 그것은 잠을 자는 동안에는 가위눌림이, 깨어 있는 동안에는 환영이 되어 그의 사지를 절망이라는 사슬로 붙들어매곤 했다. 벗어나려고 해보아도 헛일이었다. 언제나처럼 끈기 있게 기다리는 수밖에 없었다. 한차례의 세찬 파도가 지나갈 때까지…… 그때였다. 그는 자신의 왼쪽 어깨에 부드러운 감촉을 느꼈다. 그때까지 잠자코 있던 여자가 살며시 그의 어깨에 머리를 기대어온 것이었다. 여자의 곱슬거리는 머리카락이 그의 목덜미께를 간질였다. 여자가 한쪽 팔로 그의 오른쪽 어깨를 감았다. 여자가 그의 어깨를 어루만지는 순간, 그는 자신의 어깨 근육이 딱딱하게 굳어 있다는 것을 깨달았다. 여자가 그에게 몸을 바싹 붙여왔다. 여자의 뜨거운 콧김이 그의 목에 닿았다. 그는 직감적으로 어떤 혐오감을 느꼈다. 그는 자신의 어깨를 감싸고 있는 그녀의 손길을 신경질적으로 뿌리쳤다. 갑자기 사내는 동물의 그것을 연상케 하는 괴성을 지르며 수풀 밖으로 뛰쳐나갔다. 타타타타, 탕탕! 요란한 총소리가 객석을 뒤흔들었다. 울부짖는 사내의 눈에는 광기가 어려 있었고 목덜미에는 툭 불거져나온 핏줄 몇 가닥이 서로 얽혀 있었다. 여자가 다시 그에게 몸을 가까이 붙이더니 한쪽 팔로 그의 목을 다정스럽게 감으면서 비음이 섞인 목소리로 속삭였다. "제발, 잠자코 영화나 보세요. 당신을 해치고 싶진 않으니깐." 말이 끝나는 순간, 선뜩한 냉기가 그의 목덜미에서 느껴졌다. 소스라치게 놀란 그는 얼어붙은 사람처럼 움직일 수가 없었다. 그것은 칼이었다. "말 안 들으면 당신을," 여자가 그의 귀밑에 입을 맞추었다. "죽여버릴 거예요." 여자의 손이 그의 가슴을 더듬기 시작했다. 여자의 호흡이 불규칙해지고 있었다. 당황해서 어찌할 바를 모르고 있던 그는 문득 짐작 가는 것이 있었다. 그는 미칠 듯이 솟구쳐오르는 분노를 느꼈다. 여자의 손길이 그의 아래쪽으로 더듬어 내려가고 있었다. 사내의 외마디 비명이 들려왔다. 다리에 총을 맞은 것이다. 사내의 탈출은 실패하고 말았다. 그의 분노는 바닥이 보이지 않는 절망감과 잇닿아 있었다. 갑자기 눈앞이 아득해졌다. 그는 충동적으로 자신의 목에 닿아 있는 칼날을 향해 목을 내밀었다. 목에서 가벼운 통증이 느껴지는 순간, 흠칫 놀란 칼날이 뒤로 조금 물러섰다. 그는 아랑곳하지 않고 자리에서 몸을 일으켰다. 여자는 그의 거듭되는 무모한 행동에 어찌할 바를 모르고 그를 올려다보았다. 그는 상처에서 배어나온 피로 목덜미가 불쾌하게 끈적거리는 것을 느꼈다. "이 더러운 호모 새끼!" 그는 여자에게 침을 뱉었다. 욕지거리를 내지르며 여자의 뺨을 후려쳤다. '딸그랑' 하고 바닥으로 칼이 떨어지는 소리가 들렸다. 관객들의 시선이 일제히 두 사람에게 쏠렸다. 그는 어둠 속에서도 여자의, 아니, 녀석의 눈에서 흘러나오는 물기를 또렷이 볼 수 있었다. 그는 금방이라도 후려칠 듯이 어깨 위로 치켜들고 있던 주먹을 아래로 내려뜨렸다. 녀석은 양손으로 자신의 얼굴을 가리고 흐느끼기 시작했다. 그것은 영락없는 여자의 울음소리였다. 그는 격한 감정을 애써 억누르며 녀석을 외면했다. 다시 감옥 속에 갇힌 사내의 모습이 보였다. 사내는 손바닥만한 작은 창을 올려다보고 있었다. 창살에 조각나긴 했어도 하늘은 변함없는 푸른색이었다. 그 빛깔은 감옥 안의 어두컴컴한 색조와는 조금도 어울리지 않는 이질적인 것이었다.

2

대낮에도 발끝으로 더듬거리며 걸음을 옮겨야 할 만큼 조명시설이 열악한 복도와 계단을 구불구불 빠져나온 그는 영화관 밖으로 통하는 유리문에 이르러 멈춰 섰다. 유리문 너머에는 눈부신 빛이 거대한 장막처럼 앞을 가로막고 있었다. 그는 그 장막 안으로 선뜻 발걸음을 옮기지 못하고 유리문 안쪽의 구석진 곳에 놓여 있는 은회색 휴지통 앞으로 다가가 주머니를 뒤져 담배를 찾았다. 흥분이 채 가라앉지 않은 탓에 가늘게 떨고 있는 손으로 담배 한 개비를 입으로 가져가려는 순간, 그의 등뒤에서 발소리가 들렸다. 누군가 그의 뒤를 쫓아 계단을 다급하게 뛰어내려오고 있었다. 그는 뒤돌아서서 계단 입구 쪽을 바라보았다. 발소리의 임자가 조금 전에 칼까지 겨누고 몸을 더듬던 변태일지도 모른다는 그의 예감은 현실로 나타났다. 계단을 빠져나온 녀석은 영화관 출입문께에 서 있는 그를 발견하고는 망설이는 기색도 없이 곧장 다가왔다. 어이없게도 녀석은 버림받은 여자나 지을 법한 표정을 얼굴에 담고 있었다. 그 모습을 보는 순간, 그는 피가 거꾸로 흐르는 듯했다. 그때까지 간신히 억누르고 있던 격한 감정을 더이상 주체할 수 없게 되어버렸다. 어떤 다른 생각도 할 수가 없었다. 오직 녀석이 뒤집어쓰고 있는 한 꺼풀의 가면을 갈기갈기 찢어 벗겨버리고 싶을 따름이었다. 그는 거칠게 녀석의 멱살을 움켜쥐었다. 녀석은 금방이라도 울 것 같은 표정을 지으며 울음 섞인 목소리로 가냘프게 말했다. "이러지 마세요, 제발." 그 목소리는 여전히 여자의 음성이었다. 그는 녀석의 멱살을 잡고 우격다짐으로 끌고 나갔다. 거리는 한낮의 무더위 탓에 인적이 뜸했다. 그는 녀석을 끌고 영화관 뒤쪽의 좁은 골목으로 들어섰다. 골목은 쥐 죽은 듯이 조용했다. 그가 멱살을 놓아주자 녀석은 흐트러진 옷매무새를 바로잡으며 겁에 질린 눈으로 그의 눈치를 살폈다. 그는 녀석이 뒤집어쓰고 있는 위선과 가식을 독기가 서린 눈길로 노려보다가 다짜고짜 녀석의 배를 주먹으로 내질렀다. 윽, 하고 녀석의 어깨가 허물어졌다. 배를 움켜쥔 채 땅바닥에 주저앉아 있는 녀석의 몸뚱이로 그의 발길질이 쉴새없이 날아들었다. 날카로운 비명을 지르며 발길에 차여 이리저리 굴러다니던 녀석은 골목 구석으로 몰렸다. 그가 고함을 쳤다. "덤벼봐, 이 개자식아. 계집애처럼 질질 짜기만 하지 말고 사내답게 덤벼보란 말야." 녀석의 흰 블라우스는 흙투성이였다. 그가 잠깐 발길질을 멈춘 사이에 녀석은 허벅지 위로 들쳐진 짧은 스커트를 밑으로 내리며 신음 섞인 음성으로 사정했다. "제발 용서하세요." 녀석의 목소리는 여전히 여자 목소리였다. 그는 더 참고 들을 수가 없었다. 입술연지가 빨갛게 칠해진 녀석의 입술을 향해 발을 날렸다. 신음 소리, 마구 헝클어진 녀석의 머리카락 사이로 허옇게 질린 눈동자가 보였다. 녀석의 입에서 터져나오는 피를 보는 순간, 그는 턱까지 차오르는 뜨거운 숨결을 참지 못하고 헐떡거렸다. 무자비한 폭행을 저항 없이 받아들이는 녀석의 태도에 그의 분노는 걷잡을 수 없는 것이 되어가고 있었다. 그는 악에 받쳐서 소리쳤다. "더러운 자식! 죽여버리고 말겠어." 나가떨어져 있던 녀석은 시멘트 보도블록 위를 엉금엉금 기어가 담벼락에 손을 짚고 간신히 몸을 일으켜 앉았다. 얼굴 위로 치렁치렁하게 드리워진 머리카락이 피에 젖어 엉겨 있었고, 입에서 떨어지는 피로 흰 블라우스가 붉게 물들어 있었다. 그는 살기를 띠고 녀석에게 다가가 소리쳤다. "너 같은 변태는 죽어 없어져야 해!" 녀석을 노려보는 그의 눈빛에는 광기가 어려 있었다. 녀석은 부들부들 떨면서 간절한 눈길로 그를 올려다보았다. 담에 등을 기대고 있는 녀석은 더이상 뒤로 물러설 곳이 없었다. 그가 덤벼들 기세를 보이자 녀석은 반사적으로 몸을 웅크렸다. 순간, 그는 갑자기 소스라치게 놀라며 돌처럼 굳어버렸다. 녀석이 몸을 웅크리자 그때까지 가려져 있던 어깨 너머의 담벼락이 드러나면서 거기에 찍혀 있던 검붉은 손자국이 그의 눈에 띄었던 것이다. 좀 전에 녀석이 담에 의지하여 몸을 일으켰을 때 손을 짚었던 자국이었다. 피로 얼룩져 있는 녀석의 손과 담벼락의 검붉은 손자국에 번갈아가며 눈길을 주던 그는 자신도 모르게 나지막한 신음 소리를 냈다. 기억의 편린들이 주마등처럼 떠올라서 머릿속을 어지럽게 휘저어놓고 있었다. 그는 세차게 고개를 내저었다. 생생하게 되살아나는 그 기억들로부터 잠시만이라도 벗어나고 싶었다. 그러나, 이번에도 어김없이 그의 앞에 우뚝 다가선 벽은 일순간에 세찬 파도처럼 그를 덮쳐서 집어삼켜버렸다. 인도에 늘어선 군중이 군용 차량의 행렬을 향해 외쳐대고 있었다. 물러가라. 물러가라. 줄을 잇는 차량들은 군중의 외침에 아랑곳하지 않았다. 느린 속도로 군중의 앞을 달려 지나갈 뿐이었다. 군중 뒤편에서 그 광경을 구경하고 있던 그는 자신의 손목을 잡아끄는 아내의 손길에 고개를 돌렸다. "서둘러야 해요. 토요일이라서 세시면 병원 문을 닫는단 말예요." 아내는 그렇게 말했다. 그는 구경을 탐하며 심드렁하게 대꾸했다. "아직, 시간은 충분한데 뭘." 아내는 뾰로통한 목소리로 말했다. "좋아요, 그럼 우리 민주주의로 해요. 투표로 결정하자구요." 그는 픽 웃음을 터뜨리며 마지못해서 발길을 돌렸다. 임신중인 아내는 이번에도 자신의 한 표에다가 뱃속의 아기가 가진 한 표를 보탤 것이 분명했다. 그는 아내가 태중에 있는 아기의 표를 마치 자기의 것인 양 행사하곤 하는 것이 내심 괘씸하였지만 뱃속의 아기와 이야기를 주고받을 수 있다는 아내의 특별한 능력을 의심할 수는 없는 노릇이었다. "그나저나 얘는 왜 제 엄마 편만 든다지?" 그의 물음에 아내는 소리내어 웃을 뿐이었다. 그와 아내는 서로의 손을 맞잡고 군중 사이를 헤쳐나갔다. 병원으로 가는 길을 군중이 막고 있었다. 스피커에서 흘러나오는 메마른 음성을 들은 것은 두 사람이 군중의 한복판을 지나고 있을 때였다. 경고한다. 즉시 해산하라. 해산하라. 해산하라. 메마른 음성은 똑같은 말을 녹음기처럼 반복하고 있었다. 갑자기 군중이 동요하며 웅성거리기 시작했다. 군용 트럭 한 대가 멈춰서더니 그 안에서 경기관총으로 무장한 군인들이 쏟아져나왔다. 조급해진 그는 아내의 느린 발걸음을 재촉했다. 두 사람이 손을 맞잡은 채로 사람들 사이를 헤치고 나아가는 걸음은 더디기만 했다. 군중 밖으로 거의 빠져나왔을 무렵, 콩 볶는 듯한 총소리가 요란하게 들렸다. 군인들이 총구를 하늘로 향한 채로 공포를 쏘는 중이었다. 겁에 질린 군중이 비명을 지르며 흩어지기 시작했다. 그는 군중에 휩쓸리는 와중에도 아내의 손을 놓치지 않기 위해 사력을 다했다. “여보, 골목 안으로 몸을 숨겨! 골목 안으로!” 그는 아내를 잡아끌며 목청껏 고함을 질렀다. 하지만 상가 건물들 사이로 나 있는 샛골목들은 일시에 몰려든 수백 명의 사람들이 한꺼번에 빠져나가기에는 턱없이 비좁았다. 사람들 대부분은 골목 입구에서 “빨리, 빨리!” 하고 외쳐대며 발만 동동 구를 뿐이었다. 그때였다. 타타타타탕, 기관총 소리가 또다시 요란하게 들려오는가 싶더니 상가 건물의 콘크리트 벽이 파이면서 자욱한 먼지를 일으켰다. 군인들이 사람들의 머리 바로 위를 겨냥하여 일제 사격을 하는 중이었다. 콘크리트 벽에 부딪쳤다가 튕겨나온 총알들이 사방으로 난반사되었고, 그중 상당수는 골목을 통해 도망가려고 골목 입구에 모여 있던 사람들의 몸 속으로 파고들었다. 사람들이 서 있던 자리에서 픽픽 쓰러졌고, 동시에 사방에서 비명과 절규가 낭자했다. 그때, 그는 ‘달려야 한다’고 생각했다. 그는 혼신의 힘을 다하여 사람들을 밀치며 골목 안으로 내달렸다. 다음 순간, 타는 듯한 통증이 그의 오른쪽 어깨에서 느껴졌고, 그는 앞으로 고꾸라지고 말았다. 뒤에서 몰려오던 사람들이 그의 몸을 밟고 지나가기 시작했다. 그는 사력을 다해 간신히 골목 입구의 콘크리트 벽 쪽으로 몸을 굴렸다. 벽에 몸을 바싹 붙인 채 어깨를 움켜쥐고 신음하고 있던 그의 눈에 땅바닥에 옹색하게 웅크리고 있는 아내의 모습이 보였다. 그제서야 그는 자신이 아내를 두고 왔다는 사실을 깨달았다. “여보.” 그는 신음처럼 중얼거렸다. 녀석이 피투성이인 얼굴을 들고 어리둥절한 눈빛으로 그를 올려다보고 있었다. 그는 다시 한번 ‘여보’라고 중얼거리고 나서 녀석을 등지고 뒤돌아섰다. 녀석을 뒤로하고 골목을 빠져나온 그는 거리로 나섰다. 한낮의 거리는 언제나처럼 한적하고 평화로웠다. 그는 보도를 따라서 정처 없는 발걸음을 옮겼다. 뙤약볕에 뜨겁게 달아오른 시멘트 보도블록이 숨막히는 열기를 뿜어올렸고 그의 발걸음은 위태롭게 휘청거렸다. "그땐 제정신이 아니었어." 넋 나간 사람처럼 중얼거리는 그의 머리 위로 한창 기세가 오른 햇살이 사정없이 내리꽂혔다. 머리가 지끈거리면서 어찔어찔한 현기증이 일어났다. "어쩔 수 없었던 거야." 밀려오는 절망의 물결 저편에서, 보도블록 위에 쓰러져 누운 아내의 초점 잃은 두 눈이 허공을 향해 열려 있었다. 피, 붉은 피가 아내의 흑단 같은 머리채를 적시며 흘러내려 보도블록 위에 얼룩을 만들고 있었다. 그 얼룩은 사방으로 퍼져나가 삽시간에 거리를 뒤덮더니 공중으로 솟구쳐 거대한 핏빛 장막을 드리웠다. 해일처럼 지상의 모든 사물을 삼켜버릴 기세였다. 그는 흠칫 놀라서 걸음을 멈추었다. 그의 어깨가 들먹거리기 시작했다. "미안해. 미안해……" 그는 몇 번이고 그렇게 되뇌었다. 그때였다. 그는 어디에서 시작된 것인지를 알 수 없는 기묘한 수런거림이 자신의 주위를 맴돌고 있는 것을 느꼈다. 무엇인가 수상한 일이 벌어지고 있었다. 그는 눈을 가늘게 뜨고 주위를 두리번거렸다. 눈이 부셨다. 거리는 어느 틈에 반짝이는 것들로 가득 차 있었다. 빌딩 창문이나 차창 따위는 물론이고 가로등의 은회색 기둥과 아크릴 입간판, 심지어는 가판대에 가지런히 놓인 신문들과 거리의 온갖 소음까지도 햇빛을 되받아 쏘고 있었다. 거리는 이제 한 조각의 어둠조차 흔적도 없이 사라져버린 빛투성이였다. 그는 넋 나간 표정으로 저편 먼 곳을 뚫어지게 응시했다. 무엇인가가 눈부신 햇살 너머에서 은밀하게 허물을 벗고 있었다. 자신의 본래 모습을 벗어버리는 순간, 그것은 더이상 형체를 갖지 않았다. 대기에 음산하게 울려퍼지는 신음 소리가 있을 뿐이었다. 비로소 그는 이 거리에서 유독 자신만이 거추장스러운 검은 그림자를 보도블록 위에 드리우고 있다는 사실을 깨달았다. 그는 문득 자신이야말로 변태일지도 모른다는 생각을 했다. 갑자기 타는 듯한 목마름이 엄습했다. 그는 무더운 보도 위를 다시 걷기 시작했다. 그의 발치에서 키 작은 그림자가 뒤뚱거리며 앞장서서 걸어가고 있었다.

3

벽은 얼룩덜룩한 회색이다. 복판에 '화장실'이라고 씌어 있다. 페인트로 쓴 그 글씨는 퇴색한 빨강이다. 그 밑에 그려진 화살표는 길게 뻗은 복도를 가리키고 있다. 복도의 벽면에는 주먹만한 글씨들이 띄엄띄엄 늘어서 있다. 명 화 의 전 당 을 찾 아 주 셔 서 감 사 합 니 다, 글씨는 모두 퇴색한 빨강이다. 마지막 글자인 '다'의 맞은편 벽에 화장실 출입구가 있다. 대여섯 개의 변기가 설치되어 있는 벽면에는 네모난 거울이 두어 뼘의 간격을 두고 붙어 있다. 소변기 앞에 서자 거울 속에서 그를 마주 바라보는 후줄근한 몰골의 사내가 있었다. 놈은 충혈된 눈을 게슴츠레하게 뜨고 입에 담배 한 개비를 꼬나물고 있었다. 믿기지 않게도 그것은 자신의 모습이었다. 담배연기가 들어갔는지 눈이 쓰라려왔다. 그는 눈을 연신 껌벅거렸다. 마치 모래라도 들어간 것처럼 눈꺼풀 안쪽이 따끔거렸다. 그는 바지춤을 추슬렀다. 돌아서는 순간, 놈도 역시 등을 돌리며 그를 외면하려고 들었다. 그는 돌아서다가 말고 거울 속의 사내를 노려보았다. 돌아서려던 거울 속의 사내 역시 지지 않고 그를 마주 노려보았다. 그는 입에 담배를 물고 있다는 것도 잊어버리고 사내의 혐오스러운 얼굴에 침을 탁 뱉었다. 그 바람에 담배가 소변기에 떨어졌다. 그리고, 차츰 젖어갔다. 다 니 합 사 감 서 셔 주 아 찾 을 당 전 의 화 명. 그는 기다란 복도를 빠져나왔다. 왼쪽으로 꺾어졌다. 서양 배우들의 얼굴이 실린 영화 포스터로 도배를 하다시피 한 벽면에 큼직한 빨간색 문이 달려 있었다. 손잡이를 그러쥐자 묵직한 중량감이 느껴졌다. 그는 문을 열어젖혔다. 새까만 커튼이 그의 눈앞을 가로막았다. 커튼 사이를 비집고 들어가자 이번에는 칠흑 같은 어둠이 그의 시야를 가로막았다. 그의 눈은 본능적으로 빛을 찾아서 움직였다. 뒤쪽의 영사실에서 뻗어나온 빛줄기가 객석 위로 드리운 어둠을 가르고 스크린을 향해 퍼져나가고 있었다. 간수가 사내를 감옥 안의 어둠 속으로 처넣은 뒤에 철문을 닫으려는 순간이었다. 철문이 닫히자 화면은 컴컴해졌고 그 바람에 객석에 드리워져 있던 어둠의 농도가 갑자기 짙어졌다. 그는 더듬거리는 발끝으로 빈 좌석을 찾아야 했다. 뒤쪽에서 누군가가 자신을 유심히 지켜볼지도 모른다는 불안감이 그를 맨 뒷줄로 이끌었다. 무기력감과 함께 주체할 수 없을 만큼 무거워지는 몸뚱이를 의자의 등받이에 내맡긴 채 주위를 휘둘러보았다. 마지막 상영시간, 객석은 절반 가까이 비어 있었다. 그는 자신의 앞좌석에 앉아 있는 군인 두 명에게 눈길을 주었다. 그들은 아마도 휴가병인 듯했는데, 한 사람은 껌을 소리내면서 씹고 있었고 또 한 사람은 모자를 삐딱하게 쓴 채 담배를 피우고 있었다. 그는 목단추 하나를 풀면서 생각했다. 왜 하필 여기로 되돌아온 것일까. 퀴퀴한 냄새가 떠다니는 실내 공기는 여전히 후덥지근했다. 그는 자신의 허탈한 가슴을 가만히 쓸어내리는 것이 기다림의 감정이라는 것을 깨달았다. 그는 아까와 다름없이 비어 있는 옆좌석을 바라보면서 자조했다. 누구를 기다린단 말인가. 스피커에서 지글거리는 잡음이 흘러나오고 있었다. 그는 마땅히 둘 곳이 없는 외로운 시선을 낡은 필름이 돌아가고 있는 스크린으로 가져갔다. 웃통을 벗은 반라의 사내가 빗발치는 총탄 사이를 내닫고 있었다. 땀에 젖어 번들거리는 사내의 상체는 잘 발달된 근육들이 육감적으로 꿈틀거리고 있었다. 사내가 수풀 속으로 몸을 날렸다. 뒤쫓아온 총탄들이 사내의 발치에서 자욱한 흙먼지를 일으켰다. 사내는 덤불 속에서 몸을 잔뜩 웅크린 채 거친 숨을 연신 몰아쉬었다. 갑자기 사내의 두 눈이 희번덕거리며 이상한 광채를 발하기 시작했다. 사내의 턱 끝에서 뚝뚝 땀이 떨어지고 있었다. 영화는 전번과 한치의 어긋남도 없이 똑같게 재현되고 있었다. 그는 화면에 못 박혀 있던 시선을 거두어들이면서 길게 한숨을 쉬었다. 등줄기가 어느새 식은땀으로 젖어 있었다. 그는 담배 한 개비를 꺼내어 불을 당겨 물었다. 담배연기를 길게 내뱉으며 화면으로 다시 눈길을 던졌다. 사내는 지금쯤 사력을 다해서 가파른 산등성이를 기어올라가고 있을 터였다. 그러나 탈출은 실패하고 말 것이다. 사내가 산등성이를 기어올라가고 있다. 다리에 총을 맞는다. 쓰러진다. 탈출은 실패했다. 사내는 먼젓번의 표정과 행동을 기계처럼 정확하게 되풀이하고 있었다. 그는 시선을 화면에서 미련 없이 거두어들였다. 변함없이 비어 있는 자신의 옆자리에 잠시 시선을 주었다. 고개를 숙이자 농밀한 어둠이 무릎 아래에서 언제나처럼 그를 올려다보고 있었다. 언제나처럼…… 변함없이…… 모든 것이 전과 똑같았다. 변해야만 한다. 모든 것은 조금씩, 아주 조금씩이라도 변화해야만 한다. 그는 그렇게 되뇌면서 담배를 입으로 가져갔다. 그의 뒤를 그림자처럼 따라다니던 외로움과 절망감이 그를 바닥이 보이지 않는 벼랑 끝으로 몰아세우고 있었다. 그는 눈을 질끈 감고 입술을 깨물었다. 목구멍이 꽉 막히면서 울컥 울음이 터질 것만 같았다. 순간, 그의 등뒤에서 여자의 음성이 들려왔다. "저쪽 어때요?" 그가 깜짝 놀라며 뒤를 돌아보자 낯선 여자가 그의 곁에 서 있었다. "아니, 저쪽 빈자리가 좋겠어." 그는 또 한번 놀란 눈을 하고서 목소리가 난 쪽을 쳐다보았다. 그는 그 목소리를 듣고서야 여자 곁에 서 있는 남자의 존재를 비로소 알아챘던 것이다. 멀어져가는 두 사람의 뒷모습을 바라보는 그는 넋 나간 표정을 하고 있었다. 그제서야 그는 자신의 무의식 속에서 외롭게 서 있는 녀석의 존재를 의식했다. 그는 자신의 가슴을 더듬던 녀석의 손길과 그때 느꼈던 미칠 듯한 분노를 생각해냈다. 그리고 그 분노가 죽음 같은 절망감에 잇닿아 있는 지독한 것이었음을 떠올렸다. 더러운 호모 새끼, 라고 중얼거리려고 했지만 입 속에서만 맴돌았다. 그는 꽁초가 된 담배를 비벼끄고 나서 담뱃갑을 뒤적거렸다. 자꾸만 담배를 피워물게 하는 고독감 속에서 그는 자신이 녀석에게 연민의 감정을 갖고 있다는 사실을 스스로 인정해야만 했다. 작열하는 태양과 반짝거리는 바다와 뱃전에서 하얗게 부서지는 파도가 화면을 메우고 있었다. 하늘과 맞닿은 수평선과 갑판에서 분주히 움직이는 뱃사람들이 차례로 화면에 나타났다. 배는 수평선상의 까만 점을 향해 나아가고 있었다. 장면이 바뀌어서 갑판 밑에 있는 철창 안이 보였고 큼직한 쇠뭉치를 발목에 달고 있는 죄수들의 어두운 표정들이 하나하나 화면에 나타났다가 사라졌다. 그들은 대양의 한 외딴섬으로 유배되어가고 있는 중이었다. 유배지는 사방이 깎아지르는 절벽으로 이루어진 작은 섬이었다. 배가 닻을 내리자, 죄수들이 쩔렁거리는 쇠사슬 소리를 내며 줄지어서 갑판 위로 올라왔다. 요란한 파도 소리에 섞여 이국의 말소리가 지글거리는 스피커에서 흘러나왔고 화면의 오른쪽 가장자리에서 희끗희끗한 자막이 나타났다. 이 섬에서만큼은 너희들은 자유의 몸이다. 어디로든 가도 좋다. 죄수들을 섬에 내려놓은 배는 곧바로 닻을 올렸다. 사내는 엉거주춤한 자세로 서서 멀어져가는 배의 뒷모습을 지켜보고 있었다. 사내의 얼굴이 정면으로 클로즈업되었다. 화면 속에 갇힌 사내의 허탈한 얼굴이 어두운 객석을 굽어보았다. 사내가 중얼거렸다. 자막. 어디로, 어디로 가라는 거냐? 자막을 읽는 그의 눈빛이 차츰 흐릿해져갔다. 눈부신 빛이 쏟아지고 있는 저 화면의 어딘가에도 음울한 어둠이 도사리고 있는 것만 같았다. 다음 순간, 그는 그 어둠 속에서 하얀 소복 차림의 장례 행렬이 환영처럼 떠오르는 것을 보았다. 눈부신 어둠이 화면 전체에 하얗고 칙칙한 비를 뿌리고 있었다. 그는 귓전으로 밀려오는 구슬픈 요령 소리와 곡하는 소리를 들었다. 화면에는 짙푸른 바다가 펼쳐져 있었다. 화면이 천천히 이동하면서 바다 위로 우뚝 솟은 깎아지르는 절벽이 화면에 들어찼다. 그 험준한 절벽 위에 희끄무레한 점이 하나 있었다. 그것은 사내였다. 사내는 까마득한 천길 낭떠러지 아래에서 험난하게 굽이치고 있는 파도를 물끄러미 내려다보고 있었다. 세찬 바람이 사내의 머리카락과 텁수룩한 수염을 쓸어갔다. 사내의 망연한 시선이 무엇인가를 따라 움직였다. 하얀 갈매기 몇 마리가 드넓은 창공을 미끄러지듯이 날고 있었다. 그는 사내의 외로운 눈길이 의미하는 바를 알 수 있을 것만 같았다. 그것은 오랜 기다림으로 말미암은 참담한 고독감에 지칠 대로 지쳐버린 목마름이었다. 사내의 탈출은 다시 시작되고 있었다. 사내는 자신이 만든 뗏목을 벼랑 아래로 던졌다. 바다에 떨어진 뗏목은 용솟음치는 파도 속으로 가라앉았다가 다시 떠올랐다. 사내가 천길 낭떠러지에서 몸을 날렸다. 그때, 그는 스크린에 던져져 있던 시야의 한쪽 귀퉁이가 네모나게 빛으로 잘려져나가는 것을 보았다. 누군가가 앞쪽의 출입문을 열고 객석 안으로 들어서고 있었다. 그 사람에게 눈길을 주면서 그는 터무니없는 예감에 사로잡혔다. 그의 오랜 기다림이 그 사람에 의해서 채워지기를 간절하게 기대했던 것이다. 그는 어둠 속에서 가만가만 움직이고 있는 그 사람을 잠시도 눈을 떼지 않고 지켜보았다. 앞좌석에서 군인의 껌 씹는 소리가 끊이지 않고 들려오고 있었다. 스크린에서는 사내가 두 손을 머리 위로 치켜든 채 미친 듯이 소리지르며 환호하고 있었다. 사내가 환호하며 위로 치켜든 팔을 흔들어댈 때마다 벗어부친 가슴에 새겨진 검은색의 나비 문신이 근육의 움직임에 따라 마치 살아 있는 것처럼 꿈틀거렸다. 사내는 뗏목에 몸을 싣고 망망대해의 한복판을 향해 떠내려가고 있는 중이었다. 뗏목에 부딪치는 파도 위로 눈부신 햇살이 퍼부어지고 있었다. 그는 자신의 오른쪽에 있는 통로에서 그림처럼 아무런 움직임도 없이 서 있는 여자를 바라보았다. 마치 기다리고 있던 동행이 돌아오기라도 한 것처럼 그는 자연스러운 몸짓으로 무릎을 옆으로 비켜서 여자에게 길을 터주었다. 어둠 속에서도 그는 여자의 멍든 눈두덩과 부어오른 입술을 또렷하게 볼 수 있었다. 여자가 오랜 기다림이 묻어 있는 그의 옆자리에 앉는 것을 확인하고 나서 그는 화면으로 눈길을 돌렸다. 여자가 그의 어깨에 머리를 기대어왔다. 카메라가 하늘 높은 곳으로 이동하면서 사내가 타고 있는 뗏목이 성냥곽만하게 작아졌다. 시퍼렇게 펼쳐져 있는 망망대해의 한복판에 위태롭게 떠 있는 뗏목이 보였다. 환호하는 사내의 모습이 화면 가득히 클로즈업되면서 화면은 정지했다. 석고상처럼 굳어버린 환호하는 사내의 얼굴과 나비 문신 위로 영어 자막이 올라오기 시작했다. 객석에서 박수 소리가 터져나왔다. 소리를 내며 껌을 씹고 있던 앞좌석의 군인이 껌을 뱉고 일어나서 사내의 숭고한 의지 앞에 열렬한 박수를 보냈다. 삐딱하게 모자를 쓰고 있던 군인도 모자를 벗고 동료의 뒤를 따라서 기립박수를 치기 시작했다. 그는 옹색하게 가슴팍을 웅크린 채 고개를 가로저었다. 사내의 탈출은 결코 끝이 아니었다. 끝없이 눈앞에 펼쳐지는 험난한 바다, 그것은 참혹한 시련과 절망의 시작이었다. 그는 눈앞에 주마등처럼 떠올랐다가 사라져가는 것들을 향해 손을 뻗었다. 흰옷 입은 사람들, 어머니, 상여, 구슬픈 만가와 요령 소리…… 객석에서는 당연하게 지켜진 숭고한 자유에 감격한 관객들의 긴 박수가 이어지고 있었다. 그때였다. 여기저기에서 여자들의 날카로운 비명 소리가 터져나왔고, 객석은 삽시간에 아수라장이 되어버렸다. 빛줄기가 쏟아지고 있는 영사기 앞으로 나방 한 마리가 날아든 것이다. 스크린은 날갯짓을 하는 나방의 거대한 그림자로 뒤덮여버렸다. 나방의 더듬이와 몸통 그리고 다리에 숭숭 나 있는 미세한 털까지 거대하게 확대되어 나타난 그 그림자는 혐오스럽다 못해 흉측했다. 영사기의 빛줄기 속을 날갯짓하며 돌아다니는 나방이 잠깐 비켜날 때마다 사내의 환호하는 모습이 때로는 거대한 날개 사이로 때로는 흉측한 더듬이 사이로 잠깐씩 보이곤 했다. 앞좌석의 군인들이 휘파람을 휙휙 불어댔고 거기에 응답이라도 하듯이 객석 이곳저곳에서 휘파람 소리와 야유하는 소리가 터져나왔다. 신문지 조각, 휴지, 비닐 봉지, 모자 따위가 머리 위의 빛줄기 속으로 던져올려졌고, 그때마다 그 물건들의 크게 확대된 그림자들이 나방의 그림자와 사내의 환호하는 얼굴을 덮쳤다가 사라지곤 했다. 영사실의 기사는 어디서 무엇을 하고 있는지 아무런 손도 쓰지 않았고, 영화가 끝난 객석에는 불조차 들어오지 않았다. 어쩌면 영사실의 기사는 객석의 난장판을 볼 만한 구경거리쯤으로 여기고 즐기고 있는지도 몰랐다. 객석의 혼란은 언제까지고 멈출 것 같지가 않았다. 그는 고개를 돌려서 자신의 어깨에 얹혀 있는 여자의 머리를 내려다보았다. 여자는 객석의 소란에도 불구하고 그의 어깨에 머리를 기댄 채 꼼짝도 하지 않고 있었다. 그는 여자의 고운 머릿결 위에 입을 맞추었다. 아수라장인 객석에는 아무도 그들의 입맞춤에 눈길을 보내는 사람이 없었다. 따르르르르르…… 종영을 알리는 벨소리가 길게 울었고 천장에 붙어 있는 형광등이 불이 들어오려는 듯 불규칙하게 깜빡거리기 시작했다.

핏빛 바다

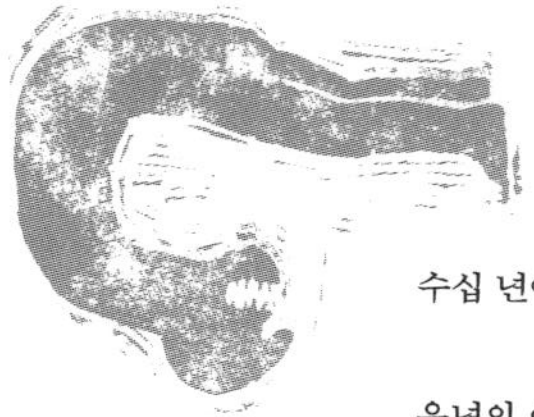

수십 년이라는 세월을 되짚어,

유년의 어두운 기억 저편에 묻혀 있던 흉측한 괴물이 되살아나고 있었다.

그 괴물이 내뿜는 시금털털한 숨결이 느껴지는 순간,

망각 속에 잠겨 있던 공포가 수면 위로 떠올라서 명한의 숨통을 조여왔다.

달아나고 싶어도 발걸음조차 떨어지지 않던 그 공포 앞에서

그는 바짓가랑이에 오줌을 싸지르면서 울부짖었다.

'아버지, 살려주세요. 아버지, 제발 용서해주세요.'

1

"병원을 옮겨야 한다구요? 왜죠?"

명한이 의아한 표정으로 간호사에게 물었다. 대답은 병실 출입문께에서서 명한을 지켜보고 있던 이광근 형사로부터 들려왔다. 그의 대답을 듣는 순간, 명한은 튕겨오르듯이 자리를 박차고 일어났다.

"아버지가 살아 있다구요?"

명한은 비명에 가까운 목소리로 외쳤다.

"그럴 리가 없어요. 내가 분명히 이 손으로 죽였단 말입니다."

명한은 핏기가 가신 얼굴로 울부짖었다.

2

해질 무렵, 그는 소년의 모습으로 응원석 한쪽 구석에 쪼그리고 앉아 바람이 남기는 흔적을 눈으로 좇고 있었다. 흙먼지가 운동장을 가로지르며 부옇게 일어나더니 비닐 봉지 하나가 공중에 떠올랐고, 줄지어 선 아름드리 플라타너스가 나뭇잎들을 비벼대며 수런거렸다. 마치 해변으로 겹겹이 밀려드는 파도처럼, 바람은 서편으로 기운 햇살을 받아 핏빛으로 물든 대지 저편으로 밀려가면서 출렁거리고 있었다.

소년은 문득 한기가 드는 것을 느끼고 자리에서 일어났다. 건너편의 교문을 향해서 운동장을 가로질러 걸었다. 운동장 한가운데에 다다랐을 때, 소년은 걸음을 멈추고 주위를 둘러보았다. 시끄러운 꽹과리 소리와 떠나갈 듯한 함성이 메아리치던 운동장은 적막하고 을씨년스러웠다. 운동회를 마친 아이들은 저마다 부모의 손을 잡고 집으로 돌아가버린 지 이미 오래였다. 소년은 황량한 들판 한가운데에 홀로 내팽개쳐진 듯한 참담함을 느꼈다. 소년이 아직 집에 돌아가지 못하고 있는 것도 그 참담함 때문이었다. 집까지의 십 리 길을 길동무도 없이 외톨이 신세로 돌아가는 일이 싫기도 했거니와 그 초라한 모습을 차마 다른 아이들에게 보일 수가 없었다.

소년은 울적한 기분을 떨쳐버리기 위해 그날 운동회에서 있었던 재미난 일들을 다시 떠올려보았다. 달리기 대회에 참가하여 상품으로 공책 한 권을 탔던 일과 기마전에서 소년의 반이 우승을 하여 만세 삼창을 하던 감격스러운 순간을 떠올리다보면 우울한 기분이 가실 것 같았기 때문이었다. 그러나 머릿속에서 떠오르는 것은 서글펐던 기억들뿐이었다. 부모와 함께 하는 이인삼각 경기가 진행되는 동안 뒷전에 앉아서 구경만

해야 했고, 다른 아이들이 식구들과 함께 둘러앉아서 점심을 먹는 광경을 멀리서 훔쳐보며 군침을 흘려야 했다. 운동회가 끝나갈 무렵에는, 괜한 일로 한 아이와 시비가 붙어 싸움질을 했고 그 바람에 운동장 귀퉁이에서 벌을 서며 아이들의 놀림감이 되어야 했다.

소년은 끝내 울음을 터뜨리고 말았다. 사위는 소름이 끼치도록 고요했고 소년의 울음소리는 청승맞은 메아리가 되어 어두운 교정을 울렸다. 소년은 머리카락이 쭈뼛 서는 듯한 그 메아리에 놀라서 울음을 그쳤다. 으스스한 바람 소리가 휘감고 있는 교정은 별세계처럼 낯설게 느껴졌다. 소년은 쫓기는 사람처럼 교문을 향해 종종걸음을 쳤다. 뛰고 싶었지만 발걸음이 쉬 떨어지지가 않았다. 다급한 마음에 소년은 저만치서 입을 벌리고 있는 교문을 힐끗 바라보았다.

순간, 소년은 기겁을 하고 멈춰 섰다. 한 사내가 교문 밖의 어둠을 배경으로 우뚝 서 있었다. 겁에 질린 소년은 슬금슬금 뒷걸음질을 쳤다. 사내의 목소리가 적막한 공기를 갈랐다.

"인마, 걱정이 돼서 찾으러 왔어. 어서 집으로 돌아가자."

그것은 다름아닌 형의 목소리였다. 소년은 기쁨에 겨워 비명을 지를 뻔했다. 형이 소년을 향해 양손을 내밀었다. 소년은 형의 품에 달려들어 안겼다. 형의 따스한 체온을 느끼며 소년은 물밀듯이 밀려드는 행복감으로 몸을 떨었다.

"올 줄 알았어. 다른 사람들은 아니라고 했지만 난 형이 꼭 돌아온다고 믿고 있었어."

소년은 울먹거리면서 쉴새없이 종알거렸다.

"이번에 갈 땐 나도 꼭 데려가줘. 절대로 귀찮게 안 할게, 응?"

소년은 눈물이 그렁그렁 맺힌 눈으로 형을 올려다보았다. 그제서야 소년은 형의 얼굴이 퉁퉁 부어 있다는 사실을 알아차렸다. 소년은 울컥 치솟아오르는 분노를 느꼈다.

"그 개 같은 새끼가 또 때렸구나."

형은 말없이 소년의 손을 잡더니 집을 향해 걷기 시작했다. 어둠 속을 형과 발걸음을 맞추어 걸으며 소년은 이를 갈았다. 소년은 어떻게 해서든 형의 기분을 풀어주고 싶었다.

"죽여버려야 해. 아무도 모르게 그 새끼를 죽여버려야 한다구."

별안간, 시큼털털한 술냄새가 코를 찔렀다. 두려움에 사로잡힌 소년은 코를 실룩거리며 주위를 살폈다. 냄새는 형에게서 나고 있었다. 이게 어찌 된 일일까. 소년은 형을 올려다보았다. 순간 형의 눈과 소년의 눈길이 마주쳤다. 아니, 그것은 형의 눈이 아니었다. 그것은 광기 어린 아버지의 눈이었다. 소스라치게 놀란 소년은 맞잡고 있던 형의 손을 뿌리치려고 했다. 그러나 아버지는 소년의 손을 억세게 그러쥐고 놓아주지 않았다. 소년은 찢어지는 듯한 비명을 질렀다.

3

"아아악!"

명한은 고함을 지르며 악몽에서 깨어났다. 거칠어진 숨결을 의식하면서 그는 누운 자리에서 몸을 일으켰다. 잔등이 식은땀에 젖어 축축하고 서늘했다.

4

명한이 진찰실 안으로 들어서자 김박사는 흰 가운 윗주머니에 꽂혀 있던 금테안경부터 코끝에 올려놓았다.

"어서오세요. 처음 뵙겠습니다."

김박사는 명한이 맞은편 의자에 앉기를 기다렸다가 말을 걸어왔다. 명한은 김박사가 건네온 인사를 무시하고 자신이 미리 준비해온 말을 한꺼번에 쏟아놓기 시작했다.

"나는 분명히 정상이 아닙니다. 감정을 주체하지 못하는 상황이 간혹 일어나거든요. 그걸 정신과 의사들은 발작이라고 하더군요. 게다가, 어렸을 때 끔찍한 범죄를 저지른 적도 있죠. 살인 말입니다."

명한의 목소리에 독이 올라 있었다. 그럴 법도 했다. 명한은 전날 이 병원으로 이송되어오자마자 젊은 여자 간호사에게 병원의 책임자를 만나게 해달라고 요구했었다. 하지만 그 간호사는 귀머거리처럼 명한의 말에 아무 반응도 보이지 않았다. 명한이 화가 나서 이십 분쯤 욕설이 섞인 고함을 질러대자 건장한 남자 간호사 두 명이 병실로 들어오더니 명한에게 강제로 진정제를 주사했다.

"그 모든 걸 감안한다고 해도, 나를 이 병원에 강제로 가둘 수는 없습니다. 난 자유를 원합니다. 즉시 내보내주십시오."

말을 마친 명한은 화난 얼굴로 힘주어 입을 다물었다. 그 바람에 입술선이 일그러졌다. 김박사는 열없게 웃어 보이며 명한의 눈치를 살피더니 다시금 부드러운 목소리로 말을 걸어왔다.

"홍차를 좋아하신다고 들었습니다."

명한은 대답 대신에 입가에 미소를 머금었다. 김박사가 명한이 홍차를 좋아한다는 사실을 누군가에게서 전해들었을 리가 없었다. 명한이 전에 있던 병원에서 넘겨받은 진찰기록에 그렇게 적혀 있었을 터였다.

"홍차 한잔 하시겠어요?"

한참이 지나도록 명한이 입을 떼지 않자 김박사가 슬며시 물어왔다. 명한은 씁쓸한 기분으로 고개를 끄덕였다. 비록 상대가 의사라 할지라도, 처음 만난 상대가 자신에 대해 시시콜콜한 것들까지 알고 있다는 사실은 유쾌한 일이 못 되었다.

잠시 후, 문이 열리고 여자 간호사가 쟁반을 받쳐들고 안으로 들어섰다. 홍차를 명한 앞에 내려놓고 뒤돌아나가는 간호원의 매끈한 종아리가 눈에 들어왔다. 명한은 갑자기 불안감을 느꼈다. 슬그머니 입가로 손을 가져가서 침이 흘러나오지나 않았는지 확인해보았다. 입 가장자리는 물기 없이 말라 있었다. 비로소 마음이 놓인 그는 홍차를 한 모금 마셨다. 그러고는 입을 열어 짤막하게 한마디 내뱉었다. 최소한 김박사에게 적대감을 가지고 있지 않다는 것을 보여주기 위해서라도 한마디쯤은 해야 했다. 그것은 홍차를 얻어마신 데에 대한 최소한의 보답이기도 했다.

"홍차를 마실 때면 전 늘 무엇인가를 빼앗겼다는 느낌이 들곤 합니다."

말을 마친 명한은 다시금 굳게 입을 닫았다. 그는 방금 내뱉은 그 한마디가 오늘 그의 마지막 말이 될 것이라는 것을 알고 있었다. 침묵, 그것은 명한이 오랜 병원생활을 통해 터득한 처세였다.

"으흠……"

고개를 숙인 채 무엇인가를 열심히 공책에 쓰고 있던 김박사는 대답인지 목을 가다듬는 건지 모를 소리를 냈다. 그제서야 명한은 진찰을 받을 때면 늘 자신의 앞에 놓여 있던 녹음기가 보이지 않는다는 사실을 깨달았다. 어딘가 눈에 띄지 않는 곳에 녹음기가 숨겨져 있으리라고 짐작하며 그는 김박사 쪽으로 고개를 길게 빼어 공책을 훔쳐보았다.

김박사는 명한의 표정이며 몸동작 외에도 명한이 했던 말까지 꼼꼼하게 받아적고 있었다. 비로소 명한은 김박사가 녹음기를 사용하고 있지 않다는 사실을 깨달았다. 만약 어딘가에 녹음기가 숨겨져 있다면 김박사가 굳이 명한이 하는 말까지 받아적는 수고를 할 리가 없었다. 김박사가 고개를 들 기미가 보이자 명한은 재빨리 본래의 자세로 돌아와 시치미를 뗐다.

가슴이 두근거리고 있었다. 명한은 침을 한번 삼키고 나서 태연을 가장하고 김박사를 건너다보았다. 녹음기를 사용하는 대부분의 정신과 의사들과 비교할 때 김박사는 확실히 유별난 데가 있는 의사였다. 그리고, 이런 유별난 의사를 만난 것은 명한에게 있어 큰 행운이 아닐 수 없었다. 어떻게든 이 기회를 붙잡아야 한다는 생각에 명한은 침을 삼키는 횟수가 자꾸만 많아졌다.

"홍차를 마시면 온몸이 나른해지면서 머릿속에서 뭔가가 빠져나가는 것 같거든요. 전 그 느낌이 좋습니다."

명한은 마지막이라고 생각했던 말을 이어나가고 있었다. 근래에 의사에게 이렇게 많은 이야기를 한 적이 없었다. 하지만 전과 같은 불안감은 느껴지지 않았다. 분별을 잃을 것 같은 기미도 없었다. 이대로라면 오늘 김박사와의 대화를 정상적으로 이끌어갈 수도 있을 듯했다. 만약 김박사와의 대화를 정상적으로 이끌어나감으로써 병세가 놀랄 만큼 호전되었음을 증명해 보일 수만 있다면 병원측에서는 조만간 그를 퇴원시키지 않을 수 없을 것이고, 그는 그토록 목마르게 원하던 바다를 향한 버스에 몸을 실을 수가 있을 것이었다.

'심각한 정서불안으로 정상적인 대화가 불가능하며 대화중에 히스테

리성 발작을 일으키는 경우가 잦고 발작시에 다량의 타액을 흘림.'

이전에 있던 병원에서 명한에게 내린 진단이었다. 그 모두가 녹음기 때문이었다. 김박사를 만나기 전까지 명한이 만난 모든 정신과 의사들은 녹음기를 사용하고 있었는데, 녹음 테이프가 돌아가기 시작하면 그는 갑자기 머릿속이 뒤죽박죽이 되고 이유를 알 수 없는 강박에 쫓겨 횡설수설하다가 대화를 망쳐버리곤 했다. 차분해지려고 애를 쓰면 쓸수록 마음이 조급해졌고 입 안에 침이 고였다. 침은 순식간에 입 밖으로 흘러넘쳤고 그는 수치심으로 고통스러워했다.

하지만 명한은 녹음기를 치워달라고 말하지 못했다. 그래봐야 녹음기는 눈에 띄지 않는 장소로 숨겨질 뿐, 진찰실 안에서 사라지지 않는다는 사실을 그는 경험을 통해서 알고 있었다. 뿐만 아니라, 그런 요청을 하게 되면 의사는 명한이 피해의식에 사로잡혀 있다고 판단하여 이전보다 그의 병세를 더욱 심각한 것으로 인식한다는 사실 또한 알고 있었다. 결국, 그는 침묵을 택했다. 아니, 보다 정확하게 말해서 그에게는 선택의 여지가 없었다. 입을 열지 않는 것 역시 의사들에게 좋은 인상을 주지 못한다는 사실을 알면서도 명한은 침묵 외에 다른 방도를 찾지 못했다.

"혹시나 해서 한번 여쭤보는 건데 말입니다. 홍차가 붉은색이라서 좋아하시는 건 아닙니까?"

명한이 말을 멈추고 생각에 잠겨 시간을 끌자 김박사가 지나가는 얘기처럼 물어왔다. 김박사는 말을 하는 도중에 서류철을 뒤적거리더니 몇 장의 도화지를 꺼내들었다.

"기억나십니까? 전에 계시던 병원의 정박사가 도화지와 크레파스를 주면서 그림을 그려보라고 했던 적이 있죠? 그때 최선생께서 그린 풍경화들입니다."

책상에 그림들을 늘어놓더니 김박사는 그림들 하나하나를 뜯어보며 흥미롭다는 표정으로 이따금씩 고개를 끄덕였다.

"모든 그림이 산이며 강이며 바다며 할 것 없이 붉게 물들어 있군요. 노을이 있는 풍경을 좋아하시는 것하고 홍차를 좋아하시는 게 무슨 연관이 있지 않을까 해서 여쭤보는 겁니다."

명한은 갑자기 심각해졌다.

'피처럼 말이죠?'

명한은 마음속으로 그렇게 대꾸했다.

"글쎄요. 홍차가 붉은빛이라는 건 의식하지 못하고 있었는데, 그 말을 듣고 나니 앞으로는 홍차를 여태까지처럼 즐길 수 없을 것 같다는 생각이 드는군요."

또렷한 발음으로 조심스레 대답을 마친 명한은 김박사의 표정을 훔쳐보며 반응을 살폈다. 김박사는 빙그레 웃으며 고개를 몇 차례 끄덕거렸고, 그것은 명한에게 자신감을 가져다주었다. 동시에, 정말로 바다에 갈 수 있을지도 모른다는 기대감이 부풀어올라 심장이 두방망이질치기 시작했다. 명한은 들뜬 기분을 가라앉히기 위해 이를 악물었다. 계속해서 실수 없이 대화를 이끌어가기 위해서는 냉정해야 한다고 스스로에게 타일렀다.

"사실, 전 아주 좋아졌습니다. 선생님께 치료를 받은 이후로 침을 넘기는 일이 힘들지가 않습니다. 말을 하는 데도 아무 지장이 없구요."

말을 마치고 나서야 명한은 실수를 저지른 것을 깨달았다. 그는 아직 김박사로부터 아무런 치료도 받지 않은 것이다. 긴장한 탓이었다. 그는 재빨리 말을 보탰다.

"제 말은, 그러니까, 명의라고 평판이 나신 분이라 그런지, 뵙는 것만으로도 벌써 병이 다 나은 것 같은 기분이 든다는 겁니다."

김박사가 고개를 뒤로 젖히고 크게 소리내어 웃었다. 소탈한 웃음이었다. 하지만 명한은 따라 웃어주지 못했다. 기껏 웃는다는 것이 입술만 비죽 내밀고 말았다. 지나치게 긴장한 나머지 몸 전체가 딱딱하게 굳어 있었다.

"요즘엔 좋은 약들이 많이 나오기 때문에 아무나 '명의' 소리를 들을 수가 있답니다. 저처럼 실력 없는 의사에겐 고마운 일이지요."

어설프게나마 수습이 되었다는 사실을 확인하고 명한은 속으로 안도의 한숨을 내쉬었다.

"하지만, 약물 치료에만 의존하는 것은 한계가 있습니다. 모든 병이 그렇겠지만, 원인을 찾아내어 치료하는 것이 중요합니다."

김박사가 원인을 찾아내야 한다고 말하는 순간, 명한은 이맛살을 찌푸렸다. 위태로운 곡예가 시작되려 하고 있었다. 자칫 발을 헛디디면 떨어지고 마는 그 곡예를 성공적으로 마치기 위해서는 한순간의 방심도 있어서는 안 되었다.

"어디 봅시다. 그러니까, 침을 흘리는 증상이 시작된 게……"

김박사는 공책을 한번 훑어보고 나서 말을 이어갔다.

"석 달 전부터였군요?"

명한은 대답을 하기 전에 적당한 단어들을 고르느라고 잠시 망설였다. 또다시 실수를 범하는 일이 없도록 한마디 한마디에 신경을 곤두세워가며 말을 이어나갔다.

"예, 그렇습니다. 전 그 증상이 언제부터 본격적으로 시작되었는지 정확하게 기억하고 있습니다. 분명히 석 달 전부터였습니다."

또박또박 힘주어 말한 탓에 어조가 과장되게 들리지 않았을까 염려가

된 명한은 김박사 쪽을 힐끔 훔쳐보았다. 다행히 김박사의 얼굴에서는 별다른 표정의 변화를 찾아볼 수 없었다. 명한은 숨을 돌리고 나서 자신의 모습이 소탈하고 멋스럽게 보이기를 바라며 미소를 지어 보였다. 그러고는 품속에서 비수를 꺼내는 심정으로 한마디를 보탰다.

"하지만, 그보다 훨씬 전에도 비슷한 증상을 보인 적이 있습니다. 외람됩니다만, 제 생각에는 침을 흘리는 증세가 성적인 자극과 관계가 있다고 생각합니다."

김박사가 의자를 바싹 끌어당기며 흥미를 보이는 것을 보며 명한은 속으로 쾌재를 불렀다. 김박사는 명한이 의도하는 대로 조금씩 끌려들어오는 중이었다. 명한은 자신이 쳐놓은 그물에 김박사가 완벽하게 걸려들어 퇴원 동의서에 서명하게 되기를 기대하며 기억의 저편에서 이야깃거리를 물어오기 시작했다.

5

형이 돌아온 것은 집을 나간 지 꼭 열이레 만이었고 이번에도 혼자였다. 나갈 때와는 달리 빈손이 아니었다. 한쪽 손에 보퉁이를 들고 있었다.

"오랫동안 소식이 없길래 영영 안 돌아오는 줄 알았어."

소년은 언제나처럼 눈물을 글썽여가며 반갑게 형을 맞았다.

"자식, 이렇게 착한 동생이 있는데 안 돌아올 리가 있니?"

형은 혼자 돌아와서 미안하다는 말을 잊지 않고 덧붙이며 소년의 머리를 쓰다듬어주었다. 소년은 형이 건네준 보퉁이를 툇마루에 올려놓고 나서 밥상을 차리기 위해 부리나케 부엌으로 뛰어들어갔다.

형은 반 년 전에 학교에서 퇴학을 당한 이후로 늘 그렇게 바깥으로 나돌았다. 형이 며칠씩 집에 들어오지 않아도 아버지는 이렇다 저렇다 말 한마디 하는 법이 없었다. 그것은 어쩌면 당연한 일인지도 몰랐다. 평소에도 그들 형제는 아버지가 사립문을 열고 들어서는 기척이 들리면 들키지 않게 뒷문으로 재빨리 빠져나가서 대숲이나 헛간 뒤에 숨었고, 방에 들어간 아버지가 완전히 잠이 든 것을 확인한 이후에야 살그머니 옆방으로 기어들어가 도둑잠을 자곤 했다. 다음날 해가 중천에 이르러서야 눈을 뜬 아버지는 자식들이 보이지 않아도 그저 학교에 갔으려니 할 뿐이었다. 형이 집을 나설 때마다 소년이 따라나서고 싶어하는 것도 그 때문이었다. 설사 형제가 한꺼번에 집을 비운다고 할지라도 아버지는 며칠이 지나도록 눈치조차 채지 못할 것이 분명하다며 소년은 형에게 매달렸다.

"고집 그만 피우고 어서 들어가. 이번엔 틀림없이 어머니를 찾아서 함께 돌아올 테니까, 다른 걱정일랑 말고 집이나 잘 지키고 있어."

이번에 어머니를 찾아오면 아버지도 술을 덜 마시게 될 테니 우리 가족은 다시 예전처럼 행복하게 살게 될 거라는 말을 다짐하듯 여러 차례 일러주고 나서 형은 기어이 혼자 떠나곤 했다. 형을 보내고 나서 소년이 할 일이라고는 집 안 청소를 해놓고 어머니가 집으로 돌아오는 날을 손꼽아 기다리는 것뿐이었다. 그 기다림은 번번이 실망으로 무너졌고, 시간이 지남에 따라 소년이 기다리는 대상은 어머니에서 형으로 바뀌어갔다. 비록 어린 나이였지만, 소년은 형이 어머니를 찾을 수 없으리라는 것과 설사 어머니를 찾는다고 해도 결코 집으로 데려올 수 없으리라는 것을 이해하게 되었던 것이다. 외로움에 지친 소년은 형이 하루빨리 어머니를 찾는 일을 포기하고 자신과 함께 지내주기만을 바랄 뿐이었다. 그러나 좀처럼 어머니에 대한 미련을 버리지 못하는 형 앞에서 그런 말을 꺼낸다는 것은 감히 생각조차 할 수 없는 일이었다. 소년은 형이 제풀에 지쳐서 포기하게 될 날을 끈기 있게 기다려야만 했다.

6

"어머니께서 집을 나간 이유가 무엇이었는지 기억하십니까?"

김박사가 말참견을 했다. 여태까지 김박사가 말을 중간에서 끊은 적이 한 번도 없었기 때문에 명한은 당황할 수밖에 없었다. 어쩌면 김박사는 명한을 시험하기 위해서 일부러 느닷없이 질문을 던진 것인지도 몰랐다. 이전의 병원에서 넘겨받은 진찰기록에는 명한이 긴장하거나 당황하게 되면 침을 삼키기가 어려워진다는 사실이 적혀 있을 터였다. 거기까지 생각이 미친 명한은 일부러 느린 어조로 말을 이어나가기 시작했다.

"아버지의 술버릇 때문이었습니다. 술만 마시면 식구들에게 폭력을 휘둘렀거든요."

명한은 스스로의 대답에 만족해하며 김박사를 향해 미소까지 지어 보였다. 그러나 김박사는 명한을 바라보고 있지 않았다. 필기에 열중하여 얼굴을 책상에 파묻다시피 하고 있었다. 명한은 아까 하던 이야기를 계속 이어가야 할지 아니면 김박사가 다시 질문을 해오기를 기다려야 할지 결정을 내리지 못하고 망설였다.

"하기야, 외삼촌이 식물인간이 되지만 않았어도 어머니가 집을 나가거나 하는 일은 없었을 겁니다."

아무래도 입을 다물고 있기보다는 무슨 이야기든 해야 할 것 같아서 덧붙인 말이었는데, 결과적으로 횡설수설한 꼴이 되어버리고 말았다. 어머니가 집을 나간 이유가 아버지의 술버릇 때문이라고 말해놓고는 다시금 외삼촌이 식물인간이 되었기 때문이라고 말을 바꿔버린 것이다. 명한은 허둥거리며 뒷수습에 나섰다.

"십수 년을 함께 살아온 어머니로서는 아버지의 술버릇이 그리 새삼스러운 것이 아니었을 거라는 얘깁니다. 그러니까 말하자면……"

명한이 초조해하고 있다는 것을 눈치챘는지 김박사가 고개를 과장되게 끄덕여주었다. 명한은 외줄 위에서 위태롭게 균형을 잡고 있는 광대처럼 양팔을 벌리고 어깨를 추썩거렸다.

"어머니와 아버지 사이가 결정적으로 벌어지기 시작한 건 외삼촌이 식물인간이 되고 나서부터였거든요. 물질이 서툴렀던 외삼촌은 바다 속에 들어갔다가 무슨 이유에서인지 급하게 물 위로 올라왔거든요."

외삼촌을 물질로 끌어들인 것은 아버지였다. 일 년 열두 달 흙투성이로 살아봐야 입에 풀칠하기도 힘들지 않느냐며 삼 년만 바다 속을 들락거리면 한밑천 장만할 수 있을 것이라고 꼬드겼다.

"아버지는 전보다 술이 늘고 어머니는 신경질이 늘고, 뭐 그런 식이었죠."

아버지는 날로 포악해져갔다. 어머니 얼굴에서 멍든 자국이 가실 틈이 없었다.

'그래, 죽여라 죽여. 멀쩡한 내 동생을 저 지경으로 만들어놓고 또 뭐가 부족해서 나한테까지 지랄이냐 이 새끼야.'

발길질을 당하면서도 눈을 부릅뜨고 악을 써대던 어머니의 모습이 떠올라 명한은 눈을 질끈 감아버렸다. 자신의 앞에 있는 김박사의 존재를 의식하고 눈을 다시 떴을 때, 그를 바라보고 있는 김박사와 눈길이 마주쳤다. 명한은 재빨리 시선을 찻잔께로 떨어뜨렸다.

"외삼촌께서는 어떻게 되셨습니까? 결국 돌아가시고 말았습니까?"

명한은 고개를 끄덕였다. 그것만으로는 미진한 것 같아서 한마디 덧붙였다.

"언제까지 병원 신세를 질 수도 없는 처지였죠. 결국 산소호흡기를 떼어냈……"

순간, 명한은 말을 너무 많이 해버렸다는 후회를 하며 혀끝을 아프도록 깨물었다. 호흡기를 떼어냈다는 말은 하지 않아도 되었던 것이다. 명한은 화제를 바꿀 요량으로 재빨리 말을 이어나갔다.

"아버지는 어머니가 집을 나간 이후론 아예 물질도 그만두고 술독에 빠져 세월을 보냈습니다. 졸지에 우린 고아 아닌 고아가 되어버렸죠. 하지만 제겐 그다지 큰 불행으로 느껴지지 않았습니다. 제 곁엔 든든한 형이 있었거든요."

명한은 더이상 김박사가 자신의 이야기를 중간에 끊지 않기를 간절하게 소망하며 이야기에 열중하기 시작했다.

7

식어빠진 밥 한 덩이와 간장 한 종지밖에 없는 초라한 밥상을 소년이 차려내자 형은 밥을 간장에 비며 게눈 감추듯이 먹어치웠다. 형이 밥상을 물리기가 무섭게 소년은 궁금증을 이기지 못하고 형에게 보퉁이를 풀어 보여달라고 채근했다. 형은 수수께끼 같은 표정을 지어 보이며 보퉁이를 열었다. 그 속에는 달걀 한 줄과 사과 네 알, 그리고 눈깔사탕 한 봉지가 들어 있었다. 소년은 휘둥그레진 눈으로 형을 바라보았다. 대처에서 방이 스무 개가 넘는 여관에 취직하였다는 형은 주머니에서 빳빳한 지폐 두 장을 꺼내어 자랑스럽게 보여주었다.

"이제부터 이런 것들은 얼마든지 먹을 수 있어."

형은 '얼마든지'라는 말에 유독 힘을 주었다. 소년은 벌어진 입을 다물 수가 없었다. 형은 그런 소년이 재미있다는 듯이 바라보고 있다가 품속에서 얄팍한 책 한 권을 꺼냈다. 야릇한 미소를 지으며 신주단지 모시듯이 조심스레 밥상 위에 책을 올려놓은 형은 다짐부터 받았다.

"구기면 안 돼. 알았지?"

말은 그렇게 했지만 형은 소년에게 책을 만져볼 기회조차 주지 않았다. 소년은 그저 형이 책장을 넘기는 대로 들여다볼 수 있었을 뿐이었다.

"넌 이런 것 처음 보지?"

벌거벗은 양코배기 남녀가 한데 엉켜 있는 사진을 가리키며 형이 은밀한 어조로 속삭였다. 그 나직한 목소리가 소년의 내부에 불씨를 일으켰다. 흥분과 초조감이 뒤섞인 감정이 소년을 휘감고 타오르기 시작했다.

"카악, 퉤."

형은 한참 만에야 책장을 넘기곤 했는데 그때마다 한 번도 들어본 적이 없는 욕지거리를 감탄조로 주워섬겼다. 욕지거리 끝에는 잊지 않고 방바닥에다 침 뱉는 시늉까지 해 보였다. 소년은 그 욕지거리들 사이사이에 들어 있는 불경한 단어들을 들으며 몸을 떨었다. 불안감에 사로잡힌 채로 방문 쪽을 바라보았다. 누군가가 문 밖에서 자기들이 하고 있는 짓을 엿보고 있는 것은 아닐까 하는 불안감에 귀를 쫑긋 세웠다. 방 안은 숨소리가 터무니없이 크게 들릴 만큼 조용했고, 문 밖에서는 그새 비가 내리는지 처마에서 떨어지는 낙숫물 소리가 들려오고 있었다.

소년은 다시금 숨을 죽이고 형이 책장을 넘길 때마다 펼쳐지는 숨막히는 광경 속으로 빨려들어갔다. 해서는 안 될 일을 하고 있다는 죄책감 때문에 당장에라도 뒤로 물러앉고 싶었지만 무엇인지 정체를 알 수 없는 강한 힘이 소년의 몸뚱이를 옥죄고 놓아주지를 않았다. 얼굴이 뜨끈하게 달아오르고 입 안에 자꾸만 침이 고였다. 소년은 무심히 침을 삼켰다.

순간, 소년은 흠칫 놀라서 재빨리 형의 눈치를 살폈다. 쥐 죽은 듯한 고요 때문에 '꿀꺽' 하는 침 삼키는 소리가 유난히 크게 들렸던 것이다. 다행히 형은 사진에 열중하느라고 듣지 못한 듯했다. 소년은 떨리는 손으로 가슴을 쓸어내렸다.

침 삼키는 소리를 형이 들었다면 어떻게 되었을까. 이마에 피도 안 마른 놈이 엉큼하고 못된 생각을 하느라고 군침을 삼키고 있다고 생각했을 것이 틀림없었다. 소년을 '착한 동생' 이 아닌 '싸가지 없는 자식' 으로 여기게 되면 형은 어느 날엔가 집을 떠나서 영영 돌아오지 않을지도 몰랐다. 거기까지 생각이 미친 소년은 단 한 방울의 침도 삼킬 수가 없었다. 입 속에 침이 고이기 시작했고, 소년은 오래지 않아서 입 안 가득히 침을 머금게 되었다.

8

거기에서 명한은 일부러 이야기를 멈추고 침묵을 지켰다. 호흡을 조절할 필요를 느꼈기 때문이었다. 너무 성급하게 이야기를 몰아가면 자칫 김박사가 명한의 의도를 눈치챌지도 모를 일이었다.

"형이 실망할까봐 겁이 났던 거로군요?"

명한의 침묵이 길어지자 김박사가 말참견을 했다. 이번에도 명한은 일부러 대꾸를 하지 않았다. 김박사는 몸이 달아서 명한에게 이런저런 질문을 던져댔다. 명한은 입을 굳게 다문 채 김박사가 멋대로 지어내는 억측과 진단을 지켜보기만 했다. 마침내 김박사는 손에 쥐고 있던 볼펜을 공책 위에 올려놓고 느긋하게 몸을 의자 등받이에 기댔다.

"물론, 다른 요인들이 복합적으로 작용했으리라는 사실도 간과해선 안 되겠죠. 뭐랄까, 우리의 정신은 강물을 막아놓은 댐과 비슷합니다. 하류 쪽에 홍수가 나지 않도록 수량을 조절해주는 댐 말입니다."

거기까지 들은 명한은 이맛살을 찌푸렸다. 하지만 김박사가 너무 진지한 표정을 짓고 있었기 때문에 '아, 그 댐 이야기라면 들은 적이 있습니다' 하고 말할 수가 없었다. 정신과 의사가 환자를 치료하면서 들려주는 이야기들은 간혹 예로 드는 것들이 조금씩 다를 때가 있긴 했지만 대개가 엇비슷한 것들이었다. 똑같은 과정을 거치며 똑같은 책으로 공부했을 것임을 감안하면 그네들을 탓할 수만도 없는 일이었다. 명한은 김박사의 말에 귀를 기울이고 있는 양 고개를 끄덕여주며 무릎께의 찻잔 근처에서 맴돌고 있는 자신의 시선을 의식하였다.

"그 댐은 생각보다 튼튼해서 웬만한 충격에는 끄떡도 하지 않습니다. 설사 충격을 견디지 못하고 금이 가거나 일부가 부서지더라도 시간이 지나면 원래대로 회복이 됩니다."

명한은 죄를 지은 사람처럼 누군가와 시선이 마주치면 주눅이 들어서 눈을 아래로 깔기가 일쑤였다. 지금도 그는 손에 들고 있는 찻잔에 시선을 못 박아두고 있었다. 그렇게 하고서도 그는 시야의 한 귀퉁이로 얼마든지 의사의 일거수일투족을 관찰할 수가 있었다. 그가 가끔 눈길을 들어서 의사를 바라보는 이유는 단지, 너무 오랫동안 찻잔만을 바라보고 있으면 비정상적으로 보일 수 있기 때문이었다.

"댐이 정상적으로 기능하지 못하도록 강제하는 요인이 분명히 있을 겁니다. 문제는 그 강제하는 요인의 정체를 파악하는 것이 힘들다는 겁니다. 우리 의식의 심층은 검은 장막으로 감싸여 있거든요."

그에 반해, 정신과 의사들은 누구나 할 것 없이 이야기할 때 상대의 얼굴을 뚫어지게 바라보는 습관이 있었다. 상대의 시선을 마주볼 때는 노려본다는 표현이 어울릴 때도 있었다. 그중에서도 김박사의 경우는 유난한 편이었다. 성실한 사람들이 흔히 그렇듯이 이따금 상대방을 긴장케 할 정도로 지나친 열정을 보였다.

"그 검은 장막 뒤에 무엇이 있는지를 알아내기 전까지는 실마리가 풀리지 않을 겁니다. 최선생의 경우만 해도 그렇습니다. 회피성 인격장애가 보입니다만 심각하다고는 할 수가 없죠."

명한은 그쯤에서 김박사를 힐끔 바라보았다. 명한은 김박사가 갑자기 수다스럽게 말이 많아진 까닭을 알고 있었다. 환자가 침묵을 지킬 경우에 경험이 많은 의사들은 스스로 이런저런 이야기를 떠들어댐으로써 환자가 다시 입을 열도록 유도하곤 했다. 명한이 신기해하는 것은 자신이 좀처럼 입을 열 기미를 보이지 않는데도 불구하고 김박사가 조금도 초조해하지 않는다는 사실이었다. 탄복할 만한 인내심이 아닐 수 없었다.

"최선생께서는 스스로 성적인 부분과 관련이 있을 것이라고 믿고 계시지만, 의외로 어머니나 형 혹은 아버지에 대해 가지고 있는 콤플렉스와 관계가 있을지도 모릅니다."

하지만, 말투와 눈빛에서 명한은 김박사가 긴장해 있다는 것을 느낄 수가 있었다. 정신과 의사들이 으레 그렇듯이 김박사는 환자가 무슨 말인가를 꺼낼 듯한 조짐이 보이기만 하면 이야기를 재빨리 멈추고 귀를 기울일 준비가 되어 있는 것이다. 장난기가 발동한 명한은 시험 삼아 고개를 들고 김박사를 정면으로 바라다보았다. 예상했던 대로 김박사는 재빨리 입을 닫았다. 명한은 자신도 모르게 입가에 미소를 머금었다.

9

그날, 아버지는 유난히 일찍 귀가했다. 게다가 몸을 가누지 못할 정도로 술에 취한 상태도 아니었다. 평소처럼 사립을 들어서며 고래고래 악을 쓰지도 않았고 툇마루를 올라서면서 집이 떠나가도록 호통을 치지도 않았다.

"애비가 왔는데도 내다보질 않고 뭣들 하는 게야?"

가끔 형제는 깊은 잠에 빠져서 아버지가 사립에 들어서는 기척을 못 듣는 경우가 있었는데, 그때마다 그 호통 소리에 잠이 깨어 부리나케 뒷문으로 달아나곤 했었다.

그날따라 아버지는 낙숫물 떨어지는 소리를 밟아가며 마당을 가로질러서 얌전하게 방문을 열어젖혔다. 사진을 들여다보는 데에 열중하고 있던 형제는 갑자기 눈앞에 나타난 아버지를 발견하고 넋을 잃어버렸다. 술을 마시지 않고 들어온 아버지에게 고마움을 느낀다거나 보고 있던 책을 감춘다거나 뒷문을 열고 도망간다거나 하는 생각을 했을 법도 한데, 머릿속이 텅 비어버린 듯 아무런 생각도 할 수가 없었다.

"대가리에 피도 안 마른 새끼들이……"

아버지의 입에서 그 말이 떨어졌을 때에야 도망쳐야 한다는 사실을 깨달았지만 너무 때늦은 것이었다. 아버지는 형의 멱살을 붙들고 서너 차례 뺨을 후려갈겼다. 코피를 쏟고 바닥에 널브러진 형을 발로 차고 짓밟

왔다.

"너 이 자식, 퇴학당한 지 반 년도 넘었다면서? 길에서 담임선생을 만나 다 들었다."

그것이 술을 마시지 않고 서둘러 집으로 돌아온 이유였다. 곁에서 아버지의 발길질을 지켜보고 있던 소년은 오금이 저려서 몸을 부들부들 떨며 울먹거렸다.

'아부지, 이제 그만 때려요. 그러다가 형이 죽고 말겠어요.'

그렇게 소리쳐서 말려야 한다는 생각이 들었지만 입에 침을 가득 머금고 있는 까닭에 말은 한마디도 할 수가 없었다.

"괜한 아이를 붙들고 시비를 걸어 다리를 부러뜨려놓고…… 이 망할 자식, 난 너 같은 놈 자식으로 둔 적 없어!"

그때였다. 몸을 옹색하게 웅크리고 발길질을 견뎌내고 있던 형이 눈을 부릅뜨고 악을 썼다.

"그래 이 새끼야. 나도 너 같은 애비 둔 적 없어. 네까짓 게 언제부터 애비 노릇을 했다고 지랄이야?"

형의 갑작스런 저항에 놀란 아버지가 기가 막히다는 표정으로 "허, 이런 후레자식을 봤나!" 하며 잠시 발길질을 멈췄다. 그 틈을 놓치지 않고 형은 쏜살같이 뒷문을 열고 뛰쳐나갔다.

형의 뜀박질 소리가 사라진 뒤에야 소년은 비로소 울음을 터뜨렸다. 아버지는 소년이 입에 가득 머금고 있던 침을 흥건하게 흘려가며 울고 있는 모습을 뜨악한 표정으로 지켜보고 있었다.

소년은 알고 있었다. 형이 그 아이를 그 지경으로 만들어놓은 것은, '니네 엄마가 누구누구하고 붙어먹고 도망갔다더라' 하고 놀려댔기 때문이었다. 하지만 소년은 그 말을 아버지에게 할 기회가 없었다. 형은 그날 이후로 다시 집으로 돌아오지 않았고 아버지는 소년에게 형에 대한 이야기는 입에 담지도 못하게 했다.

10

"다량의 타액…… 최초의…… 유년기……"

김박사는 질문인지 혼잣말인지 모를 말을 중얼거리며 빠른 손놀림으로 공책에 필기를 하고 있었다. 그러다가 갑자기 동작을 멈추고 명한을 향해 고개를 치켜들었다.

"그런데……"

김박사는 명한을 똑바로 바라보며 '그런데' 라는 말을 되풀이했다. 집게손가락으로 자신의 미간을 긁적거려가며 말을 고르는 것으로 봐서 김박사는 무엇인가를 벼르고 있는 눈치였다.

"사실상 유일한 보호자였던 형마저 사라져버렸으니 상실감이 컸겠군요."

명한은 김박사가 던져놓은 질문에 한동안 반응을 보이지 않았다. 김박사의 질문이 어떤 의도를 가지고 있는지를 파악하기 위해 시간을 벌고 있는 중이었다.

"게다가, 성인이 될 때까지 십 년이 넘는 세월을 그 무서운 아버지와 단둘이서 지내야 했을 텐데, 어린 나이에 버텨내기에는 너무 긴 세월이군요."

명한이 속내를 드러내지 않고 시간을 끌자 김박사가 말을 보태기 시작했다. 형을 찾아 집을 떠나고 싶지는 않았냐는 둥, 자신만을 혼자 버려두고 집을 영영 떠나버린 형에 대해 배신감을 느끼지는 않았냐는 둥, 김박사는 명한을 향해 질문을 한꺼번에 쏟아놓았다. 명한은 김박사의 말을 가로막고 짜증 섞인 목소리로 내뱉듯이 말했다.

"힘들진 않았어요. 형이 집을 떠나버린 지 두 달 만에 아버지가 돌아가셨거든요."

형이 집을 나간 뒤로 아버지의 술주정이 눈에 띄게 포악해져갔다. 아무에게나 주먹질을 해대다가 파출소에 끌려가거나 어디선가 흠씬 두들겨맞고 들어와서 며칠간이나 꼼짝도 못 하고 앓아눕거나 하는 일이 사흘이 멀다고 일어났다. 소년은 그런 아버지와 마주치지 않으려고 그 어느 때보다 더 조심했지만 깊은 잠에 빠져서 아버지가 들어오는 것을 알지 못했다가 경치는 날이 부쩍 늘었다. 귀가 시간이 전보다 훨씬 늦어진 아버지는 새벽이 다 되어서야 집으로 돌아오곤 했던 것이다. 생각다 못한 소년은 헛간 뒤편에다가 하우스용 비닐로 개집만한 잠자리를 만들어놓고 아버지의 귀가가 늦어진다 싶으면 그곳으로 기어들어가 선잠에 들곤 했다.

술독에서 아버지를 건져내주는 것이 있다면 오직 하나, 삶이라는 멍에였다. 살기 위해서, 아니 술 마실 돈을 벌기 위해서 아버지는 어머니가 집을 나간 이후로 그만두었던 물질을 다시 시작했다.

완전잠수복을 착용하고 깊게는 수심 오십 미터까지 내려가서 전복이며 멍게며 키조개를 채취하는 그 일은 중노동일뿐더러 목숨을 건 곡예였다. '저승에서 벌어서 이승에서 쓴다' 고 자조할 만큼 물 밑에서 사고를 당하는 잠수부들이 허다했다. 물 밑의 빠른 물살을 이기지 못하고 떠내려가다가 송기(送氣) 호스가 꼬이는 바람에 질식해서 죽기도 했고, 낡은 기관이 갑자기 고장을 일으켜 공기 펌프가 정지하는 바람에 죽기도 했고, 외삼촌처럼 물 위로 떠오르다가 갑작스러운 기압 변화 때문에 혈관 속에 기포가 다량으로 발생하여 식물인간이 되기도 했다.

"아버지의 경우는 기관 고장이었습니다."

송기 호스로 공기를 강제로 집어넣어주는 일을 하는 것은 동력선의 낡은 엔진이었는데, 그 엔진이 갑자기 멈추어버렸던 것이다.

"그길로 아버지는 저승으로 가버렸죠."

김박사가 고개를 끄덕이며 또다시 무엇인가를 공책에 적어넣었다. 명한은 김박사가 아버지의 죽음에 대하여 기록하고 있다는 강박감 때문에 이야기를 중단했다. 식어빠진 홍차를 조금씩 홀짝거리다가 찻잔을 책상 귀퉁이에 내려놓았다.

"아버지께서 돌아가셨을 때 어떤 느낌이 들었습니까?"

필기를 마친 김박사는 '음음' 하고 목을 가다듬고 나서 명한의 표정을 살펴가며 입을 열었다. 명한은 생각해볼 것도 없다는 듯이 질문을 받자마자 바로 되받아쳤다.

"슬퍼했던 것 같지는 않습니다."

심드렁하게 말을 마치고 나서 명한은 다리 하나를 건들거리며 아랫입술을 질근거리기 시작했고 김박사는 또다시 대화를 중단하고 한참 동안이나 필기에 열중했다. 명한은 김박사가 필기를 마칠 때까지 기다렸다가 덧붙였다.

"솔직하게 말하자면, 전혀 슬프지 않았어요. 오히려 통쾌했습니다. 사실, 그건 단순한 기관 고장이 아니었거든요."

말을 시작할 때에는 차분하고 나직한 목소리였지만 말을 마칠 때쯤에는 목소리가 격앙되어 있었다. 명한은 눈앞에 무엇인가를 보고 있는 사람처럼 눈을 부릅뜬 채로 흥분에 사로잡혀 외쳤다.

"제가 이 손으로 그 기계를 고장냈거든요. 그러니, 제가 아버지를 죽인 셈이죠. 아시겠습니까? 제가 이 손으로 그 괴물을 수장시켜버렸단 말입니다."

명한은 마치 흔들리는 배 위에 올라타 있는 것처럼 엉거주춤한 자세로 자리에서 일어섰다. 두 주먹을 그러쥔 채로 숨을 거칠게 몰아쉬며 아버지를 죽이기로 결심했던 과거의 어느 순간으로 몰입해들어가고 있었다.

저승에 내려가야 하는 잠수부들은 배 위에서 송기 호스며 구명 밧줄을 다루는 동료 뱃사람들조차 못 미더워했다. 될 수 있으면 형제나 자식들이 자신의 생명줄을 다뤄주기를 바랐다. 외삼촌이 식물인간이 된 이후로 아버지가 물질을 하러 갈 때마다 형을 데리고 나갔던 것도 그 때문이었다. 하지만, 형마저 집을 나가버리고 나자 그 일을 할 사람은 소년밖에 없었다.

아버지는 바다 밑으로 내려갈 때마다 배 위에서 주의해야 할 일들을 기계처럼 되풀이해서 일러주는 것을 한 번도 잊은 적이 없었다. 작업을 끝내고 배 위에 올라와서도 매번 똑같았다. 아버지는 담배 한 개비를 피워물고서 새삼스럽게 먼 수평선이며 작은 섬들을 둘러보곤 하는 것이었다. 소년은 그런 아버지의 모습을 지켜보면서 아버지가 바다 밑으로 내려가는 일을 두려워한다는 것을 어렵지 않게 눈치챌 수 있었다.

"아버지는 바다를 무서워했어요. 그런데, 아버지가 바다 밑으로 들어가고 나자 배 위에는 나밖에 없었죠. 지척에서 발동기가 돌아가고 있었는데, 그걸 멈추게 하는 건 정말이지 쉬운 일이었어요."

발동기를 꺼뜨리는 일은 간단했다. 스위치를 돌려버리면 그것으로 그만이었다. 아버지는 바다 속에 가라앉은 채 영영 떠오르지 않을 것이고 그 소식을 들은 형은 소년 곁으로 돌아올 것이 분명했다.

그러나, 아버지는 소년의 예상과는 달리 물 위로 떠올랐다. 머리를 물 밖으로 내미는 순간, "푸하!" 하고 가쁜 숨을 몰아쉬었다. 몸에 달려 있던 무거운 추와 철제로 된 잠수모를 벗어던지고 사력을 다해서 헤엄쳐 올라온 것이었다. 소년은 기겁을 하고 뱃전에 나동그라졌다.

얼마 동안이나 그렇게 혼겁을 하고 있었을까. 소년은 정신을 추스르고 배 밖으로 고개를 내밀었다. 머리와 사지가 물 속으로 가라앉은 채 등줄기만 물 위에 떠 있는 아버지의 모습이 보였다. 아버지가 떠 있는 바다는 피로 붉게 물들어 있었다. 갑작스런 압력의 변화를 견디지 못하고 혈관이 파열되었던 것이다.

11

명한은 이야기에 몰입한 나머지 지나치게 흥분하고 말았다는 사실을 뒤늦게 깨닫고 당혹스러워했다.

"그건 어린 나이에 저지른 한순간의 실수였습니다. 시간이 어느 정도 흐르자 이성을 되찾고 뼛속 깊이 뉘우치게 되었죠."

명한은 자신이 건강한 윤리의식과 도덕관을 가지고 있다는 사실을 김 박사에게 알리고 싶었다. 그러기 위해서는, 자신이 여태까지 감내하기 힘든 고뇌와 회한에 시달려야 했다는 사실을 장황하게 설명해야만 했다.

"결국, 석 달 전에 북부경찰서에 제 발로 찾아가서 강력계 형사에게 모든 것을 고백했죠. 그 양반 이름이, 뭐였더라, 맞아요, 이광근이었어요. 전화해서 이광근 형사에게 확인해보십시오."

자신이 결코 악질적인 범죄자가 아니며 바탕이 선하고 심성이 여린 사람이라는 대목에 이르러 명한은 두 손을 기도하듯이 모아쥐었다.

"공소시효가 지났기 때문에 구속이 곤란하다더군요. 전 진심으로 벌을 받고 싶었기 때문에 낙심한 나머지 울음을 터뜨리기까지 했습니다."

거기까지 말하다가 명한은 이야기를 채 매듭짓지 않은 상태에서 입을 다물었다. 어느 틈엔가 김박사의 태도가 달라져 있다는 사실을 감지했기 때문이었다. 김박사는 볼펜을 공책 위에 내려놓고 무엇인가를 골똘하게 생각하고 있는 중이었다. 명한이 하는 말을 한마디라도 놓칠세라 쉬지 않고 볼펜을 놀려대던 조금 전의 모습과는 딴판이었다.

"제 말을 듣고 계신 겁니까?"

명한이 고개를 갸웃거리며 물었다. 그제서야 김박사는 속내를 들킨 사람의 얼굴에서 찾아볼 수 있는 겸연쩍은 표정을 지으며 명한에게 눈길을 건넸다.

명한은 김박사가 엉뚱한 데가 있는 의사라고 생각했다. 명한이 상대했던 정신과 의사들은 환자가 이야기하는 도중에 딴전을 부리는 일이 거의 없었다. 형편없는 의사가 아닌 다음에야, 환자가 힘들게 입을 열어 이야기를 하고 있을 때 이야기에 집중하지 않고 딴청을 부려 주의를 흩뜨리는 실수를 저지를 리가 없었다. 그랬다가는 환자가 이야기하는 도중에 맥이 풀려 다시금 입을 닫게 되기가 쉬웠고 의사와 환자 간의 신뢰 형성에도 악영향을 미치게 마련이었다.

"아, 물론, 듣고 있었습니다. 단지, 뭔가를 놓친 것 같다는 생각이 들어서 말이죠."

김박사도 자신의 실수를 깨달았는지 변명부터 늘어놓았다. 하지만, 말은 그렇게 하면서도 여전히 김박사는 무엇인가를 생각하느라 이맛살을 찌푸리고 있는 중이었다.

"제 이야기는, 그러니까, 전에 계시던 병원의 기록을 읽어봤었는데…… 똑같은 악몽을 반복해서 경험한다고 씌어 있더군요."

김박사가 심각한 얼굴로 꺼낸 화제는 뜻밖에도 꿈에 관한 것이었다. 명한은 자신도 모르게 실소를 터뜨리고 말았다.

"난 또 뭐라구요. 꿈이야 늘 꾸죠."

명한의 시큰둥한 반응에도 불구하고 김박사의 찌푸린 미간은 풀리지 않았다. 오히려 김박사는 한층 심각해진 표정과 목소리로 질문을 이어 갔다.

"그 꿈의 대략적인 내용도 적혀 있더군요. 첫 대목에선 형이 등장하고 마지막 부분에선 아버지가 등장하는 형태의 꿈이죠?"

명한은 고개를 두어 번 끄덕여주었다. 그것만으로 대답을 대신하려다가 생각을 바꾸어 한마디 덧붙였다.

"이따금씩 그런 악몽도 꾸긴 하죠."

김박사가 꺼낸 화제에 흥미를 느끼지 못한 까닭에 명한은 그쯤에서 꿈 이야기를 접고 싶었다. 하지만, 김박사는 집요했다. 어젯밤에도 꿈을 꿨느냐, 그 꿈의 내용은 어떠했느냐, 꿈에 등장하는 사건이 과거에 실제로 일어난 적이 있는 사건이냐, 김박사는 명한에게 숨 돌릴 여유조차 주지 않고 질문 공세를 폈다.

"네네, 맞습니다. 오늘 아침에도 그 망할 놈의 악몽 때문에 가위에 눌렸더랬죠. 형이 운동회 날에 저를 마중 나왔는데 몹시 기뻤어요. 그리고, 그건 과거에 실제로 있었던 일입니다. 나중에 아버지가 등장하는 부분만 온전하게 꿈인 셈이죠. 제 꿈은 늘 그런 식으로 뒤죽박죽입니다."

항복하는 병사처럼 명한은 두 손을 반쯤 들어올리는 동작을 해 보이며 비아냥거리는 말투로 대꾸했다. 듣기에 따라서는 무례하게 들릴 법도 했지만 김박사는 개의치 않고 질문의 고삐를 잡아챘다.

"아까 말씀하실 때, 아버지가 죽고 나면 형이 돌아올 거라고 하셨는데, 실제로 돌아왔습니까?"

명한은 대답을 미루며 식어빠진 홍차를 반 모금쯤 입에 머금었다. 향이 사라진 홍차는 떨떠름하기만 했다.

"형이 돌아왔습니까?"

김박사는 성마르게 대답을 재촉했다. 김박사의 그같은 태도는 어딘지 모르게 초조해 보였다.

"아뇨."

명한은 머리를 내저었다. 아니라는 명한의 대답이 떨어지자 바로 뒤를 이어 김박사가 신음 소리를 닮은 탄식을 내뱉었다. 그와 동시에, 명한에게 쉴새없이 퍼부어지던 질문 공세도 멈추고 말았다.

대화가 그치자 사위는 고요해졌다. 두 사람 중에서 어느 누구도 그 고요를 깨고 먼저 입을 열려고 하지 않았으므로 침묵은 예상 밖으로 길어지고 있었다. 똑딱똑딱, 명한은 그 고요 속에서 시계추 소리를 들었다. 소리가 나는 쪽으로 고개를 돌렸더니 벽에 걸린 구식 괘종시계가 눈에 들어왔다. 지금까지 대화에 열중하느라고 알아차리지 못했는데, 진료실은 고풍스러운 분위기로 꾸며져 있었다. 보조 책상에는 컴퓨터 대신에 타자기가 놓여 있었고 창에는 커튼이나 블라인드 대신에 대오리로 만든 발이 걸려 있었다.

"형님에 대한 이야기를 조금 더 듣고 싶군요."

김박사의 목소리가 들려오고 있었다. 그 목소리는 힘이 풀리고 나직하게 가라앉아 있었다. 한눈을 팔면서 이런저런 상념에 잠겨 있던 명한은 서둘러 의식의 촉수를 현실 공간으로 거둬들였다.

"형님과는 영영 소식이 끊긴 겁니까? 혹시 성인이 된 이후에 형님을 찾아야겠다는 생각을 해보진 않으셨나요?"

명한은 고개를 가로저었다. 하지만, 그것은 거짓이었다. 사실을 말하자면, 오랫동안 끈질기게 수소문해온 끝에 명한은 마침내 형이 살고 있는 곳을 알아낼 수가 있었다. 하지만 명한은 그 사실을 아무에게도 말하지 않았다.

"여기저기 수소문을 해봤지만 찾을 수가 없었습니다. 아주 포기한 상태지요."

명한은 김박사의 눈을 똑바로 바라보며 스스로에게 다짐이라도 하는 듯한 어조로 조금 전의 거짓말을 되풀이했다.

12

"네? 형을 찾았다구요? 정말입니까?"

명한은 눈앞이 아득해지는 현기증을 느꼈다. 꿈이 아닐까 하고 스스로에게 되물었을 정도로 현실감이 느껴지지 않았다. 수화기 저편으로부터 주소를 불러줄 테니 받아적으라는 말을 듣고서야 비로소 가슴이 벅차오르며 눈물이 쏟아지기 시작했다.

"감사합니다. 감사합니다. 정말 감사합니다."

명한은 떨리는 손으로 주소를 받아적으며 울먹이는 목소리로 똑같은 말을 몇 번이고 되풀이했다.

한 손에 과일 한 봉지를 사들고 산 중턱에 닥지닥지 붙어 있는 야트막한 판잣집들을 몇 시간이나 헤맨 끝에 형의 집이라고 찾아 들어간 곳은 방문이 곧 대문인 집이었다. 그 어두컴컴한 단칸방에서 그가 발견한 것은 꾀죄죄한 옷차림의 네다섯 살쯤 되어 보이는 어린 남매였다. 둘 다 눈매와 두상이 형을 닮아 있어서 한눈에 혈육이라는 것을 알아볼 수 있었다. 감격에 겨운 나머지 명한은 한동안 말문을 열지 못했다. 감정을 다스리고 아이들에게 인사를 건네기 위해 가까이 다가서기까지는 적지 않은 시간이 필요했다.

바로 그때였다. 명한은 그 아이들의 얼굴과 팔다리에서 얼룩무늬 같은 반점을 발견하고 눈을 의심했다. 과거에 자신이 아버지로부터 가죽 혁대로 얻어맞고 나면 온몸에 뱀이 지나간 자국 같은 파란 얼룩이 남곤 했는데, 그것과 똑같은 자국들이 아이들의 살갗에 아로새겨져 있었다. 게다가, 사내아이의 오른쪽 팔뚝이 눈에 띄게 휘어 있었다. 병원에 데려가 방사선 사진을 찍어봐야겠지만, 골절되었다가 자연 치유된 상태인 듯했다.

"누가? 누가 너희들을 이렇게……"

명한은 아이들에게 말을 건네는 도중에, '흐흡' 하고 숨을 들이켰다. 무엇인가가 명치께에 걸린 것처럼 숨을 쉬기가 힘들었다. 손끝이 파들파들 떨렸고 눈앞이 아득했다. 머릿속이 하얗게 변색되어 아무 생각도 할 수가 없었다.

"아버지가 이렇게 때리더냐?"

명한은 여러 차례 심호흡을 한 뒤에야 간신히 정신을 가다듬고 아이들에게 그렇게 물을 수가 있었다. 아이들이 주눅든 표정으로 고개를 끄덕이는 것을 지켜보던 명한은 다리에 힘이 풀려 무너지듯이 그 자리에 주저앉고 말았다.

수십 년이라는 세월을 되짚어, 유년의 어두운 기억 저편에 묻혀 있던 흉측한 괴물이 되살아나고 있었다. 그 괴물이 내뿜는 시금털털한 숨결이 느껴지는 순간, 망각 속에 잠겨 있던 공포가 수면 위로 떠올라서 명한의 숨통을 조여왔다. 달아나고 싶어도 발걸음조차 떨어지지 않던 그 공포 앞에서 그는 바짓가랑이에 오줌을 싸지르면서 울부짖었다. 손바닥을 비벼대며 '아버지, 살려주세요. 아버지, 제발 용서해주세요' 하고 숨넘어가는 목소리로 목청껏 소리쳤다.

"밥은? 너희들 밥은 먹었어?"

명한은 그때까지 왼쪽 손에 들고 있던 과일봉지를 아이들에게 안겨주며 그렇게 물었다. 절망과 분노와 서글픔이 한데 뒤섞인 채 혈관 속에서 끓어오르고 있었다. 명한은 감정을 다스리느라 한참 동안이나 말을 잇지 못하다가 가까스로 자신이 누구인지, 너희들을 만나서 얼마나 반가운지 덧붙일 수가 있었다.

하지만, 아이들은 명한이 누구인지에 대해서는 관심이 없었다. 아니, 관심을 기울일 틈이 없었다. 아이들은 과일을 씹어 삼키느라 한눈을 팔 정신이 없었다. 명한은 아이들이 과일을 모두 먹어치울 때까지 기다린 다음에야 그 아이들의 나이며 이름을 알아내는 일들을 할 수가 있었다.

"조금만 기다려라. 이 작은아버지가 저녁을 차려주마."

마지막으로 끼니를 챙겨 먹은 것이 언제인지조차 기억하지 못하는 어린것들을 위해 명한은 바쁘게 움직이기 시작했다. 가장 먼저 한 일은 식료품 가게가 있는 산동네 입구까지의 가파른 비탈길을 줄달음쳐 내려가는 것이었다. 저녁때가 다 된 시각이었지만 집 안 어디에서도 쌀 한 톨 찾아낼 수가 없었던 것이다.

급한 대로 우선 파 몇 뿌리와 쇠고기 한 근과 쌀 한 봉지를 사들고 조금이라도 빨리 아이들에게 밥을 먹일 욕심에 턱까지 차오른 숨을 이를 악물고 참아내며 가파른 비탈길을 기어올랐다. 숨을 헐떡이며 들어선,

부엌이라고 부르기가 망설여지는 좁은 공간에서 명한은 가지고 있는 솜씨를 모두 발휘하여 제법 그럴듯한 밥상을 차려냈다.

그런데, 밥상 앞에 앉은 아이들은 고기에는 눈길도 주지 않고 하얀 밥만 입 속으로 암팡지게 쑤셔넣었다. 경쟁이라도 하듯이 맨밥 한 그릇을 눈 깜짝할 사이에 비워낸 조카들의 퀭한 눈동자를 들여다보면서 명한은 그때까지 세상을 받들고 있던 거대한 기둥에 금이 가는 소리를 들었다. 어떤 어려운 삶의 정황 속에서도 명한을 든든하게 지탱해주던 그 기둥은, 그를 지켜주는 유일한 보호자이자 그 무엇도 대신할 수 없는 우상이었던 형이라는 존재였다.

13

마치 무대 위에서 관객을 향해 혼잣말을 하는 배우처럼 김박사가 이해하기 어려운 말마디들을 또렷한 발음으로 주워섬겼다.

"경계가 무너지니까 퍼즐이 갑자기 맞춰진 거야. 그래서 행동으로 옮길 수 있었던 거지."

말을 마친 김박사는 자기만 알아들을 수 있는 작은 목소리로 무엇인가를 중얼거렸는데 입 모양으로 봐서 욕지거리가 분명했다. 뿐만 아니라, 김박사는 손가락 마디마디를 꺾으며 관절에서 '뚝 뚝' 하는 소리가 나게 하는가 하면, 아랫입술을 입 속으로 말아넣고 빨아대기도 했다. 바로 앞에 앉아 있는 명한의 존재는 안중에도 없는지 김박사는 의사로서 환자에게 보여서는 안 되는 행동들을 서슴지 않고 있었다.

'이거야 원, 누가 환자고 누가 의사인지 모르겠군.'

김박사를 지켜보고 있던 명한은 어처구니가 없다는 표정으로 코웃음을 쳤다. 어떻게 해서 이런 형편없는 사람이 의사가 될 수 있었을까, 하고 못마땅해하며 입맛을 다셨다.

"아, 마쳐야 할 시간이군요."

괘종시계가 오후 다섯시를 알리는 종소리를 울리기 시작하자 김박사는 금방이라도 진료를 마칠 것처럼 볼펜을 상의 윗주머니에 꽂았다.

"마지막으로 제가 재미삼아 점쟁이 노릇을 한번 해보겠습니다."

김박사는 공책을 덮으려다가 말고 시선을 공책 한 귀퉁이에서 멈추더니 다시금 상의 윗주머니에서 볼펜을 꺼내들며 말했다. 그는 자신의 시선이 머물고 있는 공책 귀퉁이로 볼펜을 가져가서 밑줄을 긋고 그 밑에 무엇인가를 끼적였다.

"녹음기에 대해 안 좋은 기억을 가지고 계시죠?"

한참 만에야 입을 뗀 김박사는 질문의 끝을 단정적인 어투로 매듭지었다. 김박사의 입에서 '녹음기'라는 단어가 튀어나오는 순간, 명한은 자신도 모르게 숨을 멈추고 마른침을 삼켰다. 대화가 마지막 고비를 맞고 있었다. 침착하게 이 질문을 받아넘김으로써 병세가 갑자기 호전된 것이 녹음기와 상관없는 일임을 김박사로 하여금 믿게 하여야 했다.

"족집게처럼 용하십니다, 아하하하. 사실 전 녹음기에 대해 그다지 좋은 첫인상을 가지고 있지 못하거든요."

엉성하게 꾸며대다가 스스로 함정에 빠져 궁지에 몰리곤 했던 기억을 되살리며 명한은 털어놓아도 상관없는 부분들을 적정한 수준까지 사실대로 밝히기로 작정했다.

"제가 녹음기라는 것을 처음 본 것은 텔레비전에서였습니다. 형하고 같이 어떤 갱 영화를 봤었죠. 형사가 범인을 추궁하는 장면에서, 범인과 형사 사이의 책상 위에 네모나게 생긴 작은 상자 같은 것이 있더군요. 저게 뭐냐고 형에게 물었더니, 녹음기라더군요."

사실, 그 시대는 형사가 공포와 혐오의 대상이 아니었느냐고, 그러니 어린 마음에 녹음기에 대해 나쁜 인상을 가진 것은 당연한 일이 아니겠느냐고 말하고 나서 명한은 김박사의 얼굴을 정면으로 마주 보았다. 공책에 받아적는 일을 마친 김박사가 고개를 들었을 때에도 명한은 시선을 피하지 않고 김박사를 마주 보았다. 마지막 고비마저 훌륭하게 넘겼다는 사실이 용기를 불러일으키고 있었다.

"저, 선생님, 보시다시피 전 몰라보게 좋아졌습니다."

명한은 마침내 벼르고 있던 말을 주저하면서 꺼냈다.

"외출을 허락해주셨으면 합니다."

명한이 꺼낸 말에 김박사는 뜻밖이라는 표정을 지었다.

"요즘 제 머릿속은 고향 바다를 보고 싶다는 생각으로 가득 차 있거든요."

명한은 초조한 눈길로 김박사의 입을 주시했다. 그 입에서 승낙이 떨어지기를 고대하며 마음을 졸였다.

"아무래도 그건 허락할 수가 없겠습니다."

김박사의 말은 나직했지만 거스르기 어려운 단호함이 담겨 있었다. 명한은 자신의 요청이 거절당하자 절망한 나머지 말을 잃었다. 명한이 침묵을 지키자 김박사는 괘종시계를 한번 더 바라보고 나서 질문을 던졌다.

"제가 이해할 수 없는 것은, 선생께서 어두운 기억으로 점철되어 있는 고향을 방문하고 싶어한다는 점입니다. 혹시 그곳에 형과의 추억이 남아 있기 때문입니까?"

명한은 속으로 고개를 가로젓고 있었다. 형의 그림자 따위가 고향에 남아 있을 리가 없었다. 그것은 얼마 전에 판자촌의 어두컴컴한 단칸방으로 옮겨와버린 것이다. 만약, 남아 있는 것이 있다면 그것은 아버지의 그림자였다.

"바다에 갈 수가……"

명한은 김박사를 노려보며 되뇌고 있었다. 아니, 명한이 바라보고 있는 것은 김박사가 아니었다. 그의 시선은 김박사의 뒤편으로 보이는 유리창을 향하고 있었다. 유리창에는 맑게 갠 하늘이 담겨 있었고, 그는 그 하늘의 푸른빛을 응시하는 중이었다.

"없단 말이죠?"

감정이 담기지 않은 메마른 목소리로 명한은 혼잣말을 반복하고 있었다.

14

어두웠다. 바다는 단속적으로 들려오는 요란한 파도 소리로 존재할 뿐이었다. 명한은 모래 위에 엎드린 채로 해안을 메우고 있는 그 농밀한 어둠을, 아니 어둠이라는 평면으로 텅 비어버린 해안을 응시하고 있었다. 여전히 거기에 넘실대는 물결과 부서지는 파도의 흰 거품이 있다는 사실을 인정하는 것은 쉬운 일이 아니었다. 색채와 윤곽을 잃어버린 세계를 기지(旣知)의 낯익은 세계와 동일한 것으로 받아들이는 데에는 어떤 본질적인 애정이 필요했다.

그는 옷섶을 파고드는 매서운 바람을 의식하며 모로 돌아누웠다. 뺨이 모래 위에 닿자 선뜩한 냉기가 느껴졌다. 그는 눈을 감고 머릿속으로 어둠 한복판에 작은 점을 찍어보았다. 그곳에는 한 남자가 초라한 몰골로 쓰러져 있었다. 넘어진 자리에서 한치도 움직이지 못하고 몇 시간째 추위에 부들부들 떨며 싸늘한 모래에 뺨을 비벼대고 있는 중이었다. 마흔한 살의 나이에…… 그는 아직도 세계의 외곽에서 숨을 죽이고 웅크리고 있었다.

그는 포기하지 않고 다시 한번 어둠 속에 점 하나를 찍었다. 수평선과 작은 섬들을 생각하려고 애를 썼다. 현재라는 시간 속에 수평선이나 작은 섬들 따위는 존재하지 않았다. 바다는 단속적으로 들려오는 요란한 파도 소리로 존재할 따름이었다.

15

김박사가 명한에게 아까부터 똑같은 말을 반복해서 건네고 있었다.

"오늘 진료는 이쯤에서 마치겠습니다. 바깥으로 나가시면 간호사가 병실까지 동행해드릴 겁니다."

명한은 들은 척도 하지 않고 유리창 너머의 하늘만을 바라보는 중이었다. 어디선가 찝찌름한 갯내음이 풍겨오는가 싶더니 입 안에 침이 흥건하게 고이기 시작했다. 침을 삼킬 수가 없었다. 어디선가 갈매기의 울음소리도 들려왔다. 침이 입 안에 고이고 있었다. 살갗을 눅진하게 어루만지는 것은 습기를 머금은 해풍이었다.

다음 순간, 명한은 갑자기 자리를 박차고 일어나 출입문을 향해 달음질쳤다. 출입문을 열어젖히고 복도에 나선 그는 곧장 비상계단을 향해 내달렸다. 날카로운 외침이 등뒤에서 들렸다. 곧이어 건장한 남자 간호사들이 앞을 가로막고 명한을 붙들었다.

'놔, 놓으란 말이야!' 하는 명한의 절규는 외침이 되지 못했다. 그 대신, 입 안에 그득하게 고였던 절망감이 입술 사이로 비어져나와 뜨끈하게 목줄기를 타고 흘러내리고 있었다. 그때였다. 저만치서 김박사가 양손을 주머니에 찔러넣은 채로 굳은 표정으로 서서 지켜보고 있는 것이 보였다.

"보내주시오. 제발."

명한은 침으로 범벅이 된 채 남자 간호사들에게 끌려가면서 소리쳤다.

"이러다간 정말 미쳐버리고 말 거요. 내 말 듣고 있소?"

명한의 눈물 젖은 시야 저편에서 바다가 다가오고 있었다. 흰빛의 병동 안으로 밀려들고 있는 그 바다는 시커먼 평면의 바다였다. 어디에도 출구가 없는 그 바다는 음산한 목소리로 울부짖고 있었다. 견디다 못한 그는 목소리 끝이 갈라지도록 고함을 질렀다.

"보내달란 말이야!"

명한은 살아 움직이는 진짜 바다를 향해 발버둥치는 중이었다. 고기그물을 널어둔 선창에는 고리고리한 냄새가 코를 찌르고 눅진한 바람이 한 무리의 하루살이떼를 방파제 쪽으로 몰아가고 남색 파도가 모래톱에 이르러 허연 포말을 토해내는 곳, 그 눈부신 입체의 바다를 향한 몸부림이었다.

16

파도 소리가 그의 귓전을 한차례 씻어갔다. 그는 감고 있던 눈을 뜨고 칠흑 같은 허공을 응시했다. 얼핏 잠이 들었던 모양이었다. 이런 추위 속에서 잠이 들 수 있었다는 사실이 놀라웠다.

그는 한쪽 손으로 머리맡을 더듬었다. 넘어지지 않도록 모래 속에 반쯤 파묻어놓은 소주병이 손끝에 걸렸다. 조금 전까지 형과 함께 다정하게 나눠마셨던 술병이었다. 그는 얼마 남지 않은 술을 목구멍 속에 마저 털어넣으며 진저리를 쳤다. 덕분에, 흐릿하던 머릿속이 한결 맑아졌다. 그는 빈 병을 거꾸로 세워서 칼을 꽂듯이 모래 속에 꽂았다.

그를 잠에서 깨운 것은 악몽이었다. 아니, 환각이었는지도 몰랐다. 둘 중 어느 것이었든 간에 그는 그것을 증오했다. 그것은 집요하게 의식의 주변을 맴돌다가 어느 한순간 덮쳐들어서 그를 송두리째 지배해버리곤 했다. 지금도 그것들은 이 근처 어딘가를 정령처럼 맴돌며 그를 노려보고 있을 것이었다. 어쩌면, 바로 저 어둠 뒤편에서 마치 사냥감을 앞에 둔 굶주린 맹수처럼 금방이라도 달려들어 목을 물어뜯을 듯한 기세로 몸을 웅크리고 있을지도 몰랐다.

그는 눈꺼풀을 몇 번 깜빡거려보았다. 모래라도 들어갔는지 눈이 따갑고 쓰라렸다. 그는 계속해서 눈을 깜빡거렸다. 눈물이 나와서 모래를 밀어낼 때까지 쉬지 않고 눈을 깜빡이는 수밖에 다른 도리가 없었다. 눈물이 나오고 나면, 그는 다시 잠을 청할 작정이었다. 어쩌면, 잠시 동안이나마 아까처럼 잠을 이룰 수 있을지도 몰랐다. 지난 사흘 동안 불면에 시달려온 까닭에 그는 지푸라기라도 잡고 싶은 심정이었다. 마침내, 바싹 말라 있던 눈에 물기가 돌기 시작했다. 하지만, 눈꺼풀 안쪽에서 느껴지는 까칠한 감촉은 사라지지 않았다. 어쩌면 그것은 오랫동안 잠을 못 잔 탓에 생긴 이물감인지도 몰랐다. 그는 몇 번 더 눈을 깜박거려본 뒤에 포기하고 잠을 청했다. 수면에 대한 갈증이 간절할수록 불면의 공포는 한결 견디기 어려운 기세로 그를 짓눌렀다.

17

어두운 평면의 바다, 그 한 귀퉁이가 네모나게 잘려나갔다. 잘려나간 그곳으로부터 눈부신 빛이 쏟아져들어왔다. 그리고, 그 빛과 함께 한 사내가 어두운 평면의 바다로 들어섰다. 그 사내는 백사장 위에 웅크리고 누워 있는 명한에게로 다가와서 머리맡에 쪼그리고 앉아 말을 걸어왔다.

"단식을 시작하셨다구요?"

김박사의 목소리였다. 명한은 고개를 들어 김박사를 노려보았다. 적의를 숨기려 하지 않고 독살스럽게 쏘아붙였다.

"몇 번이나 말해야 알아듣겠소? 가끔 발작을 일으킨다고 해서 날 이곳에 붙잡아둘 수는 없는 거요. 난 격리를 요하는 중증 정신이상자가 아니란 말이오."

명한이 이를 악문 채로 숨을 몰아쉬자 목젖이 떨리면서 으르렁거리는 소리가 났다. 금방이라도 김박사에게 달려들어 목덜미라도 물어뜯을 기세였다.

"진실을 알고 싶습니까? 하지만, 때론 진실을 모르는 것이 행복할 수도 있습니다."

명한의 성난 기분 따위는 안중에도 없다는 듯이 김박사는 감정이 섞이지 않은 건조한 목소리로 운을 띄우더니 말하는 도중에 표정을 바꾸어 고뇌에 찬 낯빛으로 말을 맺었다. 그 모습을 지켜보고 있던 명한은 갑자기 양손으로 아랫배를 움켜쥐고 발작적인 웃음을 터뜨렸다. 김박사가 하는 짓이 유치한 연극처럼 보였다. 마치 신파극에 등장하는 비극의 주인공이라도 되는 양 굳은 표정을 짓고 있는 꼴이라니. 명한은 눈가에 눈물이 맺히도록 웃음을 그치지 못했다.

"진실? 히히히히, 무슨 진실 말이오?"

명한은 바닥을 굴러다니며 깔깔거리다가 눈에 맺힌 눈물을 손등으로 닦아내며 물었다. 김박사는 변함없이 진지한 표정으로 명한을 바라보고 있었다.

"진실을 받아들일 만한 용기는 있는 겁니까?"

김박사의 목소리에는 조금 전까지 명한이 보였던 조롱이나 적의에 대한 불쾌감이나 분노가 깃들어 있지 않았다. 오히려 연민과 동정이 깃들어 있었다. 그제서야 명한은 무엇인가 심상치 않은 일이 벌어지려 하고 있다는 사실을 깨닫고 얼굴에서 웃음을 거둬들였다.

"최선생에겐 그 경계가 이미 허물어져 별 의미가 없겠지만, 최선생의 의식과 무의식을 넘나드는 현실과 비현실의 경계를 나는 분간할 수 있어요."

명한과의 첫 면담을 마치고 나서, 김박사는 명한이 던져준 퍼즐 조각들과 씨름을 한 끝에 마지막 한 조각까지 아귀를 맞추는 데에 성공할 수 있었다. 하지만 완성된 퍼즐은 현실과 동떨어져 있었다. 완성된 그림을 보기 위해서는 명한이 던져준 퍼즐 조각들 중에서 무엇이 현실이고 무엇이 비현실인지부터 구분해야 했다. 그리고, 어디서부터 명한이 현실과 비현실의 경계를 무너뜨렸으며 무슨 이유로 그 경계를 스스로 무너뜨려야만 했는지를 알아내야 했다.

"최선생의 아버지는 살아 있습니다."

김박사는 주머니에서 꺼내든 사진 한 장을 내보이며 높낮이가 없는 목소리로 말을 이어나가기 시작했다.

"이걸 보십시오. 아버지인 최만호씨의 사진입니다. 늙어서 거동이 불편하긴 해도 건강한 편이라더군요. 이 사진은 이광근 형사가 직접 고향으로 내려가서 찍어온 겁니다."

무슨 헛소리를 지껄이느냐는 투로 헛웃음을 터뜨려가며 빈정거리던 명한은 김박사가 보여주는 사진을 들여다보더니 얼굴색이 달라졌다. 주름살이 늘고 낯빛이 거무튀튀해지긴 했지만 그 사진 속에 있는 얼굴은 분명히 아버지였다.

"그 배 위에서 최선생은 아버지를 죽이는 상상을 했습니다. 하지만, 실행에 옮기지는 못했죠. 결국 최선생은 열다섯 살에 가출을 할 때까지 이 짐승 같은 작자랑 줄곧 함께 살았던 겁니다."

김박사는 열다섯이라는 나이를 입에 올리면서 자신도 모르게 미간을 찌푸렸다.

"그날 배 위에서 아버지를 죽일 수 없었던 자신의 용렬함과 소심함을 최선생은 오랫동안 자책해왔을 겁니다. 아버지의 폭력에 심하게 노출될수록, 형이나 어머니에 대한 그리움이 사무칠수록, 그 자괴감은 회복하기 어려운 상처로 자라났을 겁니다."

이야기를 마친 김박사는 명한의 안색을 주의 깊게 살폈다. 병실 바닥에 모로 누운 채로 김박사의 입을 뚫어져라 응시하며 귀를 기울이고 있던 명한은 몸을 일으켜 앉았다. 바닥에 쪼그리고 앉아 있는 김박사를 향해 무릎걸음으로 다가가 다짜고짜 김박사의 멱살을 틀어쥐었다.

"조작이야. 이건 모두 말짱 거짓말이야. 대체 당신은 누구야? 대체 뭐하는 작자야?"

명한이 김박사의 멱살을 쥐고 흔들며 고함을 질렀다. 그때였다. 등뒤에서 발소리가 우르르 몰려오더니 누군가가 명한의 등을 찍어눌렀다. 그 서슬에 명한은 김박사의 멱살을 놓치고 바닥에 나동그라졌다.

"웃기지 마. 분명히 내 손으로 죽였어. 아버지는 그때 내가 죽였단 말이야!"

명한은 바닥에 엎드린 자세로 남자 간호사들에게 짓눌려 숨을 쉬기조차 힘든 상황이었지만 굴하지 않고 악에 받쳐 소리를 질러댔다. 하지만 그 기세는 오래가지 못했다. 진정제가 주사되자 명한은 금세 풀이 죽어 얌전해졌다. 간호사들은 명한을 반듯하게 누이고 숨을 편하게 쉴 수 있도록 뒷목을 얇은 베개로 받쳐서 기도를 확보해주었다.

"지금이라도 중단할 수 있습니다. 힘들면 그만두라고 말씀하세요."

목을 어루만지며 거친 숨을 몰아쉬던 김박사는 다시 명한에게 다가와 머리맡에 쪼그리고 앉으며 말을 건넸다. 약기운 때문에 눈이 풀린 명한의 얼굴을 들여다보는 김박사의 눈에는 물기가 번져 있었다. 조금 전에 명한에게 멱살을 잡히면서 목이 졸리는 바람에 생리적으로 흘리게 된 것인지, 아니면 명한이 짐작할 수 없는 어떤 감정의 격랑이 김박사의 내부에서 일어났던 것인지 분간할 수는 없었지만, 그 눈물 때문이었을까, 명한은 가늘게 고개를 저었다.

"그 진실이라는 게 아직도 남은 거요?"

느리고 불분명한 말투로 김박사에게 묻고 나서, 명한은 입을 반쯤 벌려 웃는 것인지 찡그리는 것인지 분간할 수 없는 표정을 지었다. 벌린 입에서 "아으으" 하는 무의미한 탄성이 새어나왔다.

"최선생의 친형님이신 최윤한씨의 시신에 대한 부검 결과가 닷새 전에 나왔어요. 타살입니다. 누군가가 의도적으로 살해하여 바다에 던져버린 겁니다."

김박사가 단조로운 어조로 말을 이어가는 도중에 명한이 조금 전보다 훨씬 길게 "아으으으으" 하고 의미를 알 수 없는 탄성을 내질렀다. 탄성을 내지르느라고 숨이 가빴는지 명한은 숨을 씨근거리며 입을 달싹였다.

"말도 안 돼. 형은 안 죽었어. 안 죽었다구."

약기운에 취해 있는 명한은 꺼져들어가는 목소리로 "거짓말이야, 모두 거짓말이야" 하고 중얼거렸다. 김박사는 명한의 머리를 한 차례 쓰다듬고 나서 마치 다른 사람이 들으면 안 된다는 듯이 명한의 귓전에 대고 속삭거리기 시작했다.

"최선생이 일반 정신병원에서 이곳으로 이송된 것은 이 사건의 용의자로 지목되었기 때문입니다. 형인 최윤한씨의 사망시기와 최선생께서 아버지를 죽였다면서 경찰서에 나타나 자수를 한 시기가 일치하고 있습니다."

모든 단서들이 같은 방향을 가리키고 있었다. 명한은 아버지와 형이 뒤바뀐 혼동과 분열로부터 오히려 완성된 형태의 탈출 방법을 찾아냈던 것이다. 하지만, 동시에 그 탈출은 자신의 자아를 받쳐주고 있던 형이라는 존재를 자기 손으로 제거하는 일이기도 했다. 그것은 용납이 불가능한 이율배반이었다. 그럼에도 불구하고 실행에 옮길 수 있었던 것은 현실과 비현실 간의 경계가 어느 순간 무너져버렸기 때문이었다.

명한은 김박사를 외면하고 눈을 질끈 감아버렸다. 다시금 밀려드는 시커먼 평면의 바다 속으로 들어가는 중이었다. 매서운 바람과 싸늘한 모래사장이 펼쳐진 그곳은 쓸쓸하고 외로웠다. 평소와 다른 점이 있다면, 김박사의 목소리가 멀리서 희미하게 들려오고 있다는 것뿐이었다.

"지금까지 내가 한 말은 모두 진실입니다. 하지만, 지금부터 내가 하는 말 또한 엄연한 진실입니다."

자리에서 일어난 김박사는 바닥에 누워 눈을 힘주어 감고 있는 명한의 주위를 느린 걸음으로 돌면서 조금 전과는 달리 시틋한 말투로 떠들어댔다.

"최선생이 죽인 건 형이 아니라 아버집니다. 유년 시절에 배 위에서 저지른 일순간의 실수였죠. 그리고, 그 사건의 공소시효는 오래 전에 지났습니다."

말을 마친 김박사는 명한의 머리맡에 멈춰 섰다. 그러니 더이상 죄책감에 시달릴 필요는 없는 것이라고, 김박사는 무미건조한 목소리로 명한에게 일러주었다. 아무런 반응도 보이지 않는 명한의 주위를 몇 바퀴 더 돌고 나서 김박사는 병실의 출입문을 향해 걸어나가며 한마디를 덧붙였다.

"내일 다시 오겠습니다."

병실 문이 닫히고 김박사의 발소리가 멀어지자, 명한은 눈을 떴다. 조금 전까지 한쪽 귀퉁이가 잘려나가 있던 어두운 평면의 바다가 본래의 모습을 회복하고 있었다. 춥고 외로울 뿐만 아니라 불면의 고통이 바늘 끝처럼 신경을 할퀴어대는 그곳에는 악몽과 환각이 망령처럼 떠다니고 있었다.

18

바다 저편이 희미하게 빛을 머금었다. 세계가 제 빛깔을, 제 윤곽을 갖기 시작했다. 입체, 세계는 더이상 평면이 아니었다. 바다가 붉게 물들기 시작하고 있었다. 명한은 자리에서 일어나서 양손을 가슴에 얹고 경건하게 그 광경을 지켜보았다. 바다는 온통 핏빛이었다. 그는 비틀거리는 걸음으로 그 바다를 향해 나아갔다. 뼛속까지 한기가 스며든 그의 몸이 부들부들 떨고 있었고 이가 맞부딪치며 딱딱딱 소리를 냈다.

파도가 밀려왔다가 그의 무릎께까지를 적시고 물러갔다. 그는 걸음을 멈추지 않았고 몸은 이내 허리께까지 차가운 물에 잠겨들어갔다. 그때, 그는 캐스터네츠처럼 부딪치고 있던 이에 그만 혀끝을 씹히고 말았다. 극심한 통증이 느껴졌다. 그 통증의 꼬리를 물고 이어지는 것은 뜻밖에도 희열이었다. 혀끝에서 느껴지는 통증이 심할수록 그 희열은 더욱 강렬한 것이 되어갔다. 그는 극단적인 감정이 공존하는 그 혼란스런 심리상태 앞에서 당혹스러워했다. 그때였다.

그는 누군가의 목소리를 들었다. 무엇인가를 갈구하는 듯한 그 목소리는 그의 몸 속 어딘가로부터 들려오고 있었다. 이 세상에 홀로 남은 순간부터 끊임없이 되풀이되어왔던 그 의문의 목소리는 겨울 해변처럼 황량한 느낌이었다. 아직까지 정체를 알지 못했고 앞으로도 알 수 있을 것 같지 않았지만 그는 그 목소리에 안도감을 느꼈다. 비록 춥고 눅눅한 느낌이지만 어쨌든 멈추지 않고 계속해서 들려오고 있다는 사실이 그를 감격게 했다.

조카들의 퀭한 눈망울이 떠오른 것은 바로 그 순간이었다. 그는 조카들에게 쇠고기를 사다주고 싶다는 생각을 했다. 쇠고기 요리는 거들떠보지도 않고 흰 쌀밥에서 눈을 떼지 못하던, 걸신들린 듯 맨입으로 밥만 먹어대던 그 조카들에게 쇠고기 맛을 가르쳐주고 싶었다. 표정이 없던 그 아이들의 얼굴에서 생기가 돌게 해주고 싶었다.

그는 눈앞에 펼쳐진 광활한 붉은 바다를 등지고 돌아서면서 눈가에 맺혀 있는 물기를 옷소매로 닦아냈다. 세계는 핏빛으로 물들어 있었고 바람은 차가웠다.

혹서의 계절

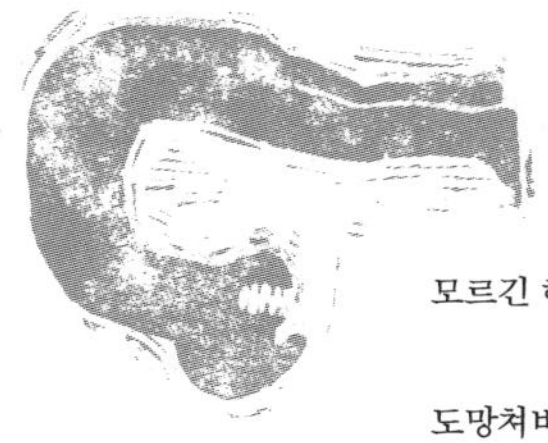

모르긴 해도 하루에도 수십 번씩 이 빌어먹을 놈의 세상으로부터

도망쳐버리고 싶었으리라.

그때마다 어린 자식들이 눈에 밟혀서 번번이 어금니를 깨물었으리라.

어찌 그 속을 모르랴. 김노인은 '어쩌면' 이라는 말을 거듭해서 되뇌었다.

어쩌면, 며느리는 순간적인 충동에 휩쓸려 달려오는 차를 향해

몸을 던져버린 것인지도 모를 일이 아닌가.

1

죽음처럼 혼곤한 잠에서 헤어나자마자 김노인은 지끈거리는 두통이 다시금 엄습해오는 것을 느꼈다. 김노인은 양손을 들어올려 관자놀이를 힘주어 누르고 나서 땀에 젖어 이마에 달라붙어 있는 머리칼을 쓸어올렸다. 여름 한낮의 열기를 품은 눅눅한 공기가 좁은 방 안에 물처럼 고여 있었다. 벽에 걸린 괘종시계가 울기 시작한 것은 바로 그때였다. 두시였다. 게슴츠레 뜬 눈으로 한참 동안이나 우두커니 앉아 있던 노인은 비로소 정신을 추스르고 손녀와 손자의 이름을 차례로 불렀다.

"슬기야! 동기야이!"

여름 한낮의 고요 속으로 김노인의 가래 끓는 목소리가 지나가고 나자 사위는 다시 쥐 죽은 듯한 고요에 휩싸였다. 노인은 치맛자락을 끌며 기다시피 하여 방문을 열고 부엌으로 나왔다. 부엌에 딸린 욕실 문까지 열어보고 아이들의 부재를 확인한 김노인은 비척거리는 걸음으로 현관문 쪽으로 향했다. 김노인이 밭은기침을 두어 차례 한 것은 싱크대 앞을 지나칠 무렵이었다. 김노인은 크윽, 하고 가래를 돋우더니 싱크대의 수챗구멍에다 대고 뱉었다. 다음 순간, 김노인은 자라목을 하고 주위를 휘둘러보았다. 금방이라도 며느리인 옥순의 높다란 목소리가 등뒤에서 들려올 것만 같았다.

"어머니도 참, 그릇 씻는 데다가 가래침을 뱉으시면 어떡해요?"

노인은 불안한 눈길로 등뒤를 확인했다. 등뒤에는 아무도 없었다. 하긴, 그 자리에 옥순이 있을 리가 없었다. 한 달 전에 장례를 치르고 햇볕 잘 드는 땅에다가 묘를 만들어 묻어버리지 않았던가.

온 집 안을 거울처럼 닦아놓아야만 직성이 풀리던 며느리였다. 방바닥에 떨어진 머리카락 한 올도 그냥 보아넘기지를 못했고 가구 사이의 구석진 곳이나 바깥쪽 창틀처럼 눈에 잘 띄지 않는 곳까지도 말끔하게 쓸고 닦아냈다. 그뿐만이 아니었다. 반지하 현관 앞에서부터 일층 출입구까지의 계단을 말끔하게 쓸고 물걸레로 닦는 일을 하루도 빠뜨리는 법이 없었다. 모래 한 알 떨어져 있지 않은 계단을 지날 때마다 주인집 사람들은 물론이고 이웃집 사람들까지도 혀를 내둘렀다. 사람들이 김노인네를 지목해야 할 필요가 있을 때는 '왜 있잖아, 매일같이 계단 청소하는 아주머니네 말야' 하는 식으로 말을 꺼낼 정도였다.

김노인은 침 뱉은 흔적을 지우기 위해 수도꼭지를 틀어 물을 흘려보냈다. 수도꼭지에서 쏟아지는 물줄기 너머로 힘에 부친 듯 쉬엄쉬엄 방걸레질을 하던 옥순의 파리한 얼굴이 오롯하게 떠올랐다. 김노인은 자책하듯 자신의 아랫입술을 아프도록 짓씹었다.

"전세 사는 주제에 웬 정성이 그리 뻗쳤누 그래. 그렇게도 이 집이 좋으면 죽을 적에도 등에 지고 가거라."

털털하고 소박한 시골 살림에 익숙한 김노인은 며느리의 유난한 극성을 참다못해 야무지게 타박을 했다. 그 말이 씨가 된 것일까. 다음날 새벽에 옥순은 마을 앞 횡단보도에서 화물트럭에 치여 그 자리에서 숨을 거두고 말았다. 뺑소니 사고였다.

"최옥순이요? 제 집사람 이름인데, 무슨 일입니까?"

경찰서에서 걸려온 전화를 받은 것은 아들 유혁이었다.

"뭐라구요? 아니, 조금 전에 새벽장 보러 나간 사람이 죽긴 왜 죽는단 말입니까?"

영안실에서 시신을 확인하기 전까지, 유혁은 누군가의 짓궂은 장난일 것이라며 늙은 어머니를 안심시켜주었다. 그러나 시신을 확인하고 나자 유혁은 걷잡을 수 없이 무너져내렸다. 온종일 방구석에 틀어박혀 실성한 사람처럼 어딘가를 멍한 시선을 바라보고 있다가 저녁만 되면 슬그머니 집을 빠져나가 큰길가에 있는 실내포장마차에서 새벽녘까지 술을 퍼마셨다.

"자살 같아요. 제가 보기엔."

유일한 목격자인 이십대 초반의 청년은, 사고 차량의 번호판은 미처 못 봤노라면서 그렇게 덧붙였다.

"아직 신호가 바뀌기 전이었어요. 갑자기 그 여자가 찻길 쪽으로 한 걸음 내딛는가 싶더니 몸을 휙 던지면서 쓰러지지 뭡니까. 운전사로서는 미처 운전대를 꺾을 틈도 없었을 겁니다."

경찰관에게 그 말을 전해들은 김노인은 어이없어하며 고개를 뒤로 젖히고 너털거렸다. 며늘아기가 자살을 하다니, 당치도 않은 이야길랑 집어치우라며 고개를 외로 틀었다. 하지만 경찰관은 질문의 고삐를 늦추지 않았다.

"요새 혹시 며느님께서 무슨 일인가로 고민하고 있는 눈치는 없었습니까?"

속 모르는 고민이 있었을 수도 있지 않느냐며 경찰관은 거듭해서 캐물었다. 그러자, 모르는 소리 말라며 완강하게 고개를 가로젓던 김노인은 자신도 모르게 조금씩 움츠러들기 시작했다. 어쩌면 경찰관의 말이 옳을지도 모른다는 생각이 똬리를 튼 채 음울한 시간 저편에서 김노인을 응시하고 있었다.

"이게 어디 사는 거야? 숨이 붙어 있으니까 살아 있나보다 싶지. 송장 팔자도 이보단 나을 거라구."

옥순은 사고를 당하기 바로 전날 저녁에 유혁에게 날이 선 목소리로 쏘아붙였다. 유혁이 담뱃재를 재떨이에 제대로 떨지 않고 방바닥에 흘리고 있다는 것이 시비의 발단이었다.

"밖에서는 매일같이 진을 빼고 돌아오는데, 집이라고 들어오면 쉴 틈도 없이 계속 걸레질을 해야 하니, 내 몸이 무슨 무쇳덩인줄 알아?"

체력이 한계에 달할 만큼 혹사당하고 있는 터라 두 사람 모두 신경이 날카로워진 상태였다. 평소 같았으면 묵묵히 아내의 잔소리를 받아줬을 유혁이 대거리를 하고 나선 것도 따지고 보면 하루 종일 찜통 속에서 파김치가 되도록 일하고 돌아온 후의 피로감 때문이었다.

"그러게 그놈의 청소 좀 그만 하면 되잖아. 여름 한 철만이라도 대충 살면 안 돼?"

"지금 그걸 말이라고 해? 나 혼자 좋자고 청소를 하는 거냐구!"

그렇게 시작된 싸움은 이내 시들하게 끝을 맺었다. 싸움을 하려 해도 기력이 필요한 법이었다. 유혁은 성난 얼굴로 안방 문을 후려닫고 들어가더니 드르렁드르렁 코를 골았고 아이들 방에서 잠시 훌쩍거리던 옥순도 웅크린 자세 그대로 잠들어버렸다.

"그러는 댁이야말로 고민이 하나도 없수? 있다구? 근데 왜 자살을 않누?"

김노인은 경찰관을 흘겨보며 비아냥거렸다. 머쓱해진 경찰관은 수첩에다 무엇인가를 끄적이는 시늉을 하더니 다시 한번 질문의 고삐를 잡아챘다.

"혹시 남편 이외의 다른 남자로부터 전화가 걸려오는 일은 없었습니까?"

김노인은 도끼눈을 하고서 경찰관을 노려보았다.

"몸이 바스러져라고 일만 하다가 죽은 우리 불쌍헌 며느리헌티 그 무신 험구요?"

그러나, 말은 그렇게 하면서도 김노인은 마음 한구석이 계속해서 불편했다.

'하긴, 죽고 싶은 생각이 왜 없었을라구.'

모르긴 해도 하루에도 수십 번씩 이 빌어먹을 놈의 세상으로부터 도망쳐버리고 싶었으리라. 그때마다 어린 자식들이 눈에 밟혀서 번번이 어금니를 깨물었으리라. 어찌 그 속을 모르랴. 김노인은 '어쩌면'이라는 말을 거듭해서 되뇌었다. 어쩌면, 며느리는 순간적인 충동에 휩쓸려 달려오는 차를 향해 몸을 던져버린 것인지도 모를 일이 아닌가.

"아니, 그럴 리 없지. 설마 저 어린 자식들을 저렇게 남겨두고 눈인들 편히 감았을라구."

김노인은 세차게 고개를 내저었다. 이따금씩 노인을 괴롭히곤 하던 두통이 갑자기 심해진 것은 그때부터였다. 머리가 둘로 쪼개질 것처럼 지끈거리기 시작했고 걸음을 옮길 때마다 머릿속에서 큼직한 돌멩이 같은 것이 굴러다녔다.

흘러내려가는 수돗물을 물끄러미 내려다보고 있던 김노인은 생각났다는 듯이 양손으로 물을 받아 일부러 허푸허푸 소리를 내가며 세수를 했다. 더위가 한결 누그러지는 느낌이었다. 옷깃이 젖어서 가슴께까지 물얼룩이 번지도록 목덜미를 여러 차례 씻어내리고 나서 김노인은 수도꼭지를 잠그고 숨을 크게 한 번 들이쉬었다. 턱끝에서 물이 뚝뚝 떨어지고 있었다.

"이 사람아 이 사람아, 차라리 못난 날 죽이잖구서 자살은 왜 하냐구. 그렇게 자살을 하고 싶거든 진작에나 할 것이지, 고생은 고생대로 다 해놓구선 살 만하다 싶으니까 허망하게 가버린 이유가 뭣이냔 말여."

술에 곤죽이 되어 새벽녘에 돌아온 유혁은 자신의 머리를 시멘트벽에 짓찧어가며 울부짖었다. 손에 걸리는 대로 가재도구를 집어던지고 나중에는 방바닥을 데굴데굴 굴렀다.

"오메 엄니, 나 좀 어떻게 해주시오. 가슴이 툭 터져버릴 것 같아서 환장하겄단 말이오."

그때였다. 그 소동 때문에 잠에서 깨어난 다섯 살배기 동기가 눈을 부벼대며 잠투정을 하기 시작했다.

"듣기 싫어. 쌍놈의 새끼, 뚝 그치지 못하겄냐?"

유혁은 실성한 사람처럼 눈을 불안스레 뒤룩거려가며 목에 퍼런 핏줄이 내비치도록 사력을 다해 악을 썼다. 겁에 질린 동기는 오히려 울음소리를 키웠다.

"이놈의 새끼가, 애비가 하는 말이 말 같지 않어?"

유혁이 눈을 부라렸다. 곁에 있던 물주전자를 집어들어 동기를 향해 집어던졌다. 주전자가 동기의 발치에 떨어지면서 사방으로 물이 튀었다. 그 서슬에 잠시 숨을 죽이는가 싶던 동기는 이내 자지러지는 듯한 울음을 터뜨렸다. 유혁은 입에 담을 수도 없는 욕설을 퍼부어대며 당장 울음을 그치지 않으면 창 밖으로 집어던져버리겠다며 동기의 멱살을 틀어쥐고 눈을 부라렸다.

"동기가 무슨 죄가 있다고 닦달이냐. 차라리 날 죽여라."

김노인은 유혁의 팔뚝에 매달렸다. 어느새 잠에서 깨어났는지 슬기까지 무릎걸음으로 기어와서 제 아버지 바지춤에 매달려 단풍잎 같은 작은 손을 비벼댔다.

"용서해주세요, 아버지. 한 번만 용서해주세요."

슬기의 애처로운 애원 때문이었을까. 유혁은 동기를 팽개치듯이 내려놓더니 현관문을 걷어차고 집 밖으로 뛰쳐나갔다. 계단을 뛰어올라가며 질러대는 고함 소리가 메아리처럼 여러 겹으로 쩌렁쩌렁 울렸다.

"망할 놈의 집구석, 다시는 들어오나봐라."

그것을 마지막으로 유혁은 이틀째 종무소식이었다. 김노인은 안절부절못하며 전화통 앞에서 서성거렸다. 어디에 자빠져서 또 술이나 퍼마시고 있는 것이라면 그나마 다행이었다. 술김에 누군가와 싸움이라도 붙어서 죽도록 얻어맞고 외진 곳에 쓰러져 있는 것은 아닌지, 비틀거리다가 발을 헛디뎌 높은 곳에서 떨어지지나 않았는지, 며느리처럼 차에 치여 어딘지도 모를 응급실에 홀로 누워 있는 것은 아닌지, 김노인은 쉴새없이 가지를 뻗어가는 불경한 노파심 때문에 잠시도 마음을 진정할 수가 없었다.

"이 자슥아, 그래도 산 사람은 살아야 할 것 아니냐."

턱 끝에 매달려 있는 물방울을 손등으로 훔쳐내다 말고 김노인은 목멘 소리로 중얼거렸다. 설움이 뱃속 깊숙한 곳에서부터 차오르고 있었다.

"제발 전화라도 한 통 해라, 이 등신 같은 놈아. 너마저 그렇게 정신을 못 차리면 어린 자식들은 어쩌라고 이 모양이냐 그래."

탄식조로 시작된 넋두리는 울먹거리며 끝을 맺었다. 주름투성이인 뺨을 타고 굵은 눈물줄기가 흘러내리고 있었다. 김노인은 어깻죽지가 비죽 솟아오르도록 싱크대에 올려놓은 두 팔에 체중을 싣고서 딸꾹질을 해가며 흐느껴 울었다.

"허이구, 내가 명이 길어서 이 흉한 꼴을 보는구나. 망할 놈의 영감탱이는 왜 날 안 데려가구 꾸물거리는 거여. 에구 박복한 년."

김노인은 일찌감치 세상을 떠나버린 남편을 원망해가며 주먹으로 앙가슴을 쳤다. 그러던 어느 한순간이었다. 아니리조로 탄식을 이어가던 김노인은 갑자기 꿈에서 깨어난 사람처럼 울음을 뚝 그치고 고개를 쳐들었다.

"아니여, 뭔 소리여. 오래 살아야지. 그나마 이 할미라도 있으니까 저 어린것들 끼니라도 챙겨주지 나마저 죽고 없으면 뭣이 되겄어."

눈에 넣어도 아프지 않을 슬기와 동기의 천진한 모습이 눈앞에서 선연하게 그려졌다. 김노인은 반쯤 풀어져서 흘러내리기 직전인 허리끈을 졸라맸다. 손끝으로 콧잔등을 쥐고 팽 소리가 나게 코를 풀었다.

"불쌍헌 내 새끼들, 어딜 갔다냐 그래. 배가 많이 고프겠구먼."

아이들의 점심 끼니를 챙겨줄 생각에 마음이 급해진 김노인은 치맛말기를 말아쥐고 잰걸음으로 현관을 나섰다.

바람 한 점 없는 골목길에는 불길 같은 뙤약볕이 내려쪼이고 있었다. 걸음을 내디딜 때마다 시멘트 보도블록에서 솟아오르는 복사열 때문에 숨이 막힐 지경이었다. 삼십 년 만에 찾아온 기록적인 더위라며 텔레비전이건 라디오건 할 것 없이 입 달린 것들은 모조리 떠들어대는 모양이었지만, 김노인에게는 모두 헛말처럼 들렸다. 칠순을 눈앞에 두도록 수많은 여름을 지나왔건만 올해처럼 끔찍하게 더운 여름은 삼십 년 전에도 오십 년 전에도 경험해보지 못했던 것이다.

"아휴, 이 더위에 어딜 가십니까?"

김노인이 골목 입구에 있는 슈퍼마켓 앞을 지나칠 무렵, 가게를 지키고 있던 박씨가 내다보며 알은체를 했다.

"혹시 우리 손주들 못 봤수? 점심때가 넘었구만 밥 먹을 생각도 않고 어딜 쏘다니는지 원……"

박씨는 한 손으로 쉴새없이 부채질을 해대며 다른 한 손으로 놀이터 쪽을 가리켰다.

"슬기가 동기 손을 잡고 저쪽으로 가는 걸 아까 봤습죠. 그나저나, 슬기가 부쩍 어른스러워졌던데요? 하도 아이들이 안돼 보여서 불러세워가지고 과자 한 봉지씩을 쥐어줬드랬는데, 거, 고맙다고 인사하는 모습이 또래들하곤 비교도 안 될 만큼 의젓하더라니깐요."

자기 공치사를 겸해가며 슬기와 동기의 칭찬을 늘어놓는 박씨를 향해 김노인은 대답 대신에 고개만 두어 차례 끄덕여주고는 놀이터 쪽으로 발걸음을 돌려버렸다. 발을 내디딜 때마다 한 걸음 한 걸음이 천근같이 무겁게 느껴졌다.

박씨의 칭찬은 공연한 사탕발림이 아니었다. 아내의 죽음을, 며느리의 죽음을 쉽게 받아들이지 못하는 어른들과는 달리, 응석받이였던 슬기는 놀랄 만큼 빠른 속도로 어머니의 부재로 인한 새로운 환경에 적응해나갔다. 아침에 혼자 힘으로 일어나서 이불을 말끔히 개켜놓는 것은 물론이고 동생인 동기를 깨워서 준비물을 챙겨 유치원에 보내는 일까지 도맡아서 해냈다. 하긴, 새벽까지 술을 퍼마셔대는 아버지와 한번 잠이 들면 전화벨이며 초인종 소리도 듣지 못할 만큼 혼곤한 저승잠에 빠져드는 할머니에게 의지해서는 아침도 제대로 챙겨먹지 못할 형편이었다.

달라진 것은 그뿐만이 아니었다. 슬기는 섬뜩하리만큼 영악스러워졌다. 닷새쯤 전이었을까. 참가비 만오천원을 달라며 동기가 김노인에게 손을 벌린 적이 있었다. 다가오는 금요일에 유치원에서 단체로 박물관 견학을 가기로 했다는 것이었다. 김노인은 돈이 없다며 손사래를 쳤다. 돈을 벌어와야 할 유혁은 매일같이 술타령이었고 경동시장에서 나물거리를 받아다가 주택가 입구에 펼쳐놓고 팔아 잔돈푼깨나 만지던 김노인 역시 두통 때문에 거의 바깥출입을 못 하고 있던 터였다.

그런데, 금요일 아침이 되자 영문을 알 수 없는 일이 벌어졌다. 전날까지만 해도 풀이 죽어서 입을 비죽 내밀고 다니던 동기가 자기도 박물관에 갈 거라면서 이른 시각부터 수선을 피웠다.

"어제 오후에 동기랑 같이 원장선생님한테 찾아갔어요. 불쌍하게 보이려고 얼굴을 이러엏게 하고서는 울먹울먹하면서 사정을 했어요."

슬기는 자신이 지어 보인 표정을 재현해내며 자랑스럽게 자신이 한 일을 털어놓았다.

"돈이 모자라니깐 조금만 깎아달라고 졸랐거든요? 그랬더니, 돈은 한 푼도 안 내도 되니깐 그냥 도시락만 싸오라고 말씀하셨어요."

그러자, 옆에 있던 동기도 신이 나서 거들었다.

"도시락도 필요 없어. 까짓, 애들한테서 좀 뺏어먹음 되는걸."

김노인은 할말을 잊은 채 유치원으로 학교로 줄달음치는 아이들의 뒷모습을 우두커니 바라보고 서 있었다. 가난이라는 족쇄가 어린것들에게 대물림되고 있다는 사실에 생각이 미치자 몇 번이고 주먹으로 앙가슴을 쳤다.

"절대로."

슬기를 데리고 학교에 가서 담임교사를 만나고 돌아온 날, 옥순은 어금니를 악문 채로 '절대로' 라는 말에 유독 힘을 주었다.

"저 어린것들이 가난 때문에 상처받는 일이 없도록 할 거예요."

유혁이 운영하던 주물공장이 부도가 난 것은 작년 봄이었다. 아파트며 자동차며 살림살이를 모두 차압당하고 나자 숟가락 한 벌 변변하게 남아 있는 것이 없었다. 유혁과 옥순이 여기저기에서 푼돈을 빌려 달동네 무허가 주택의 허름한 슬레이트 지붕 밑에 손바닥만한 단칸방을 어렵사리 얻을 수 있었을 뿐이었다.

그날부터 유혁은 재기해보겠노라며 매일같이 바깥으로 쏘다니다가 밤이 깊어서야 어깨가 축 처져서 돌아오곤 했다. 사상 유례가 없는 실업난으로 인해 취직은 꿈도 꿀 수가 없었고 날품팔이도 운이 좋아야 한 달에 한두 번쯤 차례가 돌아오면 다행이었다. 돈 한푼 벌어오지 못하는 유혁은 술만 늘어갔고 몇 푼 안 되는 월세마저 제때 못 내서 두 달, 석 달 미뤄가던 어느 날이었다.

"이거 선생님이 엄마 갖다드리래요."

초등학교 2학년인 슬기가 학교에서 돌아오자마자 옥순에게 동전이 가득 들어 있는 돈주머니를 내밀었다. 급우들이 연말연시 불우이웃돕기 성금을 모았는데 그 돈을 자기가 받게 됐다는 것이었다.

"이거 받을 때 무지 창피했어요."

슬기는 입을 비죽거리면서 덧붙였다. 그날 밤, 옥순은 잠을 이루지 못하고 밤새 뒤척거리며 소리 죽여 흐느꼈다. 새빨갛게 충혈된 눈으로 새벽을 맞은 옥순은 한창 깊은 잠에 빠져 있는 슬기를 억지로 흔들어 깨웠다. 솥에 물을 데워서 부엌이랄 것도 없는 좁은 움막에서 목욕을 시킨 후에 제일 좋은 옷으로 갈아입혔다. 그러고는, 손을 잡고 나란히 학교로 향했다.

"그 돈 담임선생한테 돌려주고 왔어요."

턱뼈가 도드라져 보이도록 이를 악문 채로 옥순은 목울음처럼 내뱉었다. 그녀가 딴 사람처럼 변한 것은 그때부터였다.

옥순이 가장 먼저 한 일은 두꺼비집 스위치를 내리는 일이었다. 덕분에, 짧은 겨울해가 지고 나면 집 안은 칠흑처럼 깜깜해졌다. 골목에 서 있는 가로등 불빛이 방 안으로 비쳐들어 한쪽 벽을 밝혀주는 것이 그나마 위안이었다. 또한, 수도계량기가 돌아가지 않도록 수도꼭지를 최소한으로 열어놓고는 점점이 떨어지는 물을 모아 사용했는데, 혹시나 그녀의 눈을 피해 누군가가 수도꼭지를 비틀지 못하도록 노끈으로 칭칭 동여매어 수도꼭지를 고정시켜버렸다. 온기라고는 없는 싸늘한 구들장 위에는 이불을 밤낮으로 깔아놓고 식구들에게 두터운 겨울옷을 몇 겹으로 껴입게 함으로써 연탄 한 장 때지 않고 그해 겨울을 넘겼다.

옥순은 돈이 벌리는 일이라면 몸을 사리지 않고 아귀처럼 덤벼들었다. 신문배달이나 파출부 같은 번듯한 부업은 구하려고 해도 자리가 나지 않았으므로 그녀가 할 수 있는 것은 행상뿐이었다. 평일에는 초등학교 앞에 좌판을 벌여놓고 하교하는 아이들의 코 묻은 돈을 챙겼고 주말에는 등산객도 힘들다는 눈 덮인 북한산 정상까지 오르내리며 보온병에 담아간 커피를 팔았다.

봄이 되어 옥순이 시작한 일은, 밀개떡을 연상케 하는 둥그런 밀가루

빵을 파는 일이었다. 밀가루와 옥수수가루를 섞어서 노릇노릇하게 구워낸 그 빵은 시장통 사람들이나 막노동꾼들의 간식거리로 인기가 있었다. 사람들이 많이 지나다니는 지하도 입구나 길거리에서 행인들에게 팔아도 옛 입맛을 못 잊는 나이든 치들이 제법 사간다고도 했다.

"어디서 백만원만 구할 수 없을까? 친척이며 친구들한테서 십시일반으로다가 일이십만원씩만 빌려보면 모을 수도 있을 것 같은데."

예년에 없던 때 이른 더위가 찾아든 유월 중순경에, 옥순은 밥상머리에서 남편에게 불쑥 돈 이야기를 꺼냈다.

"나한테 빵을 대주는 주씨가 올 여름엔 빵공장을 안 돌리겠대. 여름만 되면 일하는 사람들이 사흘을 못 버티고 전부 나가버린대나봐. 당신도 알다시피 올 여름이 좀 더워야 말이지."

그 빵공장을 여름철 석 달 동안만 빌려보자는 것이었다. 날품팔이나 일용직으로 전전해봐야 어느 세월에 목돈을 모으겠냐며 옥순은 남편을 채근했다.

"일하는 사람 안 쓰고 대신 우리 식구들이 직접 나서면 되잖아?"

일은 뜻밖에 쉽게 풀려나갔다. 보증금조로 백만원을 내밀며 빵공장을 석 달 동안만 빌릴 수 없겠느냐고 하자, 주씨라는 사람은 이참에 아예 빵공장을 그쪽에서 인수해버리는 것이 어떻겠느냐며 한술 더 뜨고 나왔다. 오백만원이면 그 빵공장을 넘겨주겠다는 것이었는데, 선금으로 백만원만 받고 일단 가게를 넘겨줄 테니 나머지 사백만원은 차차 돈을 벌어서 갚아나가면 될 일이라고 했다.

"횡재하는 겁죠. 이게 힘이 좀 들어서 그렇지 수입은 짭짤하거든입쇼. 권리금 한푼 안 받고 거저다시피 넘길 테니, 한번 잘해보십쇼."

주씨는 눈웃음을 치며 너스레를 떨었다. 주씨의 뒤를 좇아 따라들어간 빵공장은 지하 일층이었는데 좁다란 계단을 구불구불 내려가야 했기 때문에 지하 이층쯤 되는 듯한 기분이 드는 곳이었다. 빵공장이래봐야 지하실 한가운데에 덩그러니 놓인 탁자 하나와 낡은 오븐 하나가 전부였으니 주씨가 요구한 오백만원은 그 코딱지만한 지하실의 임대보증금인 셈이었다. 유혁은 지하실 구석구석을 둘러보며 습한 곰팡이 냄새를 맡느라 코를 연신 벌름거렸다. 창문 하나 없는 밀폐된 지하에 환기구라고는 천장 한 귀퉁이에 달려 있는, 아이들이 가지고 노는 바람개비를 닮은 손바닥만한 환풍기 하나가 고작이었다.

"일을 해보면 알겠지만, 공기는 잘 빠집죠. 원래 더운 공기는 밑에서 위로 올라가는 성질이 있거든요. 저 환풍기는 틀어놓을 것도 없습죠. 저 출입문만 열어놓아도 저절로 환기가 됩니다요."

속이 빤히 비치는 거짓말을 들으면서도 그들 내외는 따져물을 수가 없었다. 이 정도 흠조차 없다면 이만한 값에 자기들에게 차례가 돌아왔겠는가 하는 생각에 군말 없이 계약서에 서명을 했다. 주씨는 신바람이 나서 빵 만드는 요령을 몇 마디 일러주고는 석 달 뒤에 잔금을 받으러 오겠노라며 총총히 사라졌다.

빵을 만드는 요령은 간단하고 쉬웠다. 반죽을 잘 해서 부풀어오를 때까지 기다렸다가 구워내면 그만이었다. 다 구워낸 다음에는 모양을 내기 위해서 건포도 몇 알을 빵 위에 꾹꾹 눌러놓으면 완성이었다. 그렇지만, 빵을 만드는 데 별다른 기술이 필요 없는 대신에 빵값은 터무니없을 정도로 쌌다. 별로 맛은 없지만 싸고 양이 많다는 것이 그 둥그스름한 밀가루빵의 장점이자 상품성이었던 것이다.

"생긴 건 꼭 너구리같이 생겨가지구선 뭔가 꿍꿍이속이 있을 줄 알았다구."

빵공장을 인수하고 일을 시작한 지 불과 반나절 만에 유혁의 입에서 튀어나온 말이었다. 빵값이 싸기 때문에 최소한 하루에 밀가루 두 포대 분량의 빵을 만들어서 팔아야만 수지타산이 맞았다. 그러나, 그 빵공장에서 빵을 사서 광주리에 이고 다니며 소매를 하는 아주머니들은 고작해야 열 명 남짓이었다. 하루에 밀가루 한 포대만 있으면 그들이 사가는 양을 전부 대고도 남았는데, 그 수입에서 월세며 밀가루 값이며 프로판가스 값을 제하고 나면 식구들 목구멍에 풀칠하기도 어려웠다.

게다가, 말이 쉬워서 밀가루 한 포대지, 22킬로짜리 밀가루 한 포대에 해당하는 빵을 만들어내려면 빵을 반죽하고 부풀리고 구워내는 작업을 수없이 반복하는 중노동을 견뎌내야 했다. 더구나, 좁은 공간에서 불을 피워 빵을 구워내기 시작하면 그곳은 순식간에 사우나탕처럼 더워져서 가만히 서 있어도 땀구멍마다에서 팥죽 같은 땀이 쉴새없이 뿜어져나왔다. 그 더위 속에서 몇 시간이고 밀가루 반죽과 사투를 벌여야 했다. 나중에는 팔이 빠져나간 것처럼 어깨에 감각이 없어졌고 신발 바닥에 흥건하게 땀이 고였으며 현기증이 일면서 헛것이 예사로 보였다. 하지만, 빵 반죽을 부풀게 하려면 높은 실내온도가 필요했으므로 더운 것을 탓할 수만도 없는 노릇이었다.

"댁들이 속은 거요. 원래 여기서는 여름철에 빵을 안 만들었수. 한겨울에도 삼복더위처럼 푹푹 찌는 곳인데 올해처럼 더운 여름에 어떻게 일을 하겠다는 거요? 그리고 석 달 뒤에 주씨가 나타나서 잔금을 달라고 하면 그건 또 어쩔 셈이우? 그 개차반에게 칼부림당하기 싫거든, 다른 데서 꿔서라도 그 돈을 마련해줘야 할 거요. 듣자니까, 그 사람 왕년에 사고깨나 쳐서 감방도 여러 번 들락거렸답디다."

빵을 받아가는 아주머니들 가운데 한 사람이 귀띔을 해주고서야 그들 내외는 비로소 자신들이 심각한 곤경에 처해 있음을 깨달았다. 하지만, 낙담하고 있을 수만은 없었다. 벼랑 끝에 몰려 있는 그들 내외를 일으켜 세운 것은 여기서 더 무너지면 갈 곳이 없다는 절박감이었다.

"빵값을 더 내려버리자구. 이판사판, 죽기밖에 더하겠어?"

빵값을 내리는 대신에 더 많이 팔면 되지 않겠느냐고, 일이야 힘들겠지만 세상에 쉬운 일이 어디 있겠느냐고 그들 내외는 마음을 다져먹었다. 값을 내린 효과는 예상보다 신속하게 나타났다. 소문을 듣고 몰려온 아주머니들이 매일 아침 이른 시각부터 저마다 광주리 하나씩을 들고 지하실 입구에 장사진을 쳤다. 서로 빵을 먼저 받으려고 언성을 높여가며 욕설을 주고받는 일은 다반사로 일어났고 가끔씩은 머리채를 붙들고 싸움을 벌이기도 했다.

"너희들, 우리 슬기랑 동기 못 봤냐?"

김노인은 나무그늘에 모여 앉아 공기놀이에 열중하고 있는 여자아이들에게 말을 건넸다. 아이들은 살래살래 고개를 가로저었다. 김노인은 다리에서 힘이 빠져나가는 기분이 들면서 자신도 모르게 무릎이 꺾였다. 눈에 제일 먼저 띄는 야트막한 고무타이어 위에 엉덩이 한쪽을 걸치고 쪼그려앉았다. 평소 같으면 시끌벅적할 놀이터는 어찌 된 일인지 텅 비다시피 하여 적막감마저 감돌고 있었다.

"다들 교회에 갔어요. 오늘 거기 가면 사탕을 준다던데요? 슬기랑 동기도 거기 갔을지 몰라요."

두어 발짝 떨어져서 혼자 흙장난을 하고 있던 사내아이가 양손에 흙을 한 줌씩 쥔 채로 다가오더니 묻지도 않은 사실을 가르쳐주었다. 김노인으로부터 칭찬 한두 마디를 기대하는 눈치였지만 김노인은 게슴츠레 뜬 눈으로 사내아이를 멀겋게 바라볼 뿐이었다. 더위 때문일까. 자꾸만 현기증이 일어나면서 기운을 차릴 수가 없었다.

'늙느니 죽는다더니……'

김노인은 시큰거리는 무릎을 주먹으로 두드리며 속으로 중얼거렸다. 마음 같아서는 벌떡 일어나서 한달음에 교회까지 달려가고 싶었지만 팔을 들어올리는 것조차 힘겹게 느껴질 정도의 무력감이 김노인의 사지를 포박하고 있었다. 김노인은 미간을 찌푸렸다. 잠시 잊고 있던 두통이 다시 시작되고 있었고 몸뚱이는 물 젖은 솜처럼 시간이 흐를수록 무겁게 가라앉았다.

그 무기력한 몸뚱이 때문에 김노인은 아들 내외가 찜통 속에서 하루 종일 시달리는 것을 알면서도 아무것도 도와줄 수가 없었다. 거죽만 남긴 채 앙상하게 말라들어가는 아들 내외를 지켜보다 못해서 큰맘 먹고 빵공장에 나간 적도 있었지만 채 한 시간도 버티지 못하고 아들 등에 업혀나오고 말았다.

"그러게 제가 뭐랬어요. 어머닌 이 일 절대로 못 하신댔잖아요. 그만 고집 피우고 집에서 애들이나 좀 돌봐주세요."

아들의 퀭하게 들어간 눈자위가 눈물을 참아내느라 끔벅거리고 있었다. 살거죽이 거뭇거뭇하게 타들어가고 머리숱까지 듬성듬성 빠진 아들의 모습이 안쓰러워서 김노인은 눈을 마주치지 못하고 자꾸만 고개를 돌려 외면했다. 며느리의 모습도 더하면 더했지 못할 것이 없었다. 입술이 부르텄다가 다시 아물기를 수차례 반복한 끝에 이제는 입술과 뺨의 경계를 분간할 수조차 없었다. 누렇게 뜬 얼굴에 가끔씩 초점을 못 맞추고 사시가 되어 엉뚱한 곳을 바라보고 있는 며느리를 볼 때면 김노인은 왈칵 겁이 나곤 했다.

"어머니, 오늘 매상이 얼마나 되는지 저 대신 한번 세어보실래요?"

집에 돌아오자마자 떨리는 손으로 지폐다발을 꺼내서 세어보던 며느리는 믿어지지 않는다는 듯이 처음부터 다시 한번 세어보고 나서 떨리는 목소리로 입을 열었다. 하루 평균 네 포대, 많은 날은 다섯 포대나 되는 밀가루를 반죽해서 빵을 만들어내도 주문량을 다 대지 못한다고 했다. 어떻게든 만들어내기만 하면 그게 다 돈인데, 손이 딸리는 게 한이라고도 했다. 비가 오는 날은 매상이 절반 이하로 줄게 마련인데, 그런 날조차도 십만원이 넘는 돈이 벌린다는 것이었다. 예상치 못한 큰돈이 벌리고 있었고 그 돈 버는 맛에 중독된 아들 내외는 아편쟁이처럼 달떠서 자기 몸 상하는 줄도 모르고 꼭두새벽부터 밤늦게까지 밀가루를 허옇게 뒤집어쓰고 일에 몰두했다.

"내일은 정말이지 못 일어날 것 같아. 우리 내일 하루만 쉬자, 응?"

일을 마치고 돌아오면 옥순은 저녁 밥상머리에서 매일같이 똑같은 말을 되풀이했다. 그럴 때마다 유혁은 선선히 고개를 끄덕이며 그러자고 했다. 내일 아침에는 해가 중천에 뜨도록 늦잠을 실컷 자보자고 다짐했다. 하지만, 날이 밝으면 두 사람은 핼쑥한 얼굴로 입을 굳게 다문 채 달동네의 가파른 비탈길을 오금 저린 걸음걸이로 위태하게 걸어내려갔다.

"그깟 빵공장 잔금은 이제 문제도 아니에요. 두고 보세요. 올여름 안에 화장실까지 달린 두 칸짜리 방으로 옮길 테니깐요."

빵공장을 인수한 지 두 달 만에 옥순은 저금통장을 보여주며 눈물을 내비쳤다. 한낮에 달궈진 열기가 자정이 되도록 식지 않는 그 슬레이트 지붕 아래 단칸방에서, 화장실에 한번 가려면 손전등을 들고 대문 밖으로 돌아나가야 하는 그 후락한 산비탈 달동네에서 그렇게 빨리 벗어날 수 있으리라고는 꿈에서조차 생각해본 적이 없었다. 정말이냐고, 정말

우리가 이사를 가느냐고, 아이들은 신이 나서 방구들이 들썩이도록 경중거렸고 유혁은 지친 음색으로 몇 번이고 껄껄 웃어젖혔다.

다가구 주택의 반지하로 이사하던 날, 옥순은 상기된 표정으로 쉴새없이 조잘거렸다. 이사하기에 날씨가 너무 좋다는 둥, 반지하라도 햇볕이 잘 들어서 겨울에 따뜻할 거라는 둥, 주인집 아주머니가 인상이 서글서글해서 좋다는 둥, 창문 앞에 감나무가 하나 서 있는데 가을이면 운치가 있을 거라는 둥, 그녀는 잠시도 입을 다물고 있지 못했다.

"여보, 잠이 통 안 와."

그날 밤, 옥순은 잠을 이루지 못했다. 피곤하고 졸리운데도 불구하고 가슴이 벌렁거려서 잠을 잘 수가 없다고 했다. 우황청심환을 두 알이나 먹고도 옥순은 잠을 이루지 못하고 뒤척거렸다. 옆에 누운 남편이 고른 숨결로 잠에 빠져들자 옥순은 잠자는 것을 아예 포기하고 자리에서 일어나버렸다. 유령처럼 발소리를 죽여가며 집 안 이곳저곳을 거닐던 옥순은 빗자루를 챙겨들고 청소를 하기 시작했다. 빗자루질에 이어 걸레질까지 마치고 나서 그녀는 창틀이며 선반처럼 눈에 잘 띄지 않는 곳의 먼지를 훔쳐냈다. 보물이라도 어루만지는 듯한 손길로 욕조며 세면대며 싱크대까지 반짝반짝 윤이 나도록 닦아놓았다. 새벽빛이 창을 넘어 비쳐들도록, 이미 집 안은 거울처럼 반짝거렸지만, 그녀는 청소를 멈추려고 하지 않았다.

담벼락을 짚어가며 김노인은 힘겹게 걸음을 떼어놓고 있었다. 현기증이 피어오르면서 눈앞이 흔들거릴 때마다 김노인은 담벼락에 몸을 기대어 숨을 골랐다. 어지럼증이 가라앉기를 기다렸다가 다시금 무거운 발걸음을 떼어놓으면 오래지 않아서 또다시 눈앞이 일렁거렸다.

'더위를 먹은 게야.'

김노인은 탄력을 잃고 아래로 처진 입술을 힘주어 다물었다. 아들과 며느리 모두 지난 석 달 동안 이것과는 비교도 할 수 없는 지독한 더위와 싸워오지 않았던가. 이까짓 더위에 맥없이 무너져서 어리고 불쌍한 손녀와 손자에게 점심도 못 챙겨준다면 죽은 며느리에게 면목이 서질 않았다.

"안녕하세요?"

김노인이 교회가 바라다보이는 언덕길 초입에서 고개를 떨군 채 가쁜 숨을 몰아쉬고 있을 때였다. 작은 발소리가 종종걸음으로 가까워지는가 싶더니 여자아이의 목소리가 들렸다. 김노인은 고개를 들고 아이의 얼굴을 찬찬히 들여다보았다.

"오호라, 슬기랑 같은 반 친구지? 가만, 이름이 뭐였더라……"

다가구 주택의 반지하로 이사하자마자, 슬기는 새집을 자랑하고 싶었던지 학교 친구를 집으로 데려왔었다. 슬기랑은 단짝이라고 했다.

"주희요."

한쪽 볼이 불룩하게 사탕을 물고 있는 그 아이는 자기 이름을 대며 활짝 웃어 보였다. 그래, 맞아, 주희였지. 김노인은 고개를 끄덕이며 기억을 더듬었다. 달동네에서 살게 된 뒤로는 한 번도 친구를 집에 데려오는 일이 없던 슬기였기에 김노인은 반갑고 고마운 생각이 들어서 며느리가 옷장 깊숙이 감춰둔 지갑을 뒤져서 과자 한 봉지를 사다가 아이들에게 안겨줬더랬다.

"과자를요? 과일도 좀 사다주시지 않구요."

밤늦게 돌아온 옥순은 그 말을 전해듣고 얼마나 기뻐했던가. 바늘로 찔러도 피 한 방울 나올 것 같지 않던 옥순은, 다음에 또 그 아이가 놀러오거든 잊지 말고 아이들이 좋아하는 피자를 한 접시 배달시켜주라고 신신당부했다. 거기에 덧붙여서 무슨 말인가를 더 하려다가 끝내 말을 잇지 못하고 볼만 실룩거리더니, 자고 있는 슬기의 머리를 손바닥으로 하염없이 쓸어내렸다.

"주희야, 혹여 우리 슬기랑 동기 못 봤든? 교회에 갔다던데."

김노인의 물음에 주희는 눈을 동그랗게 뜨며 고개를 갸웃했다.

"슬기는 교회에 안 왔어요. 슬기 아빠가 아까 놀이터에서 슬기랑 동기랑 전부 데려갔거든요."

김노인은 반색을 하며 주희에게 바싹 다가섰다. 주희는 양손으로 코를 쥐어 보이며 코맹맹이 소리로 말을 이어갔다.

"입에서 술냄새가, 으윽, 지독했어요."

그 말에 김노인은 움찔 놀라며 어깨를 들썩했다. 갑자기 불길한 예감이 노인의 잔등을 타고 선뜩하게 흘러내려갔다. 지난번에도 술에 만취해서 제 자식도 몰라보고 폭력을 휘두르지 않았던가.

"아항, 길이 엇갈렸구나? 그쵸?"

주희가 종알거리고 있었지만 김노인은 대꾸해줄 기분이 아니었다. 유혁이 술에 만취한 상태에서 애들을 데려갔다는 말이 가시처럼 고막에 박혀 있었다. 주위를 휘둘러보던 김노인은 길모퉁이에 있는 공중전화를 발견하고 휘적휘적 팔을 내저으며 걸음을 바삐 옮겼다.

계집아이 말마따나 도중에 길이 어긋난 것이라면, 지금쯤 아들녀석은 아이들과 함께 집으로 돌아가 있을지도 모를 일이었다.

침침한 눈을 가늘게 뜨고서 기도하는 심정으로 김노인은 집 전화번호를 차례로 눌러나갔다. 뚜우…… 뚜우…… 신호음이 울리자 마른침을 삼켰다. 뚜우…… 뚜우…… 신호음은 계속해서 울리고 있었지만 아무도 수화기를 들지 않았다. 집에는 아무도 없는 것이 분명했다. 그렇다면, 유혁은 대체 아이들을 데리고 어디로 간 것일까. 달포쯤 전에 유혁이 술집에서 했던 말이 불현듯 김노인의 뇌리를 스친 것은 바로 그 때였다.

그날도 자정이 넘도록 돌아오지 않는 아들을 기다리고 있던 김노인은 이대로는 안 되겠다 싶어 슬기를 앞세우고 실내포장마차로 들어섰다. 늙은 어미의 말은 들은 척도 하지 않겠지만 애지중지하던 딸아이의 말이라면 혹시 효과가 있을지도 모른다는 생각에서였다. 자욱한 담배연기 속에서 술잔을 주고받고 있는 사람들 중에는 유혁의 모습이 보이지 않았다. 유혁은 구석진 곳의 탁자에 머리를 처박고 엎드린 채로 알아듣지 못할 말을 혼자 웅얼거리고 있었다.

"아빠, 술 그만 마시고 집에 가서 주무세요, 네?"

슬기는 김노인이 미리 일러준 대로 유혁의 팔을 끌면서 졸라댔다. 여느때처럼 김노인이 혼자서 찾아왔더라면 '나 좀 내버려두란 말이오' 하며 대번에 역정부터 냈을 유혁은 제 딸아이의 하는 짓이 예뻐 보였는지 말없이 지켜보기만 했다. 기회를 놓치지 않고 김노인은 아들의 눈치를 살펴가며 옆에서 거들었다.

"내가 이렇게 빈다. 마실 때 마시더라도 몸 생각도 좀 해야 할 것 아니냐."

그때였다. 고개를 모로 튼 채로 흐릿한 눈길로 김노인과 슬기의 얼굴을 번갈아가며 응시하던 유혁은 별안간 팔을 벌리더니 와락 슬기를 부둥켜안았다. 딸의 얼굴에 뺨을 비벼대며 유혁은 들릴 듯 말 듯한 작은 목소리로 중얼거렸다.

"우리 죽어버리자. 응? 슬기야, 다 같이 확 죽어버리자."

초점이 풀린 눈을 뒤룩거리며 유혁은 딸아이의 귓가에 몇 번이고 똑같은 말을 속삭거렸다.

김노인은 후드득 진저리를 쳤다. 불길한 생각이 꼬리에 꼬리를 물고 떠올라 머릿속을 휘저어놓고 있었다. 다급한 마음에 숨이 턱에 닿도록 큰길을 향해 종종걸음을 치던 김노인은 우뚝 멈춰 섰다. 아들이 아이들을 어디로 데려간 줄도 모르는 마당에 무슨 수로 뒤쫓아간단 말인가. 맥이 풀린 김노인은 가야 할 곳을 정하지 못하고 우두커니 선 채로 가쁜 숨만 몰아쉬었다.

2

'여긴 또 뭣 하러 왔을꼬.'

발길 내키는 대로 걷고 있던 김노인은 마을 앞 횡단보도에 다다른 자기 자신을 발견하고 그렇게 자문했다. 한 손으로 가로수 등걸을 짚은 채로 김노인은 옥순이 사고를 당한 횡단보도 쪽으로 눈길을 던졌다. 그곳에는 하얀 스프레이 자국이 마치 어제 그려놓은 것처럼 선명하게 남아 있었다.

'목격자를 찾습니다 뺑소니 사고 차량 목격하신 분 후사함'

고개를 쳐들자 길 건너편 가로수와 가로등 사이에 축 늘어져 걸려 있는 현수막이 김노인의 눈길을 잡아끌었다. 자동차들이 바람을 일으키며 쏜살같이 달려 지나갈 때마다 현수막은 힘없이 흔들거리며 먼지를 뒤집어쓰고 있었다. 김노인은 한숨처럼 길게 숨을 몰아쉬고 나서 차들이 달려 지나가는 도로 한복판에 시선을 아무렇게나 던져두었다.

"할머니, 아까부터 거기서 뭐 하셔요?"

얼마나 그렇게 서 있었을까. 어눌한 아낙의 음성이 상념에 잠겨 있던 김노인의 주의를 환기시켰다. 김노인은 고개만 옆으로 돌려 아낙에게 눈길을 주었다. 체크무늬 앞치마를 두른 아낙의 너부데데한 얼굴에는 경계하는 빛이 드러나 있었다.

"무슨 걱정이 있으신가보다, 그쵸?"

아낙은 힐끔힐끔 김노인의 안색을 살피며 말을 건넸다. 김노인이 대답을 하지 않고 빤히 바라만 보자 아낙은 양손을 앞치마에 연신 문질러 닦으면서 어색하게 웃어 보였다.

"괜한 참견 한다고 불쾌하게 생각하진 마셔요. 실은 한 달쯤 전에 바로 그 자리에서 어떤 새댁이 자살을 했거든요. 그런데 웬 노인네가 그 자리에 서서 한숨을 푹푹 쉬어대니깐 금방이라도 또 무슨 일이 일어날 것만 같아서 일이 손에 잡혀야 말이죠."

굳게 다물어져 있던 김노인의 입이 반쯤 벌어졌다. 바싹 마른 입술에 침을 축이고 나서 김노인은 더듬더듬 말을 꺼냈다.

"그, 그 사고를 보셨수?"

아낙은 쉿소리가 나는 김노인의 음색 때문에 말귀를 얼른 못 알아듣고 잠시 멍한 표정을 짓다가 한 박자 늦게 대답을 했다.

"아휴 그럼요. 선짓국물 같은 피가 사방으로 튀어서 난리도 아니었어요."

횡단보도 바로 앞에 있는 가게에서 새벽녘까지 해장국을 판다는 그 아낙은 그날의 사고를 세세하게 기억하고 있었다.

"마침 손님도 없고 해서 의자에 앉아서 바깥을 내다보고 있었죠. 신호가 떨어지기를 기다리는 사람은 그 여자하고 어떤 총각하고 둘뿐이었구요."

여자가 횡단보도 앞에 와서 서자, 먼저 와서 신호가 바뀌기를 기다리고 있던 총각이 무심히 여자 쪽을 한번 쳐다보았다고 했다. 그러자, 여자는 장바구니를 옆에 내려놓고 허리를 반쯤 숙인 채로 바지춤을 잠시 만지작거렸다. 이윽고 고개를 쳐든 여자는 옆에 내려놓았던 장바구니를 집어들고 다시 허리를 폈다.

"근데 갑자기 그 여자가 도로 쪽으로 발을 한 발짝 내딛는 거예요. 그러더니 글쎄, 트럭이 달려오고 있는데 그 바퀴 밑으로 쓰러져 누워버리더라구요. 새벽녘이라 차들이 좀 빨리 다녀요? 으이그, 너무 끔찍해서 생각하기도 싫어요, 정말."

김노인은 망치에라도 얻어맞은 사람처럼 온몸이 경직된 상태로 움직일 줄을 몰랐다. 아니야, 그건 자살이 아니야, 고함이라도 내지르고 싶었지만 입 속에서만 맴돌 뿐이었다. 누군가가 자신의 목을 조르고 있는 것 같았다. 숨이 막혔다. 다음 순간, 김노인은 서 있던 그 자리에 풀썩 주저앉아버렸다. 김노인의 귓가에서는 옥순의 목소리가 천둥처럼 증폭되어 윙윙거리고 있었다.

"처녀도 아닌데 속살 좀 보이면 어때요. 요즘 젊은 사람들은 일부러 튿어진 옷을 입고 다니기도 하던데요 뭐."

허벅지께가 한 치가량 튿어져 있는 바지를 입고 새벽 장을 보러 간다며 집을 나서려는 것을 김노인이 말리자 옥순은 태연스레 대꾸했다. 빨래가 밀려 있어서 다른 옷들은 마땅한 것이 없다는 것이었다.

옥순은 바로 그 바지춤을 옷핀으로 여미느라 장바구니를 옆에 내려놓고 바지춤을 만지작거렸던 것이 분명했다. 그리고, 다시금 장바구니를 들기 위해 허리를 깊이 숙였다가 일어서는 순간, 늘상 옥순을 괴롭히곤 하던 현기증이 그녀의 중심을 무너뜨렸으리라. 여름 내내 그 빌어먹을 빵공장에서 진을 뺀 탓에 잠깐만 앉았다가 일어나도 어지럽다며 벽을 짚곤 하던 옥순이었다.

"에구머니나, 이 일을 어째. 얼굴 창백해진 것 좀 봐. 여보, 여보, 이리 좀 와봐요. 노인네가 쓰러졌어요."

아낙이 목청껏 질러대는 소리가 아득하게 먼 곳에서 들려오고 있었다. 김노인은 시야가 동전만한 크기로 좁아지는 것을 느꼈다. 그 동전만한 빛은 이내 명멸하고 말았다.

"할머니, 제 말 들리세요?"

김노인이 다시 의식을 회복하자 아낙이 말을 걸어왔다. 곁에 서 있는 중년의 사내는 아낙의 남편인 듯했는데, 휴대용 전화기를 들고 큰 소리로 누군가와 통화를 하고 있었다.

"아 예, 방금 눈을 떴습니다. 안정을요? 네, 네, 반듯하게 말이죠? 그렇게 하겠습니다. 네, 네, 기다리고 있겠습니다. 빨리 좀 와주십시오."

통화를 끝낸 사내는 전화기를 뒷주머니에 찔러넣으며 아낙을 향해 "이젠 됐어. 응급차가 금방 올 거야"라고 말했다. 그제서야 김노인은 자신이 인도 위에 모로 누워 있다는 사실을 깨달았다. 자신의 발치에서 서너 걸음쯤 떨어진 곳에 구경꾼 한 명이 호기심 어린 눈으로 굽어보고 있는 것이 보였다. 김노인은 몸을 추슬러 앉으며 아낙에게 물을 좀 마시게 해달라고 부탁했다.

"그렇게 일어나 앉으셔도 괜찮으시겠어요? 반듯하게 누워서 안정을 취해야 한댔는데."

아낙이 가져온 물을 한 모금 넘기고 나서 한결 원기를 회복한 김노인은 고집스럽게 고개를 저었다. 집이 바로 요 앞이니 돌아가서 한숨 자고 나면 괜찮아질 거라며 자리에서 일어나려고 했다. 하지만 몸이 말을 듣지 않았다. 무엇인가 정체를 알 수 없는 무거운 것이 온몸을 내리누르고 있는 것만 같았다.

"큰일 내실 양반이네. 응급차가 금방 올 테니까 가만히 좀 앉아 계십쇼."

사내는 오른팔로 김노인의 등을 감싸안으며 나무라듯이 말했다.

"아참, 보호자분 연락처 좀 가르쳐주세요. 누구랑 같이 사세요? 아드님이요? 전화번호 기억하실 수 있으세요?"

김노인은 사내가 자신을 숫제 어린아이 다루듯 하는 것이 마뜩지 않았지만 다른 도리가 없다 싶어 결국은 집 전화번호를 일러주고 말았다. 그 집에는 지금 아무도 없기 때문에 전화를 해봤자 받지 않을 것이라는 점도 잊지 않고 덧붙였다.

"가게로 해봐도 마찬가질 거요. 요새 집안에 우환이 있어서 문을 닫아놓고 있으니깐 말이요."

사내는 김노인이 불러주는 집 전화번호와 빵공장 전화번호를 자신의 손바닥 위에 받아적더니 곧바로 전화기를 들고 자신의 손바닥을 힐끔거려가며 버튼을 눌러나갔다. 부질없는 짓이라며 시큰둥한 표정으로 사내가 하는 양을 지켜보고 있던 김노인은 다음 순간 안색이 달라졌다.

"아, 여보세요?"

빵공장으로 전화를 건 사내는 김노인을 향해 눈을 찡긋해 보였다.

"누구니? 이름이 뭐야? 슬기? 그래, 아버지는? 배달 가셨다구?"

김노인은 쓰러졌던 사람답지 않게 자리에서 벌떡 일어났다. 후들거리는 다리에 안간힘을 주며 그 전화기 나 좀 바꿔달라고 사력을 다해 목소리를 쥐어짰다.

"핼미다. 오냐. 밥은 묵었냐?"

'아빠가 짜장면 시켰어요' 하는 슬기의 목소리가 수화기 저편에서 흘러나오자 김노인은 뱃속 깊은 곳에서부터 뜨거운 것이 울컥 솟구쳐올라오는 것을 느꼈다.

"할머니, 나 아빠랑 빵 만들었어요."

"그래 잘했다. 암, 그래야지. 암."

"제가 건포도 고명도 놓구요, 빵도 나르구요, 그랬어요."

"오냐 내 새끼. 장허다. 장해. 동기도 옆에 있냐?"

"아뇨, 여긴 너무 더워서 밖에서 혼자 놀고 있어요. 정말정말 덥거든요. 가만히 있어두요 땀이 얼굴에서 주르륵주르륵 흘러내려요."

"그렇게 덥거든 너도 동기랑 같이 밖에 나가 있지 그러냐."

"안 돼요. 전화 받아야 해요. 아빠가 전화 잘 받아야 한다고 몇 번이나 말했어요."

"전화?"

"한번 보실래요? 봉천동 스텐다라이 아줌마가 한 판, 돈암동 노란 머릿수건 아줌마가 한 판, 그리고 깜치 아줌마가 두 판을 주문했어요, 히힛."

"오냐 그래 내 새끼, 고생헌다."

김노인은 더이상 말을 잇지 못했다. 아버지가 배달 갔다가 돌아오거든 맛있는 것 좀 많이 사달라고 해서 먹고 들어오라는 말을 하고 싶었지만 자꾸만 울음이 비어져나오는 통에 입을 뗄 수가 없었다. 김노인은 옆에서 있는 가로등에 쿵 소리가 나도록 이마를 짓찧었다. 악물고 있는 이 사이로 희미하게 새어나오는 울음소리가 신음 소리를 닮아 있었고 저승꽃이 피어 있는 뺨을 타고 눈물줄기가 흘러내리고 있었다.

멀리서 사이렌 소리가 들려왔다. 찌는 듯한 한낮의 더위가 맹위를 떨치고 있는 거리에는 인적이 끊어져 행인의 그림자조차 비치지 않았다. 영원히 끝날 것 같지 않는 혹서의 계절만이 야만스럽고 거친 숨을 뜨겁게 몰아쉬고 있었다.

수록작품 발표지면

유령
『내일을 여는 작가』 2001년 가을호

귀가
『문학동네』 1998년 봄호

빛바랜 흑백사진 속의 새벽 새
『현대문학』 1999년 12월호

피어나는 산
『한국문학』 1995년 겨울호

조난
『현대문학』 1995년 5월호

변태 시대
1995년 서울신문 신춘문예 당선작

핏빛 바다
『샘이 깊은 물』 1995년 7월호

혹서의 계절
『현대문학』 1998년 12월호

해설

김형중(문학평론가)

기억에 들린 사람들

모든 기억들은 어느 순간 형성된 시간의 특이점을 빌려

구원을 시도하기 전까지는 억압당하고 유폐당한 상태였다.

그러나 시간의 특이점을 경과하고 나면 그것은 프루스트적인 의미에서,

그리고 지라르적인 의미에서도 '되찾은 시간' 이 된다.

의미로 충만한, 그리고 갈등은 해소되고 주인공은 해방되는,

그 '되찾은 시간' 말이다.

그렇다면 한동림의 소설들은 모두

'되찾은 시간' 에 관한 기록들이기도 할 것이다.

1

과거는 구원을 기다리고 있는 어떤 은밀한 목록을 함께 간직하고 있다.
—발터 벤야민

벤야민에게서와 마찬가지로 한동림의 주인공들에게도 과거는 "구원을 기다리고 있는 어떤 은밀한 목록"(「역사철학테제」 2)이다. 한동림의 소설은 대개 바로 그 '구원을 기다리고 있던 과거'가 현재의 어떤 순간 속으로 비집고 들어와, 일상적인 시간의 연쇄에 파열을 내는 장면으로부터 시작된다. 이때 과거에 침입당한 현재의 한순간은, 잊혀졌던 기억들과 상처와 의미들이 '현현'하는 이질적이고 충만한 시간으로서의 '현재시간(Jetztzeit)'(「역사철학테제」 14)이 된다. 전혀 동질적이거나 공허하지 않은 이 시간, 의미로 가득 찬 이 시간이 한동림의 소설 속에서 출현

하는 장면들은 다음과 같다(이하 강조는 필자).

장면 1. 여관방 침대 위

해묵은 기억 저편에서, 진형은 며칠째 시달리고 있는 독감 때문에 기침을 쿨럭거리며 현관에 들어서고 있었다.(「유령」, 13쪽)

장면 2. 자신의 송별식 장소(창신동 '환희')를 전해듣는 순간

술에 취해 오르던 고갯길, 잿빛 시멘트 포도 위로 눌어붙는 절망감, 가파른 경사면을 타고 헐떡거리는 쉬어빠진 노래와 허탈한 침묵, 그리고 성급한 입맞춤과 수줍은 애무까지, 나는 어두컴컴한 다락 속에서 먼지를 뒤집어쓰고 묻혀 있던 빛바랜 사진첩을 들추듯 아스라한 시간 저편에 단편적으로 존재하는 기억의 편린들을 건져올렸다.(「빛바랜 흑백사진 속의 새벽 새」, 64~65쪽)

장면 3. 목불을 깎다가

파드드득.

상념에 잠겨 있던 평섭은 문득 기억 저편에서 여린 날갯짓 소리를 들었다.(「피어나는 산」, 88쪽)

장면 4. 폭설과 어둠 속에 조난당한 산행길

그녀는 이번 산행을 계획하는 순간부터 어떤 심상찮은 예감에 사로잡

혀 있었다는 사실을 기억해냈다. 아니, 그 이전부터였는지도 모른다. 그녀는 시간을 되짚어올라가며 기억을 더듬기 시작했다.(「조난」, 126쪽)

장면 5. 대낮 재개봉관

사내의 움직임을 숨죽이고 지켜보고 있던 그는 갑자기 후두둑 진저리를 쳤다. 불현듯 눈앞에 떠올랐다가 사라져가는 기억의 편린들이 있었다.(「변태 시대」, 155쪽)

장면들은 더 늘어날 수도 있다. 그러나 매 장면에서 '기억'을 수식하는 상투적인 관형어들('해묵은' '아스라한' '어두운')에 대해서는 신경쓸 바 아니다. 중요한 것은 '불현듯'이나 '문득' 등과 같은 부사들이다. 기억들은, 경고도 없이 아주 사소한 핑곗거리 하나만 발견되어도 일상의 시간에 파열을 내며 무의식의 머나먼 저장고로부터 의식 속으로 '불현듯' '문득', 회귀한다. 어떤 시간, 어떤 장소에서도 돌연히, 아무렇게나, 현재 속으로 비집고 들어온다.

이제 막 애인과 격렬한 정사를 마치고 누워 있는 여관방의 침대 위로도(「유령」), 고단한 노동을 마치고 귀가하는 버스 안으로도(「귀가」), 술 취한 자가 홀로 〈빠삐용〉을 보고 있는 삼류 재개봉관의 어둠 속으로도(「변태 시대」), 난생 처음 조카들을 만나는 감격스러운 순간에도(「핏빛 바다」), 폭설과 어둠에 갇힌 산 속으로도(「조난」), 겨울 산사에서 목불을 깎던 중에도(「피어나는 산」)…… 그것이 한동림의 소설인 한 예외는 없다.

그 순간, '현재'는 '잃어버린 시간'들이 마들렌 과자의 도움도 없이 밀어닥치는 충만한 특이점이 된다. 그렇다면 한동림의 주인공들에게 그들이 살고 있는 현재 시간이란 예외 없는 '비상사태'이다.(「역사철학테제」 8) 언제, 어떻게, 공습경보도 선전포고도 없이 구원받지 못한 기억들의 융단폭격이 가해질지 알 수 없는 상태, 한동림의 주인공들은 그런 상태를 산다. 그런 의미에서 그들은 모두 기억에 들린 자들이다. '어두운 기억 저편'으로 유폐당했던 괴물은 시간에 파열이 생기기를, 그리하여 의식 속에서 당당하게 구원받기를 절치부심 기다려왔던 것이다.

2

> 사고는, 그것이 긴장으로 충만된 사실의 배열 속에서 갑자기 정지하는
> 바로 그 순간에 그 사실의 배열에 충격을 가하게 되고
> 또 이를 통해 사고는 하나의 단자로서 결정화된다.
> —발터 벤야민

이 소설집에 실린 여덟 편의 작품 모두가 취하고 있는 시간적 '교차서술'의 형식 또한 그렇게 이해되어야 한다. 일단 과거가 현재의 한순간 속으로 비집고 들어오기 시작하면 현재는 과거와 뒤엉킨다. 현재는 과거의 반복이나 변주가 되고 과거 또한 현재와 유비적으로 나란히 재배열된다. 그리하여 결국에는 과거와 현재의 구조적 상동성이 드러난다. 「귀가」를 예로 들어보자.

> 나는 게슴츠레 실눈을 뜨고서 아낙의 옆얼굴을 훔쳐보았다. 검게 그을린 피부는 탄력을 잃어 잔주름이 져 있었고 눈가에는 굵은 주름이 잡혀 있었다. 마흔은 넘겼을까. 모진 세파에 시달린 탓에 실제보다 훨씬 나이 들

어 보이는 초췌한 얼굴…… 나는 문득 내 가슴속에 각인되어 있는 낯익은 얼굴을 떠올렸다.

어머니는 불 꺼진 거실에 정물처럼 앉아 있었다.(「귀가」, 36쪽)

귀갓길 버스 안에서 주인공은 우연히 불구인 아들을 업고 차에 오른 사십대의 아낙을 목격한다. 그리고 "문득", 그 아낙의 초췌하고 가난한 행색에서 "가슴속에 각인되어 있는 낯익은 얼굴" 하나를 떠올린다. 그 얼굴은 어머니의 얼굴이다. 바로 이 순간이 과거와 현재가 중첩되는 특이점이다. 일순 무대가 과거로 바뀌면서 불 꺼진 거실에 정물처럼 앉아 있는 어머니에 대한 기억이 서술되기 시작한다. 이어서 현재와 과거의 교차서술이 진행되면 차차 자신의 형 또한 불구였음이, 그리고 그로 인해 어머니가 평생을 지고 살아야 했던 자책감의 강도가 드러날 것이다.

그리하여 소설의 말미에 이르면 결국 현재 시간에 버스 안에서 연출되고 있는 기이한 삼각구도(나-아낙-아낙의 불구 아들)가 과거의 기억 속에서 형과 나와 어머니가 만들었던 삼각구도(나-어머니-불구인 형)와 구조적 상동관계에 있음이 밝혀진다.

물론 이때의 과거, 프로이트의 '가족 로맨스'를 연상시키는 유년기의 기억은 구원받지 못한 채 무의식 저편으로 유폐되어버렸던 것이다. 역으로 얘기하면 언제든 계기만 주어지면 의식의 전면으로 부상하여 구원받기를 학수고대하고 있던 과거이다. 그러던 차에 바로 그 귀갓길의 버스 안에서 기억 속의 구도와 유사한 삼각구도가 형성되었던 것이다. 기억이 기회를 놓칠 리 없다.

기억은 구원받기를 시도한다. 제 주인과의 오래된 원한관계를 청산해야 하는 것이다. 그리하여 버스 안은 현재의 유사한 구도를 빌려 과거의 기억이 분출하고 구원받는, 시간의 특이점이 된다. 소설의 말미에 주인공이 형에 대한 어머니의 편애를 연민이 가득 어린 어조로 이해하게 되는 사정, 즉 기억과 화해함으로써 억압받았던 기억 역시 구원받게 되는 과정이 이와 같다.

이와 동일한 과거와 현재의 중첩과 교차가 「핏빛 바다」에서도 나타난다.

"아버지가 이렇게 때리더냐?"

명한은 여러 차례 심호흡을 한 뒤에야 간신히 정신을 가다듬고 아이들에게 그렇게 물을 수가 있었다. 아이들이 주눅든 표정으로 고개를 끄덕이는 것을 지켜보던 명한은 다리에 힘이 풀려 무너지듯이 그 자리에 주저앉고 말았다.

수십 년이라는 세월을 되짚어, 유년의 어두운 기억 저편에 묻혀 있던 흉측한 괴물이 되살아나고 있었다. 그 괴물이 내뿜는 시금털털한 숨결이 느껴지는 순간, 망각 속에 잠겨 있던 공포가 수면 위로 떠올라서 명한의 숨통을 조여왔다. 달아나고 싶어도 발걸음조차 떨어지지 않던 그 공포 앞에서 그는 바짓가랑이에 오줌을 싸지르면서 울부짖었다. 손바닥을 비벼대며 '아버지, 살려주세요. 아버지, 제발 용서해주세요' 하고 숨넘어가는 목소리로 목청껏 소리쳤다.

"밥은? 너희들 밥은 먹었어?" (「핏빛 바다」, 203~204쪽)

주인공 명한은 현재 정신병원에서 김박사와 상담중이다. 소설 내내 현재 시간에 해당하는 김박사와의 상담 상황과, 과거 시간에 해당하는 명한의 발언 내용이 교차서술된다. 게다가 상담 내용인 과거 사실들 또한 다시 근과거(형을 다시 찾았던 장년기)와 대과거(자신이 아버지를 죽였다고 믿고 있는 유년기)로 재분할되면서 교차한다.

위의 인용문은 근과거, 즉 아직 정신병원에 입원하기 전 장년의 명한이 십수 년 만에 형의 집을 찾아 조카들을 처음 만나는 장면에 해당한다. 조카들의 몸에 든 시퍼런 멍들을 보는 순간, 근과거는 순식간에 대과거와 중첩된다. 형과 아버지와 내가 맺었던 폭력의 삼각구도가 형과 나와 조카들의 삼각구도와 겹쳐지는 것이다. 이번엔 형이 가해자, 바로 그 삼각구도의 맨 꼭대기에 놓였을 뿐 달라진 것은 없다. 이 순간 역시 두 시제가 공존하는 일종의 시간의 특이점이 되는 것은 당연한 이치다.

한동림의 모든 소설에 이와 같은 시간의 특이점이 존재한다. 그리고 특이점이 형성된 직후부터 과거와 현재는 교차서술된다. 시간이 중첩되었기 때문이다. 「유령」에서는 인숙과 어머니와 유령이 맺고 있는 현재의 삼각구도가, 진형과 할머니와 할머니의 유령이 맺었던 과거의 삼각구도와 중첩된다. 당연히 시간적 교차서술은 필연적이다. 「빛바랜 흑백사진 속의 새벽 새」에서는 현재의 영훈과 그를 유혹하는 여자, '단란주점 환희' 와 산사나무 꽃 등이 과거의 영훈과 은주와 '다방 환희', 그리고 은주의 고향집 산사나무 열매 등과 상동구조를 이루며 중첩된다(그러나 구조의 분석만으로 이 소설의 아름다움을 다 말할 수는 없을 것이다). 역시 시간적 무대는 자주 교차된다. 「피어나는 산」에서는 과거의 박새 소리와 수원댁과 평섭의 삼각구도가 현재의 낯선 여인과 황학산 들개 소리와 목불장이 평섭의 삼각구도로 다시 변주된다. 게다가 장영감의 기억 속에 보존되어 있는 삼각구도 또한 평섭의 삼각구도와 그다지 다르지 않다. 그에 따라 서술의 시제 또한 교차한다.

다른 작품들에서도 이와 같은 시간의 중첩과 교차서술을 찾기란 어려운 일이 아닌바, 한동림의 소설은 요컨대 내용에 있어서도 형식에 있어서도 두 개의 시간대가 하나로 겹쳐지는 시간의 특이점이라 할 만하다.

그리고 이와 같이 어떤 순간에 복수 시간대가, 혹은 두 시간의 계열체가 중첩되어 있다면 그 순간이 누리게 되는 '의미' 또한 증폭되는 것이 당연한 일이다. 물론 이때 증폭되는 의미는 단순히 양적인 증폭을 초과한다. 주체의 "사고는, 그것이 긴장으로 충만된 사실의 배열 속에서 갑자기 정지하는 바로 그 순간에 그 사실의 배열에 충격을 가하게 되고 또 이를 통해 사고는 하나의 단자로서 결정화"(「역사철학테제」 17)되기 때문이다.

기억들의 급작스런 침입으로 거의 정지상태에 이른 현재는 과거의 사실들을 그대로 반복하는 것이 아니라 재배열하고 재구성하게 되며, 그럼으로써 단편적이었던 기억들이 현재와 여분 없이 밀착된 채 충만한 의미로 가득 차게 된다. 라이프니츠적인 최소 우주, 곧 '단자(monad)'란 그런 의미일 것이다. 그렇다면 예외 없이 현재와 과거가 중첩되는 시간의 특이점들로 이루어진 한동림의 소설들은 현재 시간의 모나드화에 대한 기록이자 그 결과물에 해당한다.

3

소설의 결말은 모두가 되찾은 시간이다.
— 르네 지라르

이제 현재의 어떤 순간으로 몰아닥친 기억의 내용이 궁금해진다. 예상할 수 있는 바이지만, 한동림의 주인공들에게 모든 기억은 억압당한 상처, 혹은 구원받지 못한 심리적 외상들이다. 그렇지 않고서야 댐에 난 파열구로 들이닥치는 물길처럼 그렇게 막무가내일 수는 없을 것이다. 억압당한 것들은 반드시 귀환한다는 법칙(프로이트, 「성욕에 관한 세 편의 에세이」)은 한동림의 주인공들에게도 예외일 수 없다.

물론 억압의 이유는 (대개의 심리적 억압이 다 그렇듯이) 프로이트적인 용어로 설명이 가능하다. 가령 「핏빛 바다」에서 명한이 내내 억압하고 있던 기억은 '부친 살해'와 관련된다. 폭력으로 어머니를 가출하게 하고 자신과 형을 무지막지하게 학대한 아버지, 그리하여 환상 속에서 제 손으로 숨을 끊어놓았던 바로 그 아버지에 대한 기억이 명한을 사로잡고 있다. 「귀가」에서 억압된 기억은 '어머니'와 관련된다. 불구가 된 형만을 아들로 여겼던 어머니, 죽는 순간까지 자신의 면전에서도 형 용민의 이름만을 불렀던 어머니, 그리하여 심지어는 자신으로 하여금 형의 '불구'를 오히려 욕심 내게 했던 바로 그 어머니에 대한 원한이 기억 한가운데 가로놓여 있다. 설사 이와 같은 '가족 로맨스'가 「유령」에서처럼 할머니의 시신에 대한 '네크로필리아(necrophilia)'의 형태로 변형되어 나타나든, 「변태 시대」에서처럼 죽은 아내에 대한 죄책감으로 나타나든 사정은 별반 달라질 게 없다. 그의 대부분의 소설에서 부친은 항상 부재중(심지어 할머니의 장례식장에서도)이고, 어머니는 항상 학대받거나 고난받으며, 그에 따라 부친에 대한 묘사는 대부분 증오와 무시의 어조를 띠고 있고, 어머니에 대한 묘사는 반대로 연민과 공감의 어조를 띠고 있다는 사실에는 변함이 없기 때문이다. 요컨대 한동림의 주인공들이 억압한 기억의 핵심에는 프로이트적인 의미에서의 '가족 로맨스'가 도사리고 있다. 그렇지 않고서야 그것들이 억압될 이유는 달리 없었을 것이다.

그렇다면 한동림의 소설에 매번 등장하는 시간의 특이점들은 또한 기억이 억압의 사슬을 풀고 의식과 화해를 시도하는 지점들이라고도 말할 수 있겠다. 오이디푸스적 상황이 각인된 기억들이 내내 억압되어 있다가 시간의 특이점이 형성되는 순간 의식으로의 복귀를 시도한다. 즉 구원받기를 시도한다. 물론 구원의 시도는 대부분 성공한다. 왜냐하면 지라르의 말대로 소설의 결말이란 '되찾은 시간', 즉 잃어버린 시간과의 화해이기 때문이다.

그리하여 「귀가」는 용현이 기억 속의 어머니(그리고 형)와 화해하면서 끝나고,

> 장례식이 끝나고 내 쪽에서 형과 연락을 끊어버린 것도 어머니의 사랑과 관심을 송두리째 앗아가버린 형에 대한 증오 때문이었으며, 그 증오는 내게 관심을 줄 만한 여력이 없었던 어머니에 대한 구애였음을 알게 되었다.(「귀가」, 58쪽)

「빛바랜 흑백사진 속의 새벽 새」는 은주의 죽음에 대한 영훈의 고해로 끝난다.

> 나는 새벽인 줄 몰랐어요. 사위를 뒤덮은 그 어둠이 영원히 지속되리라고 생각했죠. 할 수만 있다면 변절하고 싶었어요. 할 수만 있다면 도망치고도 싶었구요. 하지만, 내가 할 수 있는 것은 그 조그만 셋방에 틀어박혀 숨어 있는 것뿐이었어요.(「빛바랜 흑백사진 속의 새벽 새」, 84쪽)

「피어나는 산」은 수원댁에서 산사에 찾아든 낯선 여자로의 환유를 거쳐 모든 여자들의 결정체로서의 '관음상', 즉 화해로서의 예술작품이 탄생하면서 마무리되고,

여자가 거기에 서 있었다. 목걸이, 귀걸이, 팔찌, 영락(瓔珞) 등으로 화려하게 몸치장을 하였고 머리에 관을 썼으며 한쪽 손에 활짝 핀 연꽃을 꺾어들고 있었다. 서글픈 눈매와 얄궂한 입술, 동그스름한 어깨에 걸쳐입은 날아갈 듯한 천의(天衣), 그 너머로 엷게 비쳐 보이는 풍만한 젖가슴과 허리에서 둔부로 이어지는 가냘픈 선, 아! 여자는 금방이라도 살아 움직일 것만 같았다.(「피어나는 산」, 112~113쪽)

「조난」은 내내 하산하던 현숙이 박선배의 기억과 화해하기 위해 산꼭대기로 발길을 올려놓으면서 마무리된다.

문득 그녀는 히말라야 정상에서 잃어버렸던 것을 어쩌면 저 꼭대기에서 찾을 수 있을지도 모른다는 엉뚱한 생각을 했다.

"박선배……"

현숙은 숨을 헐떡거리며 나지막하게 불러보았다. 어둠 저편에서 눈보라를 헤치며 나아가고 있는 박선배의 뒷모습이 보였다.(「조난」, 144쪽)

「변태 시대」의 경우도 마찬가지인데, '그'는 광주항쟁 때 잃은 아내의 자리를 대신할 새로운 '그녀/그'와 입맞춤함으로써 기나긴 사후애도로부터 빠져나온다.

여자는 객석의 소란에도 불구하고 그의 어깨에 머리를 기댄 채 꼼짝도 하지 않고 있었다. 그는 여자의 고운 머릿결 위에 입을 맞추었다. 아수라장인 객석에는 아무도 그들의 입맞춤에 눈길을 보내는 사람이 없었다. 따르르르르르…… 종영을 알리는 벨소리가 길게 울었고 천장에 붙어 있는 형광등이 불이 들어오려는 듯 불규칙하게 깜빡거리기 시작했다.(「변태 시대」, 169~170쪽)

모든 기억들은 어느 순간 형성된 시간의 특이점을 빌려 구원을 시도하기 전까지는 억압당하고 유폐당한 상태였다. 그러나 시간의 특이점을 경과하고 나면 그것은 프루스트적인 의미에서, 그리고 지라르적인 의미에서도 '되찾은 시간'이 된다. 의미로 충만한, 그리고 갈등은 해소되고 주인공은 해방되는, 그 '되찾은 시간' 말이다.

그렇다면 한동림의 소설들은 모두 '되찾은 시간'에 관한 기록들이기도 할 것이다.

4

프란츠 카프카냐, 토마스 만이냐.
—게오르그 루카치

남은 얘기가 있다. 다름아니라 「핏빛 바다」와 「혹서의 계절」이 보여주는 간극에 관한 얘기, 동일한 작가의 작품으로서는 너무 이질적인 두 작품에 대한 얘기, 비유컨대 모더니즘과 리얼리즘과의 거리만큼이나 먼 곳으로 이어진, 곧 작가 한동림 앞에 놓인 두 개의 갈림길에 대한 이야기이다.

「혹서의 계절」은 '자연주의적'(루카치적인 의미에서)이라 해도 무방할 만큼 잔혹한 가난의 세부 묘사로 이루어져 있다. 소설의 결말 또한 지난 시대 내내 우리가 익히 보아온 낙관주의를 답습한다. 요컨대 이 소설은 한동림의 리얼리즘적 경향을 대변하는 작품이다. 반면 「핏빛 바다」는 정신의학적 추리소설(만약 이런 게 있다면)이라 칭해도 무방할 만큼 정신병리의 소설화에 깊게 침윤되어 있다. 이 두 작품을 만약 각각 다른 지면에서 읽었다면 이 한동림이 그 한동림인가 할 정도로 두 작품은 상이하다. 무슨 연고인가?

당겨 말하건대, 이 두 작품은 한동림 소설의 양극단이다. 다른 말로 하자면 한동림 소설의 쾌락원칙과 현실원칙이다. 과거와 현재가 중첩되는 두 시간대의 전투에서 기억이 승리를 거둔 작품이 「핏빛 바다」라면, 현재가 완벽하게 기억을 통어하고 그 분출 자체를 억압함으로써 시간의 특이점이 주는 불안한 풍요로움을 거세해버린 작품이 「혹서의 계절」이다.

이항대립은 하염없이 늘어날 수 있다. 주관에 대해 객관이 승리를 거둔 작품이 「혹서의 계절」이라면, 객관에 대해 주관이 승리를 거둔 작품이 「핏빛 바다」이다. 한동림의 모더니즘이 「핏빛 바다」라면, 한동림의 리얼리즘은 「혹서의 계절」이다. 「혹서의 계절」이 한동림의 모계 소설이라면, 「핏빛 바다」는 한동림의 부계 소설이다……

왜 그런가? 작품을 살펴보자.

「핏빛 바다」의 경우 특이점에서 재배열되고 재구성된 기억들이 현재와 화해하는 수준에서 구원에의 시도를 멈추지 않는다. 기억이 현실을 압도한다. 과거가 오히려 현재를 재배치한다. 그리하여 오래된 소망(오이디푸스적 특징을 보이는)이 '가상적으로' 실현된다. 즉 '형을 죽인' 현재를 '아버지를 죽이고 싶었던' 과거가 압도함으로써, 이제 기억들의 쾌락원칙이 현실원칙을 초과해버리는 사태가 발생한다. 환상이란 '소망의 충족' 이 아니던가? 그리하여 객관이 원한과 소망으로 가득 찬 주관에 의해 채색되고 가공되고 압도당한 채 왜곡된다. 김박사의 다음과 같은 대사가 이 모든 사실을 명약관화하게 밝혀준다.

> "그날 배 위에서 아버지를 죽일 수 없었던 자신의 용렬함과 소심함을 최선생은 오랫동안 자책해왔을 겁니다. 아버지의 폭력에 심하게 노출될수록, 형이나 어머니에 대한 그리움이 사무칠수록, 그 자괴감은 회복하기 어려운 상처로 자라났을 겁니다." (「핏빛 바다」, 214쪽)

그리하여 이 작품은 프로이트의 여러 용어들(오이디푸스 콤플렉스, 전이, 투사, 이차가공, 가족 로맨스 등등)을 동원 가능하게 하고, 사회적 사실보다 심리적 사실의 결정성을 용인하게 하며, 총체성보다 파편화된 정체성에 대해 숙고하게 만드는 이른바 '모더니즘적' 텍스트가 된다. 이제 첫 소설집을 낸 작가 한동림이 고려해야 할 첫째 갈림길은 그러므로 상당히 '모던하다' 고 할 수 있겠다.

그러나 작품 「혹서의 계절」은 완전히 딴판이다. 이 작품의 경우 예의 그 특이점 자체가 거의 눈에 띄질 않는다. 즉 기억들이 억압의 장벽을 넘어 현재의 어느 순간으로 침입하는 계기 자체가 존재하지 않거나 아주 희미하게만 존재한다. 고작해야 한 달 전 며느리의 죽음만이 구원을 기다리는 기억이라면 기억이다. 그러나 그 기억은 이미 현재의 일부를 구성하고 있다. 소설의 무대가 되는 '현재' 가 사실은 한 달 전 며느리 옥순의 죽음으로부터 시작되었기 때문이다. 현재와 전혀 단절 없이 현재에 막대한 영향력을 행사하고 있는 과거 사실을 '기억' 이라고 부르기는 곤란하지 않겠는가!

그리하여 기억이 특이점을 경과하지 못하고 오로지 압도적인 현실만이 존재하는 세계가 「흑서의 계절」의 세계이다. 「핏빛 바다」에서와는 반대로 현실이 기억을 압도한다. 정확히는 현실의 가난이 너무나 압도적이어서 기억을 재배치할 겨를이 없다. 그리하여 소설 말미의 화해는 다음과 같다.

"아, 여보세요?"

빵공장으로 전화를 건 사내는 김노인을 향해 눈을 찡긋해 보였다.

"누구니? 이름이 뭐야? 슬기? 그래, 아버지는? 배달 가셨다구?"

김노인은 쓰러졌던 사람답지 않게 자리에서 벌떡 일어났다. 후들거리는 다리에 안간힘을 주며 그 전화기 나 좀 바꿔달라고 사력을 다해 목소리를 쥐어짰다.

"핼미다. 오냐. 밥은 묵었냐?"

'아빠가 짜장면 사줬어요' 하는 슬기의 목소리가 수화기 저편에서 흘러나오자 김노인은 뱃속 깊은 곳에서부터 뜨거운 것이 울컥 솟구쳐올라오는 것을 느꼈다.(「흑서의 계절」, 247~248쪽)

화해는 이루어졌다. 그러나 그 화해는 한동림의 많은 소설들과 달리 기억과의 화해가 아니다. 외부적 현실 자체와의 화해다. 소망 또한 충족되어졌다. 그러나 그 소망은 오래된 유년기의 소망, 환상으로 실현되거나 병리적으로 실현되는 오이디푸스적 소망이 아니다. 그 소망은 오로지 손주들에 대한 염려와 생활고에 대한 불안의 해소이다. 현실원칙의 승리가 실현되고 전형적인 리얼리즘적 결말 또한 실현된다. 현실은 모든 기억을 압도한 채 그 절대적 가치를 재확인한다.

그리하여 이 작품은 프로이트보다는 루카치의 용어들을 동원 가능하게 하고, 심리적 사실보다 사회적 사실의 결정성을 용인하게 하며, 파편화된 개인의 정체성보다 가난과 생활고로 점철된 사회적 문제들에 대해 숙고하게 만드는 이른바 '리얼리즘적' 텍스트가 된다. 이제 첫 소설집을 낸 작가 한동림이 고려해야 할 두번째 갈림길은 그러므로 상당히 '리얼하다'.

작가 한동림이 어느 길을 택할 것인지, 그리하여 어느 길이 '가지 않은 길'로 남게 될지는 두고 볼 일이다. 게다가 해설자가 주제넘게 참견할 일이 아니기도 하다. 다만 이 두 작품 모두 한동림 소설의 양극단에 있는 만큼 둘 사이에서 다양한 스펙트럼을 보여주고 있는 중간 형태의 다른 작품들에 비해 위험스러워 보인다는 지적만은 해둘 필요가 있겠다. 이 두 작품은 「유령」에서 보여준 성과 죽음, 혹은 개체의 불연속성과 종족의 연속성 간의 변증법(바타이유의 주제와 상당히 유사한)에 대한 탐구보다 깊지 못하며, 「귀가」보다 애틋하지도, 「빛바랜 흑백사진 속의 새벽 새」만큼 아름답지도, 그리고 「변태 시대」만큼 처절하지도 못하다.

그러나 다소 위태로운 이 두 작품을 포함하더라도 한동림의 작품들에 태작은 없다. 게다가 한동림은 이미 그 두 작품 사이로 난 세번째 갈림길에 들어서 있는 것으로 보인다.

작가의 말

1

나는 표류하는 심정으로 택시 뒷좌석에 지친 몸뚱이를 싣고 낯선 곳을 달리고 있었다. 지도에도 표기되지 않은 면소재지에서 잡아탄 그 택시는 자욱한 흙먼지를 일으키며 산골짜기로 뻗은 좁다란 비포장도로를 질주하는 중이었다. 허방같이 도사린 웅덩이와 암초처럼 솟은 돌부리를 타넘을 때마다 풍랑을 만난 배마냥 요동치며 첩첩산중으로 들어가던 택시는 길이 끝나는 곳에 이르러 나를 내려놓았다.

길을 되짚어 멀어져가는 택시의 뒤꽁무니를 바라보며 나는 배멀미를 닮은 현기증과 욕지기를 견디고 있었다. 택시가 산모퉁이를 돌아 사라지고 엔진음마저 들리지 않게 되자 사위는 적막에 휩싸였다. 귓바퀴에 걸리는 것이라고는 간간이 불어오는 바람결에 마른 풀잎들이 바스락거리는 소리가 고작이었다. 낙엽을 떨군 아름드리 나무들이 겹겹이 바람막이 노릇을 하고 있는 오솔길로 접어들자 속삭거리던 그 마른 풀잎들조차 숨을 죽이고 침묵했다. 나는 내 발소리에 놀란 나머지 몇 번씩이나 산사로 향하는 걸음을 멈추곤 했다. 그때마다 나는 미간을 찌푸렸다. 번잡하고 소란스러운 도시에서만 살아온 나에게는 죽음마저 연상케 하는 그 고요가 생경하고 불편했다. 벗어나고 싶었다. 나는 숨이 턱 끝에 닿도록 발걸음을 재촉했고, 산사에 도착했을 때는 잔등이 땀에 젖어 축축했다.

하지만, 산사에 도착한 후에도 세상은 조금도 소란스러워지지 않았다. 한 명뿐인 비구는 도통 말이 없었고 밥을 지어주는 보살은 벙어리였다. 게다가, 절에 찾아오는 사람이라고는 손가락으로 꼽을 정도의 신도가 고작이었으니 달포가 넘도록 일주문에 사람의 그림자가 비치지 않아도 이상할 것이 없을 만큼 그 산사는 세상으로부터 잊혀져 있었다.

산사에 들어서는 순간부터, 나 또한 잊혀지고 있었다. 나와 바깥세상을 잇고 있던 끈들이 하나둘 떨어져나갔고 나는 지독한 고독에 시달려야 했다. 내가, 나라는 존재가 잊혀져가는 것처럼 괴로운 일이 또 있을까. 직장에 다니고 각종 모임에 참석하고 친구를 사귀고 가정을 꾸리고 아이를 낳는 행위들의 본질은 잊혀지지 않으려는 몸부림이라는 생각이 들었다. 자신의 존재가 누군가에 의해 기억되고 있다는 사실에 안도하며 남모르게 가슴을 쓸어내리는 행위의 반복이야말로 내가 살아온 삶의 전부였다는 비약이 손쉽게 이뤄질 만큼 나는 그때 외로웠다.

나는 매일같이 재래식 아궁이에 장작불을 지피며 산사의 긴 겨울을 버텼고 이듬해 봄이 깊어서야 꽃이 만발한 산에서 걸어내려왔다. 소음으로 가득 찬 도시로 돌아가는 기차 안에서 나는 차창 저편 멀리에 남빛으로 뻗어 있는 거대한 산줄기를 바라보며 그 깊은 골짜기 어딘가에 새둥주리처럼 숨어 있을 산사를 그리워했다.

2

글을 쓸 때마다 나는 결벽에 사로잡혀 강박에 시달린다. 그렇지 않아도 소란스러운 세상에 또하나의 소음을 보태는 것은 아닐까, 하고 움츠러들곤 한다. 만약 소음에 불과할 뿐이라면, 그것은 소멸에 대한 섣부른 각성으로부터 비롯된, 잊혀지는 것에 대한 두려움과 맞서려는 가망 없는 발버둥이자 어리광일 터이다. 정녕 그러하다면, 잊혀진 산사에서의 기나긴 겨울 동안 나는 한 걸음도 앞으로 나아가지 못하고 자기 연민에 휩싸여 있었던 것이리라. 또한 지금 이 순간에도, 끝내 소멸과 망각으로부터 티끌만큼도 자유로워지지 못한 채 무겁고 지친 몸뚱이를 이끌고 이름 모를 시공을 표류하고 있는 것이리라.

3

이 책을 아버지에게 바치고 싶다. 설혹 이 헌사가 초라하고 볼품없을지도 모르겠으나, 그가 아니었다면 나는 결코 작가의 길을 택하지 않았을 것이므로, 그를 진심으로 사랑하기에, 그의 고독한 눈매에 가느다란 웃음이 걸리기를 희망하며.

2004년 1월

한동림

유령

초판인쇄	2004년 1월 28일
초판발행	2004년 2월 5일

지 은 이	한동림
펴 낸 이	강병선
책임편집	차창룡 조연주 이상술
펴 낸 곳	(주)문학동네
출판등록	1993년 10월 22일 제406-2003-045호

주 소	413-832 경기도 파주시 교하읍 문발리 출판문화정보산업단지 513-8
전자우편	editor@munhak.com
전화번호	031) 955-8888
팩 스	031) 955-8855

ISBN 89-8281-791-3 03810

www.munhak.com

심청(전2권) 황석영 장편소설

누구보다 자신을 사랑하고 세상과 사람을 품을 줄 아는 여자
'심청' 이 새로 태어났다. 우리 시대의 거장 황석영의 손을 통해, 처절하고 안타까운 생을 온몸으로 받아들이는 매춘녀 심청으로, 자신을 사랑하고 또 그만큼 남을 사랑한 적극적인 여성으로 다시 태어났다. 황해를 둘러싸고 펼쳐지는 장엄한 '매춘 오디세이아' !

검은 꽃 김영하 장편소설

경쾌한 문체, 자유로운 상상력, 기존의 소설과는 전혀 다른 세계
종이에서 살아 튀어나올 것 같은 인물들, 너무나도 생생한 그림들…… 이만한 작품이 우리나라의 젊은 작가에게서 나왔다는 게 믿기지 않는, 역사소설에 대한 통념을 배반하는 역사소설. "무엇을 생각하든 그것과 다른 것을 보게 될 것이다."

KBS 'TV 책을 말하다' 선정 2003 올해의 책
한국간행물윤리위원회 선정 이달의 읽을 만한 책
대한출판문화협회 선정 이달의 청소년도서

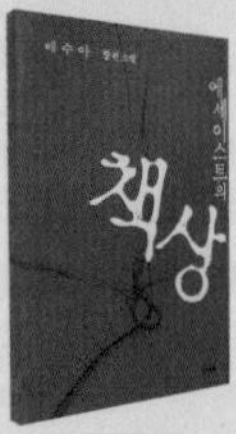

에세이스트의 책상 배수아 장편소설

낯설고 거칠게 다가오는 유니크한 매력
"오래 살면 살수록 그리워지는 것은 오직 자유뿐이었듯이, 글을 쓰면서도 형태나 시선에 매이지 않는 사유의 자유를 갈망하게 되었다. 소설에 결핍된 것을 채워주면서도 소설을 포함할 수 있는 것이 '에세이스트의 책상' 이라고 생각했다." 통상적 어법을 벗어나려는 배수아식 문체를 제대로 맛볼 수 있는 작품.

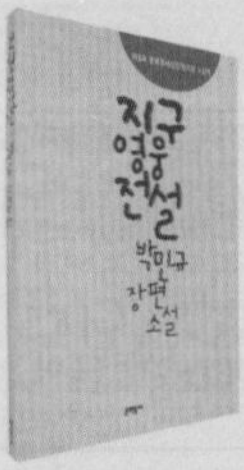

지구영웅전설 박민규 장편소설

과연 우리의 상상력은 어디까지가 온전히 우리의 것인가!
예측불허의 전복적 상상력, 발랄하고 패기 있는 주제의식, 종횡무진 질주하는 입담, 당돌하고 뛰어난 문학적 개성, 그리고 세상을 뒤집어보는 예리한 작가적 시선이 돋보인다. '미국의 세계 지배 전략' 이라는 무거운 주제를 '참을 수 없는 만화의 가벼움' 에 실어 전달한다.

제8회 문학동네신인작가상 수상작

신경숙 소설 종소리

적실 듯, 스밀 듯, 넘칠 듯 도도하게 흐르는 아름다움

존재론적 고독, 근원적 상실감을 지닌 작중 인물의 내향성·식물성이 찬찬하고 친밀한 특유의 문체 속에 견지되면서도 타자에게 넓은 품을 내주는 굳건함이 작품 속에 살아서 신경숙 미학의 새로운 경지를 보여준다.

한국간행물윤리위원회 선정 이달의 읽을 만한 책

교보문고 선정 '2003 좋은 책 150선'

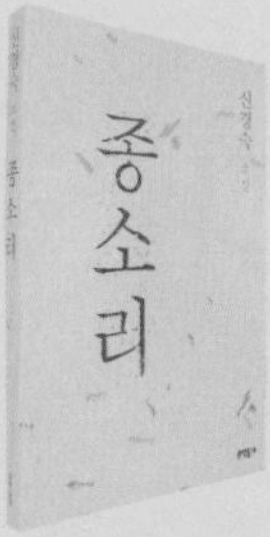

김연수 소설 내가 아직 아이였을 때

기억의 몸에서 뽑은 실로 따뜻하게 수놓은 그림

김연수는 개인의 구체적 체험에 돌을 던져 동심원적 파문을 일으키는 방식으로 한국의 가까운 현대사를 되살려놓는다. 그 파문 속에서 개인과 사회는 감각적인 암시로 서로 반향하고, 파편화된 기억들은 다양한 형상과 결을 보여주며 다른 기억들과 밀고 당기는 상호작용을 일으킨다.

2003년 동인문학상 수상작

한국간행물윤리위원회 선정 청소년을 위한 좋은 책

성석제 소설 번쩍하는 황홀한 순간

소소한 일상을 뒤집는 재치와 유머

거침없이 터지는 유쾌한 웃음, 번쩍, 하고 열리는 황홀한 세상! 실실 웃음이 나오다가도 어느 순간 따끔함이나 씁쓸함, 또는 통쾌함을 터뜨리는 그의 소설들은 한류와 난류가 만나는 그 지점에 놓여 있다. 성석제가 선물하는 한바탕 폭소, 그리고 세상과 사람에 대한 유쾌한 긍정.

2003년 문화관광부 추천도서

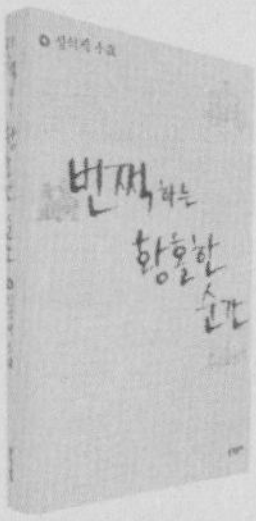

전경린 소설 물의 정거장

훌쩍, 생의 경계를 넘어가는 아찔한 매혹

혼(魂)의 정서라고 할 만큼 신들린 듯한 탐닉으로 끌어들이는 작품들. 작품집 곳곳에 넘쳐흐르는 삶의 잠언들과 주체할 수 없을 만큼 능란하게 이어지는 비유의 문체가 팽팽한 긴장감으로 튀어오를 듯하다.